외공 & 내공
Fantastic Oriental Heroes

2

외공&내공 2

김민수 新무협 판타지 소설

초판 1쇄 찍은 날 § 2001년 9월 10일
초판 1쇄 펴낸 날 § 2001년 9월 20일

지은이 § 김민수
펴낸이 § 서경석
펴낸곳 § 도서출판 청어람
편집 § 문혜영 · 허경란 · 박영주 · 김희정 · 권민정 · 장상수
마케팅 § 정필 · 강양원 · 김규진

등록번호 § 제1081-1-89호
등록일자 § 1999. 5. 31
어람번호 § 제1-0146호

주소 § 경기도 부천시 원미구 심곡1동 350-1 남성B/D 3F (우) 420-011
전화 § 032-656-4452 팩스 § 032-656-4453
e-mail § eoram99@chollian.net

값 7,500원

ISBN 89-5505-157-3 (SET) / ISBN 89-5505-159-X 04810

김민수 新무협 판타지 소설

외공 & 내공

Fantastic Oriental Heroes

2

제1부 유운행보(流雲行步)

도서출판

청어람

제11장
풍전등화(風前燈火) 下

한편 혈의인들의 손에 마혈을 잡힌 채 끌려간 소운은 자신을 왜 잡아가는지 의문을 느끼고 있었다. 혈의인 두 명은 계속해서 신법을 펼쳐 무림맹을 벗어나더니 이내 한적한 사당이 있는 숲 속에서 걸음을 멈추었다.

"이봐, 당주님이 왜 이 꼬마를 데려가라고 했는지 알아?"

소운을 사당에 눕혀놓은 채 혈의인 중 한 명이 말을 꺼냈다.

"나도 모르겠어. 그래도 무림맹주의 여식보다 더한 가치가 있으니까 데려가라고 한 것 아니겠어?"

"그럴 거야."

혈의인들은 자기들끼리 고개를 끄덕이며 수긍했다.

"모두 모였는가?"

숲 안에서 냉막한 음성이 들리더니 조금 전 소운을 잡으라고 했던 혈의인이 모습을 드러냈다.

"아직 모두 모이지 않았습니다."

"그런가? 그렇다면 반 각을 기다린 후에 표식을 남기고 떠나도록 하자. 무림맹 녀석들의 추격이 거셀 테니까 말이야."

"네, 알겠습니다."

혈의인은 사당에 누워 있는 소운을 보았다. 그는 소운을 보며 의미심장한 미소를 지었다.

"저… 당주님……."

혈의인 중 한 명이 당주라고 불린 혈의인에게 말했다.

"저 꼬마를 왜 잡으라고 하신 것입니까?"

혈의인의 말에 당주는 웃음 지으며 말했다.

"호호호, 하늘이 기회를 준 거지. 우리는 돌아가면 련주님께 큰 포상을 받을 것이다."

"네?"

"천하제일가의 자식을 잡았으니까. 그 맹주의 딸보다 더 가치가 있는 놈을 잡았단 말이다. 큭큭!"

"저 꼬마가 천하제일가의 자식인지 어떻게 알 수 있습니까?"

당주는 그 혈의인의 말에 한심하다는 눈초리를 했다.

"네가 그러니 만년 혈의급에서 벗어나지 못하는 것이다. 저 아이의 옷을 잘 보아라. 천하제일가 사람들은 두 마리의 신룡이 수놓아진 쌍룡장포를 입는데 저 아이의 옷이 바로 그것이지 않느냐. 저 옷은 만들려 해서 만들 수 있는 것이 아니다. 정파인들은 천하제일가에 대한 존경심 때문에라도 쌍룡장포를 입지 않는다. 그러니 무림맹에서 저렇게 버젓이 쌍룡장포를 입고 돌아다니는 아이가 천하제일가의 사람이 아니고 뭐겠느냐? 게다가 이번 승천관에 천하제일가의 둘째 아들인 모용신지가 입관했다는 소문은 이미 강호 전역에 퍼져 있다. 이런 정황들로 미루어볼 때 저 아이는 바로 모용신지다!"

소운은 마혈이 제압당해 있었지만 그 소리는 다 들을 수 있었다.

'내가 모용신지라니?'

소운이 술에 취해 인사불성이 되었을 때 모용신지는 더러워진 소운의 옷을 벗기고 급한 대로 자신의 옷을 소운에게 입혀놓았다. 그것이 오해가 되어 소운이 이 자리에 있게 될 줄이야……

"반 각이 지나도록 나머지 녀석들이 나타나지 않는구나. 무림맹 녀석들에게 잡혔을지도 모르겠다. 우리는 저 모용신지를 빨리 본성으로 옮겨야 하니 먼저 이 자리를 뜨자."

당주는 이렇게 말하고 혈의인 중 한 명에게 표식을 남기라고 지시했다. 그리고는 소운을 어깨에 메고 숲을 떠나기 시작했다.

'이봐! 난 모용신지가 아니라구!'

소운은 마음속으로 이렇게 외쳤지만 혈의인들에게는 들리지 않았다. 혈의인들의 손에 의해 그는 그렇게 무림맹을 떠나갔다.

혈의인들은 재빠르게 신법을 펼쳐 어느 마을에 도착하자 그곳에 이미 준비된 마차를 탔다. 소운은 마차 안에서 수혈을 짚힌 채 자루 속에 담겨졌다. 그는 자신이 어느 곳으로 향하는지도 모른 채 이동되었다. 가끔씩 혈도가 풀려 음식을 먹는 시간을 제외하면 깨어 있는 시간이 없었다. 소운은 그 잠깐 사이에 혈의인들이 상인으로 변장한 채 이동하고 있다는 것을 알았다.

한 십오 일 정도를 그렇게 이동했을까? 소운은 마차가 덜그럭거리며 멈추는 소리를 들었다. 변장한 혈의인들은 소운이 담겨진 자루를 들고 배 위로 올라섰다. 소운은 자루 밖의 상황을 보고 싶었지만 몸을 움직일 수 없었다. 그들은 배를 타고 한참을 올라가 기암절벽 사이에 있는 동굴 안으로 들어갔다. 수로는 동굴 안까지 이어져 있었는데 그곳까지 배가 이동하는 길 옆으로는 깎아지른 듯한 절벽이 있어 사실상 뱃길은 하나뿐이었다. 절벽 위에서 누군가 이 수로를 지켜보고 있다고 해도 어떠한 방법으로도 들키지 않고 침입하기란 불가능한 곳인 것이다.

동굴은 꽤 넓었다. 웬만한 범선도 지나다닐 수 있을 만큼 컸다. 배는 동굴을 지나 이내 높은 절벽으로 둘러싸여 있는 분지 앞에 다다랐다. 이 분지는 엄청나게 넓었다. 무림맹의 총단을 이 분지 위에 옮겨 놓는다 해도 땅이 남을 만큼 커다랬다.

그들은 분지의 입구에 있는 성문에 도착해서 말했다.

"혈의당 당주 조공백이 도착했으니 문을 열어다오!"

혈의인 중의 수장인 조공백이 이렇게 소리치자 거대한 문이 내려오며 다리를 만들었다.

"출타했던 일은 성공하셨습니까, 당주님?"

문을 지키고 있던 문지기가 조공백에게 물었다.

"하하하! 그럼, 내가 누군데. 어서 련주님을 뵙고 임무 보고를 해야겠다. 련주님은 어디에 계시느냐? 이 시간이면 집무실에 계실 것 같은데."

"성공했다니 다행이군요. 지금 련주님의 심기가 안 좋으니 당주님이 성공했다는 소식을 들으면 그 기분이 풀어지실 것입니다. 련주님은 지금 연화원에서 꽃을 꺾고 계십니다."

문지기의 말에 조공백은 침을 꿀꺽 삼켰다. 연화원에서 꽃을 꺾고 있다는 말에 놀란 것이다.

'련주님이 연화원에 있다는 것은 상당히 기분이 안 좋다는 소리인데… 이거 일정을 너무 앞당겨 온 것 같구나.'

조공백은 그래도 설마 임무를 성공한 자신에게 화가 미칠 것이라고는 생각지 않았다.

"좋아, 그럼 연화각으로 가자."

자루 속에 있는 소운은 도무지 이곳이 어디인지 감이 잡히지 않았다.

그들은 련주가 있다는 연화각으로 향하기 시작했다.

사도굉은 바닥에 쭈그리고 앉아 자신의 앞에 놓여진 꽃들을 꺾어대고 있었다.

"젠장할. 련아 그애는 왜 지지리도 내 말을 안 듣는 거야!"

사도굉은 짜증난다는 듯 꽃을 무참히 뽑았다.

"뭐, 그 지랄 같은 성격이 나를 닮았다는 것은 좋아. 그런데! 나만 닮으면 됐지 왜 지 엄마까지 닮아가지고 그 따위로 행동하냔 말이야!"

가여운 꽃들만 사도굉의 손에서 무참히 짓밟히고 있었다.

"저… 련주님."

"뭐냐!"

조공백은 성난 기색이 가득한 사도굉을 보며 시기가 적절하지 않음을 후회했다.

"무림맹에 갔던 일을 완수하고 돌아왔습니다."

"그래?"

사도굉은 조공백의 말에 화난 표정을 가라앉히더니 말했다.

"어떻게 됐지?"

"고연진을 잡아오려고 했는데 고젓이 무공이 만만치 않아 시간을 지체하다가 그만 승천관의 선생들과 맞닥뜨리게 됐습니다. 그래서 그들과 힘들게 겨루다가 부상을 입은 자가 속출했고⋯⋯."

"아니, 뭐야!"

조공백은 움찔했다. 자신의 성과를 좀 더 부풀려 말하려다가 도리어 련주님의 화만 돋운 것이다.

"그, 그런데 다행히 고연진보다 더욱 값어치있는 자를 납치할 수 있었습니다. 애들아, 어서 풀어라."

혈의인들은 그 말에 소운이 들어 있는 자루를 바닥에 내려놓으며 소운을 꺼냈다.

"이놈은 누구냐?"

사도굉의 물음에 조공백은 득의의 미소를 지었다.

"네, 저 아이는 바로 천하제일가의 모용신지란 아이입니다."

"뭐라구?!"

사도굉은 조공백의 말에 놀라서 소리쳤다. 조공백은 그럴 줄 알았다는 표정을 하며 자신을 자랑스러워하기까지 했다.

"아니, 네놈이!"

그러나 사도굉의 표정은 기쁨에서 우러나오는 표정이 아니었다. 마치 못 먹을 것을 먹은 듯한 무언가 큰일이 난 듯한 표정이었다.

"아직 천하제일가를 건드려선 안 되거늘. 네놈이 모든 계획을 다 망칠 셈이냐!"

"려, 련주⋯⋯."

조공백의 안색이 흙빛이 되다 못해 새파랗게 질려 버렸다.

"내가 무림맹주의 딸 고연진을 잡아오라 했지, 어디 천하제일가의 아들을 잡아오라 했어!"

사도굉은 조공백에게 소리를 버럭 지르며 성을 냈다. 수염이 텁수룩해서 마치 사자의 머리를 연상시켰던 사도굉의 얼굴은 지금 사자가 포효하는 것처럼 무시무시한 얼굴이 되었다.

소운은 잠시 이곳이 어디일까 생각해 보다가 그간 말하지 못했던 것을 지금 말해야겠다고 결정했다.

"저기… 전 모용신지가 아닙니다."

사실은 마차를 타고 올 때 진작 말했어야 했지만 소운에겐 그럴 기회가 없었다. 식사할 때조차 무언가 말을 꺼내려고만 하면 아혈을 짚었던 것이다.

"뭐라고?"

사도굉과 조공백은 소운의 말에 놀랐다. 특히 조공백은 지금 혼백이 왔다 갔다 할 정도로 놀라고 있는 중이었다.

"이 옷은 모용신지의 옷을 제가 빌려 입은 것입니다. 전 모용신지가 아니니까 어서 절 무림맹으로 데려다 주세요."

소운의 말이 주는 충격에 사도굉은 잠시 뒷골이 뻣뻣해져 가만히 있다가 갑자기 웃음을 터뜨렸다.

"후후후후… 으하하하하……! 그러니까, 네가 모용신지가 아니란 말이지? 크하하하하."

미친 사람처럼 웃는 사도굉의 모습에 모용신지가 아닌 것에 조금 안심하고 있던 조공백은 불안한 느낌이 들었다.

"네. 그러니 어서 절 다시 무림맹으로 돌려보내 주세요."

사도굉은 소운의 말에 웃음을 딱 그치며 냉막한 목소리로 말했다.

"무림맹으로? 흐흐, 감히 본좌 앞에서 무림맹 어쩌고 지껄이다니…
너는 지금 이곳이 어디라고 생각하고 그런 소리를 해대는 것이냐?"

"이곳이 어딘데요?"

"큭큭큭! 마도련의 본성 안에서 이런 방자한 소리를 내뱉는 사람이
있을 줄이야. 게다가 그것이 피도 마르지 않은 꼬마라니!"

사도굉은 야수 같은 눈빛으로 소운을 쏘아보았다. 소운은 사도굉의
눈빛을 정면으로 받다가 자신을 잡아먹을 것 같은 눈빛에 숨이 막혀
오는 듯했다.

"너, 조공백!"

"네! 련주님!"

"네놈은 감히 임무를 실패한 데다가 저런 건방진 아이를 데려와 모
용신지라 속이며 본좌를 기만했다. 네 죄를 알겠나!"

"련주님!"

조공백은 사도굉의 앞으로 달려가 오체투지하며 몸을 떨었다.

"한 번만 용서해 주십시오. 앞으로 다시는 이런 일이 없을 것입니
다."

조공백은 사도굉에게 빌었다. 조공백의 뒤에 있던 혈의인들도 역시
오체투지하며 머리를 바닥에 박았다.

"후후… 용서해 달라?"

사도굉은 비정한 미소를 지었다. 소운은 사도굉의 달라진 표정에
저렇게 두려워하며 오체투지하고 있는 조공백 등을 바라보면서 사도
굉이 얼마나 대단한 사람인지 생각해 보았다. 자신을 가지고 놀았던
혈의인들마저 저렇게 두려움을 갖고 있는 대상, 그는 마도련의 련주
인 사도굉이었다.

"지금 용서란 말이 나오나! 사호! 오호!"

사도굉이 이렇게 소리치자 그의 옆으로 불쑥 검은 그림자 두 개가 나타났다. 소운은 저 그림자가 어디서 나타났는지 사도굉 쪽을 보고 있었음에도 알지 못했다.

"련주님! 제발 용서를!"

"사호와 오호는 저들을 만사독굴에 처넣어라. 그리고 귀환하는 혈의당의 당원들 모두 만사독굴로 집어넣어라."

"존명!"

검은색 옷의 사호와 오호는 살려달라고 아우성치는 조공백과 혈의인 두 명을 데리고 사라졌다. 소운은 그들의 모습을 보며 저 사도굉이 상당히 잔인한 사람이라 생각했다. 임무에 실패했다고 수하를 저렇게 대하다니…….

"련아는 이런 방침에 불만이 많지만 바로 이것이야말로 마도련을 이끌어 나가는 정신이라 할 수 있지. 큭큭큭."

소운은 온몸에 한기가 돌며 사도굉이 자신을 어떻게 처리할까 겁이 났다.

'죽는 것인가?'

"너!"

사도굉의 부름에 소운의 몸이 움찔했다.

"네놈은 본좌의 앞에서 건방지게 무림맹의 이야기를 꺼냈다. 감히 본좌 앞에서 말이다."

"나… 난……."

소운은 두려운 마음에 말을 잇지 못했다.

"삼호!"

사도굉의 주위로 아까와 같이 검은 그림자가 나타났다.

"저 녀석을 당장 불회곡에 처넣어라!"

"존명!"

소운은 삼호의 손에 연화각에서 끌려 나왔다.

"음… 고연진을 잡는 것은 실패했지만 일단 무림맹 안을 벌집으로 만들어놓았으니 모종의 효과는 거둔 것인가? 큭큭… 앞으로가 기대되는군."

사도굉은 끌려 나가는 소운을 보며 웃음 지었다.

제12장
들어가기는 쉬워도 나오기는 어려운 곳

　소운은 아직까지 마혈이 제압당해 있었다. 그래서 삼호라 불리우는 흑의인의 손에 이끌려 가면서도 제대로 반항 한번 해보지 못했다. 그들은 마도련 안에서 한참을 걸어나가다가 이내 불회라 적혀 있는 비석 앞에 도착했다. 삼호는 소운의 마혈을 풀어주고는 등을 떠밀었다.

　"차라리 죽는 것이 나을지도 모르겠군."

　삼호는 이렇게 중얼거리더니 소운을 앞세웠다. 소운은 불회라는 비석을 지나 가파른 산을 올랐다.

　'산 위에 도대체 뭐가 있다는 거지?'

　소운은 자신의 미래가 불투명해지고 있음을 느끼고 불안해졌다. 이대로 죽는 것인가 하고 걸음을 옮길 때마다 발이 천근만근 무거워졌다.

　"자! 이곳으로 들어가라."

"네?"

소운은 지금 자신의 귀를 의심했다. 가파른 산을 올라서고 보니 앞에는 까마득한 절벽으로 이루어진 구멍이 있었다. 그 밑은 깊이를 상상할 수조차 없이 깊은 곳이었다. 검은 아가리를 쫘악 벌리고 무엇이든 집어삼키려는 듯이 휑하니 산 한가운데 뚫려 있는 구멍. 소운은 불회곡이라고 해서 계곡 속에 있는 감옥 비슷한 것으로 생각했는데 그게 아니었다.

"들어가라."

소운은 이곳으로 들어간다면 정말 다시는 나오지 못할 것 같았다. 끝을 알 수도 없는 구멍 속에서 하늘을 날지 않고서야 무슨 재주로 빠져나올 것인가? 소운은 이렇게 갈 수는 없었다.

"에잇!"

소운은 삼호를 밀쳐 내며 산 밑으로 도망가려고 했다. 그런데 삼호는 이미 소운의 행동을 예측이라도 했다는 듯 가볍게 소운의 손을 받아내며 주먹으로 소운의 명치를 쳤다.

"컥! 우욱!"

숨이 막히는 듯한 통증을 느끼며 소운은 뒤로 자빠졌다.

"그렇지… 내가 죽이는 편이 나을지도 모르지. 하지만 련주의 명령은 반드시 지켜야 하는 것. 너는 이 불회곡으로 들어가 줘야겠다."

들어가라 한다고 들어갈 이가 세상에 어디 있을까? 그것이 다시는 돌아오지 못하는 불회곡이라는 곳임에야 아무도 가려 하지 않을 것이다.

삼호는 태어났을 때부터 마도련주의 호위로 키워져 거의 세뇌되다시피 련주의 명령에 복종하는 인물이었다. 만약 마도련의 다른 사람이 소운을 불회곡으로 집어넣으라는 명령을 받았다면 차마 그러지 못하고 소운을 죽이거나 반병신으로 만들어 놓아줬을 것이다. 죽거나 불구가 되는 것보다 더욱 두려운 곳. 그곳이 바로 불회곡인 것이다.

"어서 들어가라."

소운은 해보는 데까지 해보자 생각하고 재차 삼호에게 달려들었다. 지금은 비록 내공을 쓸 수 없지만 속보를 이용해 빠른 속도로 삼호를 공격해 들어갔다. 삼호는 혈이 제압당해 있는 상태에서 빠르게 달려드는 소운을 보며 잠시 놀람의 빛을 띠었다. 그러나 놀람은 놀람일 뿐 지금의 전세를 뒤바꿀 만한 것이 아니었다. 삼호는 소운의 공격을 가볍게 피해내고는 말했다.

"그렇다면 내가 넣어주겠다."

이렇게 말한 뒤 삼호는 소운의 가슴을 향해 강한 발길질을 했다. 소운의 몸이 붕 뜨며 구멍을 향해 날아갔다. 소운은 가슴에 충격이 와서 아픈 와중에도 저곳으로 떨어지면 안 된다고 생각했다. 하지만 소운의 몸은 점점 구멍과 가까워지더니 이내 구멍 속으로 사라져 버렸다.

소운을 집어삼킨 어둠의 구멍은 괴이한 바람 소리를 내며 마치 소운을 환영한다는 듯이 울어댔다. 삼호는 그것을 보며 끔찍하다는 듯 얼른 산 밑으로 내려가기 시작했다.

불회곡. 한 번 들어가면 절대로 돌아오지 못하는 곳. 마도련이 생긴 이래로 이곳에 들어간 사람은 열 명이었는데, 그들 중 어떤 이도 돌아오지 못했다. 아무리 날고 긴다 하는 무공을 지니고 꾀를 지녔어도 이곳에서 다시 나오진 못했다.

섬서성의 무림맹 총단은 지금 발칵 뒤집혀져 있었다. 난데없이 기습해 온 혈의인들의 정체가 아직 밝혀지지도 않았기 때문이다.

"도무지 알 수가 없소. 그들이 무슨 이유로 무림맹을 기습하고 이십여 명의 사상자와 삼십삼 명의 부상자를 만들어놓았는지."

고수천이 말했다. 그의 말에 백호단주 위진병이 화답했다.

"승천관의 아이 한 명이 납치당하지 않았습니까?"

고수천은 고개를 설레설레 저으며 말했다.

"소운이라는 아이인데 입관한 지 한 달 정도 지나서 문제를 일으키길래 본인이 면벽칠일이라는 벌을 주었던 아이요."

위진병은 그 소리에 납치된 아이가 문제아였다고 생각했다. 고수천의 말에 같은 자리에 있던 목검자가 대뜸 소리를 질렀다.

"문제를 일으키다니요, 맹주? 그것은 맹주가 지도하는 화산파의 아이들이 먼저 공격을 해왔기 때문에 어쩔 수 없이 손을 쓴 것이지 않소!"

목검자는 소운이 사라진 것에 너무도 안타까운 마음이었기에 소운을 깎아내리는 듯한 고수천의 말을 인정할 수가 없었다.

"흠흠, 그 문제는 접어두고… 일단 붉은 복장을 하고 다니는 그들의 정체를 일단 알아내야 하지 않겠소?"

목검자는 고수천 자신보다 까마득히 배분이 높은 고인이기에 감히 목검자에게 따지지 못하고 이렇게 말을 돌려 버렸다. 목검자는 이에 반발하려 했지만 태상장로인 현명 대사의 말에 가로막혔다.

"맹주, 그 혈의인들의 목적이 아직 분명하지 않구려. 정말 그 소운이라는 아이를 납치하기 위해서 왔는지, 아니면 다른 목적이 있는지… 벌써 열흘이나 지났는데 아무런 징조가 없으니 더욱 불안하구려."

"제 생각에는 무림맹을 이렇게 기습을 하려고 했다면 커다란 정보

망과 뛰어난 실력자들이 있었을 거예요. 그 혈의인들이 무림맹이 비어 있을 때에, 게다가 승천 입관 일주기를 기념하는 날에 쳐들어온 것을 보아도 알 수 있지요."

현명 대사의 말에 이어서 인정 신니가 말했다. 고수천 역시 그 점이 걸린다는 듯한 표정이었다.

"흑룡당주."

"네, 맹주님."

"강호상에 그만한 정보력과 무력을 가진 문파가 얼마나 되지요?"

무림맹에서 강호의 정보를 모으고 분석하는 기관인 흑룡당의 당주 이명각이 말했다.

"현재로써는 아주 많다고 말씀드릴 수 있습니다. 일단 정보 면에서 보자면 장강수로연맹과 녹림맹, 청화루 정도이고 세력 면에서 본다면 혈루와 천화방, 남해검방 정도로 볼 수 있습니다. 이 외에도 공공문, 신녀보……."

"맞아! 혈루!"

고수천이 갑자기 무언가 깨달았다는 듯이 말했다.

"태상장로님, 작년에 분명히 혈루에서 입관 요청을 해왔지요?"

"그렇습니다, 맹주. 들은 기억이 있군요."

"그 혈의인들이 혈루에서 온 것이 아닐까요? 그리고 그 소운이라는 아이는 혈루에서 보내온 아이고……."

"설마……."

고수천은 그렇게 생각하더니 이내 확정 지었다는 듯이 말했다.

"맞아요, 맞아. 분명히 혈루가 맞을 것이오. 무림맹 안의 일을 이렇듯 속속들이 알고 있다는 것은 무림맹에 첩자를 숨겨놓았다는 것인데 승천관에 입관하는 것만큼 손쉬운 방법이 어디 있겠습니까? 게다가 그 소운이라는 아이도 좀 석연치 않은 구석이 있었는데 혈루에서 심어놓은 첩자가 맞을 것이오.”

고수천의 말에 이명각과 목검자를 제외한 대다수의 사람들이 수긍했다. 하지만 목검자는 소운이 혈루에서 보낸 자가 절대 아닐 것이라고 생각했다. 이명각은 소운과 단지 며칠을 같이 지냈을 뿐이지만 혈루의 살수처럼 보이지는 않았다고 생각했다.

고수천은 후에 이 회의를 무림맹 안에 공표했다. 혈의인들의 기습은 혈루에서 보낸 살수들이었고 납치된 소운은 혈루에서 위장 잠입시킨 자였다고.

물론 이 이야기는 의기소침해 있는 강명 등의 귀에도 들어가게 되었는데 강명을 비롯해 소운을 알고 있는 이들은 이 말을 믿지 않았다. 특히 남궁혜린과 고연진은 혈의인들의 목표가 누구였는지 알고 있었기에 더 더욱 믿을 수 없었다. 하지만 이 공표로 인해 무림맹의 소란이 진정되는 효과를 가져왔다. 승천관의 대다수 아이들은 혈의인들이 주었던 살인의 충격을 잊은 채 이내 자신들의 수련에 몰두하기 시작했다.

소운은 자신이 끝없이 떨어지고 있다고 느꼈다. 이제 바닥에 닿으면 자신은 분명히 산산조각이 나버릴 것이라 여겼다. 삶과 죽음의 경계에 들어선 일수유의 시간이었지만 소운은 자신이 떨어지는 속도가 매우 느리다는 생각을 했다. 소운은 구멍 속으로 던져지며 이제 자신은 죽는구나 하고 체념해 버렸다. 소운의 머리 속에 그동안 살아온 모습들이 스쳐 지나갔다.

'헤헤, 이제 볼 수 있겠군요. 나 부끄럽지 않게 살았으니까, 이제 편안히 아저씨의 얼굴을 보아도 되겠죠? 비록 아저씨의 무공을 세상에 보여주지 못했지만 저 많이 노력했어요. 지난 일 년 간 잠 한번 제대로 잔 적도 없다구요.'

소운은 이미 하늘에 있는 그를 향해 이렇게 말했다. 자신이 곧 가니까 기다려 달라고… 그런데 소운은 그렇게 생을 초월한 채 담담한 모습으로 죽음을 바라보자 그간에 느끼지 못했던 새로운 경지를 바라보게 되었다.

'자신의 마음을 담아야 살아 있는 검이 완성되는 것이다.'

목검자의 말이 머리 속을 스쳐 지나가며 전에는 이해하지 못했던 이 말을 죽음이 닥친 이 순간에야 겨우 이해할 수 있었다. 검에 마음을 담는다는 것. 그것은 자신의 생명을 검에 담는다는 것이었다. 자신이 검이고 검이 자신이 되어 검이 움직이면 그에 따라 자신 역시 움직이는 검신일체의 마음가짐. 그것이 바로 살아 있는 검이었다.

'후후, 이제 와서 깨달으면 무슨 소용이야.'

소운은 방금 깨달은 생검의 묘리를 머리 속에서 지우며 자조적으로 웃었다. 빠르게 지나가던 주변의 사물이 어느 순간 변했다. 소운은 직감적으로 바닥이 눈앞에 와 있음을 알았다.

'이제 마지막인가?'

소운은 눈을 질끈 감았다. 자신이 죽는 모습을 보지 않기 위해서였다.

퍼엉!

소운은 귓전을 때리는 굉음과 함께 정신을 완전히 잃어버렸다. 그리고 끝없는 나락 속으로 빠져들었다.

타는 듯한 갈증이 느껴졌다. 지금 누군가에게 쫓겨서 산속을 뛰어다니고 있었다.

"헉! 헉!"

뒤를 돌아보면 눈앞에 그가 있을 것만 같은 공포에 차마 고개를 돌릴 수 없었다. 가슴속에는 왠지 모를 울분이 쌓여서 요동 치고 있었다. 나무 하나를 돌아서 뛰어가다가 언뜻 가슴속의 울분에 대한 이유가 생각났다. 자신을 낳고 길러주었던 여인과 사내가 그의 손에 죽임을 당한 것 때문이었다. 자신은 이유도 모른 채 그 피비린내 나는 광경을 지켜보다가 여인의 도망치라는 말에 산 위로 무작정 뛰어들었다. 나뭇가지에 긁힌 다리와 팔이 아파왔다. 자꾸만 주저앉아 눕고 싶었다.

"헉! 헉!"

산속을 뛰어가다 보니 절벽과 절벽 사이가 크게 벌어져 있는 낭떠러지에 도달했다. 외나무다리 하나가 그 사이를 잇고 있었다. 두려웠다, 이곳을 건너가다가 떨어질까 봐. 그러나 뒤를 쫓아오고 있는 그에 대한 두려움이 더 컸다. 외나무다리 위로 한 발을 올렸다. 그 위를 조금씩 전진해 나가기 시작했다.

반 정도 갔을 무렵 갑자기 뒤에서 한기가 느껴졌다. 그가 나타난 것이다. 외나무다리를 좀 더 빨리 걷고 싶지만 떨어질까 두려워서 섣불리 움직이지 못했다. 돌아보니 그가 웃음 짓는 것이 보인다. 그는 방금 전에 죽인 두 명의 피가 뚝뚝 떨어지고 있는 칼을 들고 다가왔다.

"헉헉!"

그는 외나무다리를 무서워하지 않았다. 두려웠다. 외나무다리를 꼭 붙잡고 그가 오지 않기를 빌었다. 그러나 그는 어느새 앞까지 다가왔다. 순간, 그에게 죽는 것보다 외나무다리에서 떨어져 죽는 것이 더 편할 것이라는 생각을 했다. 그가 칼을 내려치려 할 때 이 생각 때문에 외나무다리에서 그만 손을 놓아버렸다. 떨어지는 느낌이 좋았다. 그에게 쫓겨서 불안해할 때보다 지금 이 순간이 편안했다. 그 뒤로 차가운 급류에 휩쓸려 버렸다.

"이봐……."

소운은 귓가를 간지럽히는 소리에 꿈에서 깨어났다. 누군가에게 쫓기는 꿈이었는데 소운의 눈 옆으로 한 방울의 눈물이 흘러내리고 있었다.

"으… 음……."

소운은 전신이 부서질 것 같은 통증을 느꼈다.

"정신이 드나?"

소운은 가물가물하던 의식이 깨어나며 드디어 주변의 상황을 인지할 수 있을 정도가 되었다.

"여… 기는……?"

"하아… 십 년 만에 처음 오는 사람이 이런 꼬맹이라니. 도대체 무슨 큰 죄를 지었길래 이 불회마옥으로 떨어진 거지?"

"번마야, 그런 소리 마라. 그래도 간만에 온 놈인데 친절하게 대해 줘야지."

"이놈은 얼마나 버틸지……."

소운은 정신이 들어 주위를 바라보았다. 자신은 차가운 돌 위에 눕혀져 있었는데 온몸이 물에 젖어 축축했다.

'맞아, 그 구멍으로 떨어졌었지.'

소운의 옆에는 세 사람이 서 있었는데 하나같이 눈에서 초록빛이 나는 괴인들이었다.

"꼬맹아, 말 좀 해봐라. 정신이 들었냐?"

"다, 당신들은……."

"어엇! 이놈 보게! 말짱하네?"

괴인들 중 한 명이 소운을 보며 말했다.

"맞아. 그 높은 곳에서 연못으로 곧장 직행했으면서 어디 하나 다친 데가 없구만. 운이 정말 좋은 놈이야."

"크크크, 십 년 전에 그놈이 떨어졌을 때는 연못 옆 맨땅에 떨어져서 완전히 떡이 되었었지."

"클클! 그래서 그놈을 기껏 살려놨더니 얼마 못 가 뒈져 버렸잖아."

소운은 괴인들의 틈바구니에서 자신이 죽지 않고 살아 있음을 실감했다. 사실 소운의 몸은 지금 그리 좋은 상태는 아니었다. 거의 사십 장여를 하강해서 무방비 상태로 물속으로 던져졌으니 아무 이상이 없다면 그것 역시 말이 안 되는 것이다. 다만 괴인들이 보기에는 소운이 아무 이상도 없다고 여기는 것이다. 맨땅으로 떨어진 사람도 살리는 자들인데 물속으로 안전히 떨어진 소운이 정상으로 보이는 것은 당연할지도 모른다.

"저기… 당신들은 누구죠?"

소운은 몸을 일으켜 그의 주위를 둘러싸고 있는 괴인들을 향해 물었다. 소운은 희미한 빛 때문에 괴인들의 모습을 제대로 확인할 수 없었지만 초록색으로 빛나는 눈만은 볼 수 있었다.

"꼬맹아, 우리는 왕년에 삼마라고 불리던 자들이다. 이제는 그 명호들이 가물가물해서 아무렇게나 부르고 있지. 나는 흑마라고 한다."

"저 망할 늙은이가 어디서 삼마래. 니들 흑백쌍마와 나 한천번마는 따로 나눠서 말해야지."

"번마야, 네놈을 우리 쌍마에 끼워준 걸 고맙게 생각해야지."

"백마, 너는 닥치고 있어!"

소운은 이들이 각각 흑마, 백마, 번마로 불리우는 괴인들임을 알았다.

'나는 이제 어떻게 되는 거지? 목숨을 건졌으니 일단 안심해야 하는 건가? 아니면 그 죽음보다 두렵다는 이곳에 갇히게 된 것을 안타까워해야 하는 것인가?'

소운이 깨어나서 차차 이 불회곡의 어둠에 적응해 갈 무렵 흑마가 입을 열었다.

"꼬맹아, 너는 이름이 뭐냐?"

"소운이요."

"척 보기에도 그리 간악한 놈 같지 않은데 왜 이곳에 떨어졌냐?"

소운은 흑마의 말에 자신이 이곳까지 오게 된 경위를 설명했다.

"그러니까, 여자 한 명 지켜보려고 나섰다가 혈의를 입은 놈들에게 납치되어 이곳까지 오게 되었다?"

"이놈이 알고 보니 상당히 무식한 놈일세그려. 세상에 깔린 게 여인들인데 고작 그 이유 때문에 이곳에 들어온 거란 말이냐?"

흑마와 백마가 소운의 이야기를 듣고 이렇게 말했다.

"그게 사실……."

"됐다, 됐어. 어쨌든 네놈은 이곳에 떨어졌으니 이제 와 그 무식한 과거 이야기를 해서 무엇하겠느냐. 어차피 나가지도 못하는 것을."

소운은 번마의 말에 다시 한 번 이곳이 불회곡임을 깨달아야 했다. 들어올 수는 있어도 나갈 수는 없는 곳. 소운은 번마에게 물었다.

"이곳에서 나갈 수 있는 방법은 없나요?"

"왜에, 있지."

"네? 그게 뭔데요?"

"죽어서 혼백이 되어 나가는 방법이 있지. 하지만 이것도 믿을 게 못 돼."

"흐흐흐, 번마야, 간만에 웃기는 소리를 해대는구나."

"크하하, 내 이래서 번마를 좋아한다니까."

흑마와 백마는 번마를 칭찬하며 웃어댔다. 하지만 소운은 번마의 말을 듣고 망연자실 할 말을 잃었다. 다시는 나갈 수 없다는 소리에 힘이 쭉 빠진 것이다.

"이럴 게 아니라 그 마녀 할망구랑 땡초 도사한테도 소개해야 하지 않을까? 새 식구가 늘었다고 말이야."

"으휴, 그 마녀 할망구는 소름 끼쳐서 보기도 싫다. 흑마, 네놈이 가서 말해라."

"그럴 것 없어."

그때 소운과 세 명의 괴인의 귀에 쇠가 긁히는 듯한 목소리가 들려왔다.

"할망구다!"

백마가 소리쳤고 흑마와 번마는 갑자기 소운의 뒤로 몸을 숨겼다. 앉아서 몸만 일으키고 있는 소운의 몸집으론 흑마와 번마를 가릴 수는 없는 일이라 안 숨느니만 못하게 되어버렸지만, 흑마와 번마는 이에 아랑곳하지 않고 그 마녀 할망구라는 여자를 경계했다.

"누가 마녀 할망구야! 막수심이라는 어엿한 이름이 있는데!"

"이 할망구야, 그 막수심이라는 이름 앞에 소수마녀라는 별호가 붙잖아!"

백마가 용감하게 소리치자 흑마와 번마는 갈채를 보냈다. 막수심은 그들을 상대하기도 싫다는 듯이 고개를 설레설레 흔들며 소운에게 말했다.

"네가 이번에 들어온 아이구나?"

소운은 막수심의 모습을 바라보았는데 산발한 머리를 제외하고는 전혀 할머니 같아 보이지 않았다. 오히려 사십 대의 중년 여인 같은 모습이었다. 그런데 막수심의 눈 역시 초록색 빛이자 소운은 그 점이 궁금하게 여겨졌다.

"소운이라고 해요."

왠지 삼마와 이야기할 때와는 다르게 범상치 않은 기백이 느껴졌음인지 소운은 공손히 말했다.

"저런 괴인들을 상대하지 말고 나와 같이 가자꾸나."

막수심은 소운의 손을 잡아 일으켜 세우며 삼마를 노려보았다. 삼마는 막수심의 눈빛에 주춤거렸지만 할 말은 했다.

"이 할망구야! 왜 가만히 있는 아이를 끌고 가려는 거냐?"

이번에도 역시 용감한 백마가 말했다. 그들 삼마는 막수심에게 두려움을 느끼는 듯했다.

"네놈들과 있으면 득 보는 것은 없고 망가지기만 하니 내가 데려가려는 것이다."

"망가지다니?"

"십여 년 전쯤에 들어온 그 아이도 너희들이 하도 보채는 바람에 화병으로 죽지 않았느냐?"

삼마는 막수심의 말에 극구 반박을 했지만 그녀는 소운을 데리고 불회곡의 안쪽으로 들어갔다. 불회곡의 입구는 산 위에 있는 구멍에 불과했지만 밑으로 내려오면서 점점 넓어져서 바닥 부분은 상당히 넓은 지역이었다. 게다가 이곳은 이리저리 동굴이 뚫려 있어서 미로처럼 복잡한 지형이기도 했다. 입구와 바닥은 마치 호리병 모양의 형태였고 바닥에는 작지만 깊은 연못과 가닥가닥 이어져 있는 동굴들로 이루어진 것이 바로 이 불회곡의 모습이었다.

소운은 막수심의 손에 이끌려 동굴 안으로 들어가면서 어디가 어디인지 헷갈려서 정신이 없었다. 잠시 뒤 막수심과 소운이 당도한 곳은 작은 굴이었다. 동굴 안에는 그나마 희미한 빛도 들어오지 않아서 깜깜했지만 소운은 막수심의 모습을 확인할 수 있을 정도로 밝은 빛이 새어 나오는 호리병을 보게 되었다. 소운은 막수심에게 이것이 무엇이냐고 물었는데 막수심은 희미하게 웃을 뿐 대답해 주지 않았다.

"나는 이 어둠이 적응이 돼서 이것이 필요없지만 너는 아직 어둠 속에서 보는 법을 익히지 않았기에 이것을 꺼낸 것이다. 나는 빛이 너무 밝아서 눈이 아플 정도구나."

막수심의 말에 소운은 놀랐다. 겨우 사물을 확인할 수 있을 정도의 빛이 눈부시다니. 소운은 이 불회곡 안에서 생활하려면 자신도 이 빛이 눈부실 정도로 보여야 한다고 생각했다.

"아까 너의 이야기를 대충 들어서 알고 있다마는… 그래, 한 여자를 구하려다가 이곳에 왔다고?"

막수심은 소운에게 물었다. 소운은 그저 자신이 그녀 대신에 실수로 잡혀온 것이라고 말했을 뿐인데 막수심이 그렇게 말해 버리자 그렇다고 대답했다. 어차피 다시 밖에 나갈 길도 막혀 있는데 그런 것은 일일이 따지지 않는 편이 낫다고 생각했기 때문이다.

막수심은 소운의 말에 태도가 조금 변했다. 처음에 소운을 대하던 태도가 그저 낯선 사람을 대하듯 감정이 없는 것이었다면 지금의 태도는 친구를 대하듯이 편안한 느낌이었다.

"사실 나 역시 한 남자를 위해서 이곳에 들어오게 되었단다."

그녀는 소운에게 동병상련의 감정을 느꼈음인가? 갑자기 소운을 대하는 말투가 친근해졌다.

"너와 나는 사랑 때문에 이렇게 평생을 갇혀 지내야만 하는 불회곡에 유폐되어 있지만, 그래도 사랑하는 사람이 있으니 외롭지만은 않을 것이다."

소운은 막수심의 말에 토를 달기는 뭐해서 잠자코 듣고 있었다. 막수심은 자신이 한 남자 때문에 이곳에 들어온 이야기를 장황하게 늘어놓았다. 그녀는 지난 십여 년 동안 제대로 된 대화 상대가 없었던 터라 소운에게 한꺼번에 많은 말들을 했던 것이다. 소운은 이야기를 묵묵히 듣고 있다가 그녀의 말이 끝나자 그동안 궁금했던 것을 물어보았다.

"정말 이곳에서 밖으로 나갈 방법이 없는 건가요?"

"없다고 볼 수 있지. 삼마가 거의 이십여 년 동안 곡 안을 헤집고 다녔는데 발견하지 못했어. 이제는 다들 포기하고 남은 여생을 즐긴다고들 말하고 있지만 아직도 가끔씩은 동굴을 돌아다니며 나갈 방법을 찾고 있는 것 같기도 하더구나."

소운은 막수심의 말에 또다시 절망했다.

"일단 이 불회곡 안에서의 생활을 가르쳐 주어야 할 것 같구나. 식수는 네가 떨어진 그 연못을 그대로 사용하고 있고, 식사는 곡 곳곳에 피어나 있는 버섯과 이끼를 먹으면 된다. 그 외의 거처는 아무 동굴에나 들어가서 잠을 자면 되니까 별다른 문제는 없을 것이다."

'이제는 이곳에 적응하는 수밖에는 없겠어.'

나가지 못한다고 자신의 목숨을 끊을 수는 없었기에 소운은 막수심의 말을 새겨들었다.

"말 나온 김에 버섯과 이끼를 모으러 가보지 않겠니?"

소운은 고개를 끄덕였다.

소운은 막수심과 함께 다른 동굴들을 돌아다니며 초록색의 이끼와 흰 버섯을 따기 시작했다.

"이것이 없었다면 굶어 죽었을 테지만 다행인지 불행인지 곡 안에는 이 버섯과 이끼가 지천으로 널려 있더구나. 그래서 이십여 년 동안이나 목숨을 부지할 수 있었지."

"그런데 아까 그 삼마 어르신들과 막수심 아주머니는 왜 눈이 초록색이지요?"

"삼마 어르신이라니? 그냥 삼마라고 불러라. 게다가 난 너의 할머니뻘이니 차라리 할머니라고 부르거라."

막수심은 소운을 보며 이렇게 말하고는 눈에 관한 이야기를 하기 시작했다.

"이것은 땡초 화상이 가르쳐 준 특이한 안법 때문인데, 그것을 사용하면 어둠 속에서도 사물을 볼 수 있지. 우리는 이것을 녹안이라 부르고 있단다."

"녹안이라고요?"

"그렇지. 너에게도 곧 가르쳐 주도록 하마. 그 땡초 화상에게 배우는 것이 좋겠지만 그 화상 성질이 좀 더럽거든."

소운은 막수심이 언급하는 땡초 화상이 누구일까 궁금해졌다.

"수심아, 내가 없는 곳에서 아주 나를 깔아뭉개고 있구나."

"어라? 이 화상이 어떻게 이곳에 온 거야?"

소운은 아까 전에 막수심의 거처에서 들고 온 호리병을 앞으로 내밀어 방금 나타난 땡초 화상을 확인했다.

"새로 사람이 들어왔으면 나에게 먼저 신고를 했어야지. 수심이 네가 데리고 다니며 나를 욕하면 쓰나."

중이라고 하기엔 머리가 너무 많이 자라나 있었다. 거기에 소운의 눈을 끈 것은 헐렁한 바지춤과 헐렁한 소매였다. 땡초 화상은 각각 한 팔과 한 다리가 없었던 것이다.

"움직이지도 못하는 주제에 이곳까지 오다니……."

"아무리 몸이 이래도 먹고는 살아야 하지 않겠느냐."

"뭐야? 그럼 번마가 오늘 식사를 가져다 주지 않았단 말이야? 오늘은 그놈 차례인데."

"저렇게 새 식구가 들어왔으니 잊을 만도 하지. 자, 나에게 새 식구를 소개해 주지 않겠어?"

소운은 땡초 화상을 자세히 보다가 삼마와 막수심과는 다른 점을 발견했다. 바로 눈이 초록빛으로 빛나지 않는 것이다. 분명 막수심이 초록빛으로 빛나는 것은 저 땡초 화상이라는 사람이 가르쳐 준 안법 때문이었다는데 정작 자신은 그렇지 않으니 소운은 그 점이 의문스러웠다.

"이 아이는 소운이라고 한다. 나처럼 다른 이를 위해서 대신 들어 왔다는 아이지."

막수심은 그렇게 소운을 소개했다. 소운은 한 팔과 한 다리로 기이하게 중심을 잡으며 서 있는 땡초 화상을 보며 인사했다.

"안녕하세요."

"후후, 나는 불광자라고 한다. 한때 부처에게 미쳐서 이 지경이 되어버렸지만 아직 부처를 완전히 잊지 못해서 불광자라 부르고 있지."

소운은 이제 이 불회곡 안에 살고 있는 모든 인물들을 만나보았다. 흑백쌍마와 한천번마, 소수마녀에 불광자까지. 소운은 몰랐지만 이들은 모두 한 시대를 풍미한 공전절후의 마두들이었다.

소운은 불회곡 안에서 자신의 거처로 삼을 만한 동굴을 하나 선택해서 그곳에서 기거하기 시작했다. 소운은 불광자에게 어둠 속에서도 환하게 볼 수 있는 안법을 전수받았는데, 그것은 하나의 구결처럼 그리 어렵지 않은 것이었다. 소운이 연마하고 있는 태현심법의 구결이 서른 가지가 넘는 것을 감안하면 별달리 외울 것도 없다.

그런데 이 안법을 익히고 나서 특이한 작업을 했는데 바로 식사 대용으로 쓰고 있는 이끼와 버섯을 한데 뭉쳐서 즙을 내 눈에 뿌리는 것이었다. 불광자는 이 마지막 작업이야말로 자신의 안법으로 사물을 볼 수 있는 열쇠라고 했다. 그리고 소운이 나중에 안 것이지만 불광자는 앞을 보지 못했다. 장님이라서 다른 이들처럼 눈이 초록색으로 빛나지 않는다. 소운은 눈이 보이지 않음에도 불구하고 그것을 느끼지 못할 정도로 생활하고 있는 불광자가 신기해 보이기까지 했다.

소운은 한차례 잠을 잔 뒤에 연못가로 나왔다. 사실 이 불회곡 안에서 밤낮이란 아무 의미 없는 것이었다. 그저 졸리면 자고 안 졸리면 일어나 있는 것이 이곳 생활의 전부였다. 소운은 연못의 물에 손을 담그며 세수를 했다. 연못의 물은 상당히 차거워서 약간 졸리던 소운의 정신을 번쩍 들게 만들었다.

"부지런하구나."

소운의 뒤에서 막수심이 말했다.

"아! 나오셨어요?"

소운은 막수심을 보며 꾸벅 인사했다. 어제 불광자에게 안법을 배운 뒤로 소운도 어둠 속에서 사물을 확실히 볼 수 있게 되었다. 막수심의 호리병 속의 불빛이 아직 눈부실 정도로 보이는 것은 아니지만 빛이 거의 없는 곳에서도 눈앞을 분간할 수 있을 만큼은 되었다.

"음, 너의 손을 보니 쇄금술 비슷한 것을 연마한 것 같은데……."

소운의 손은 승천관에서 일 년 동안이나 모래에 손을 부딪치는 수련을 했기에 상당히 거칠어져 있었다.

"네. 모래 속에 손을 찔러 넣는 수련을 했어요."

"정말 무식한 방법이구나. 그러한 방법으로 수련을 한다면 겉은 쇠가죽처럼 질겨질지 몰라도 속은 더욱 병들게 된다. 그래서 손을 오히려 버리게 되지."

"이 방법을 가르쳐 준 분이 쇄금술은 분명 이렇게 단련하는 것이라 했는데……."

"그러냐? 그렇다면 나의 손을 보거라."

소운은 막수심의 손을 보았다. 군살 하나 없이 하얗고 매끄러운 손이었다. 소운은 이 불회곡 안에서 이러한 손을 유지하고 있다는 것이 놀라웠다.

"이 손이 이렇게 나약해 보이지만 잘 보거라."

막수심은 매끄러운 손을 쫙 펴더니 수도로 바닥을 내려쳤다. 그러자 손이 두부 가르듯이 바닥으로 들어가는 것이 아닌가? 소운은 너무 놀라서 눈이 휘둥그레졌다.

"진정한 쇄금술이란 이렇게 돌 바닥도 가를 수 있는 단단함과 날카로움이 있어야 한다."

막수심은 바닥에서 손을 빼내며 이렇게 말했다.

"너의 그 방법으로는 백날 해봐야 가죽만 질겨질 뿐 이러한 강함을 보이진 않는다. 가죽은 아무리 질겨도 언젠가는 닳아 찢겨져 버린다."

"그렇군요……."

소운은 자신의 방법에 문제가 있음을 시인했다. 하지만 그것이 뭐 대수겠는가? 이제는 그 쇄금술을 연마할 만한 의지도 여건도 부족한 터인데. 소운은 이렇게 생각하며 손에 물을 적셔서 다시 얼굴을 닦기 시작했다.

"한번 배워보지 않겠니?"

소운의 귓가로 막수심의 목소리가 들려왔다. 소운은 그 소리에 물이 묻은 고개를 들어 올리며 반문했다.

"뭘요?"

막수심은 대답했다.

"내 이 소수를 말이다. 손바닥이 거친 것은 보기가 좋지 않구나."

소운은 생각해 보았다. 어차피 이 불회곡 안에서 할 일도 없는데 배워보는 것도 나쁘지 않을 것이라 생각했다. 소운은 이렇게 해서 강호 제일의 수공이라 불리는 악명 높은 소수마공을 배우게 되었다. 단지 손이 거칠어졌다는 이유에서.

이때부터 소운의 단조로운 생활이 이어지게 되었다. 주로 깨어 있는 시간은 막수심의 소수마공을 연마하거나 동굴 안을 돌아다니며 지리를 익히는 생활을 했고, 잠을 잘 때는 태현심법을 연마했다. 태현심법으로 졸음을 없애는 것은 소운이 지난 일 년 간 하루도 빼놓지 않고 해오던 것이어서 버릇처럼 되어버렸다.

소운은 불회곡 안에 들어와 처음 태현심법을 연마했을 때 무척이나 놀랐다. 단전에서 전과는 다르게 상당한 내공이 느껴진 것이었다. 원래 소운의 태현심법은 선천진기를 닦는 수련이라 연마보다는 깨달음에서 얻어지는 것이 더 많은 심법이었다. 소운이 자신의 죽음을 예감하고 죽음 앞에 담담해졌을 때 생검을 깨달은 것처럼 소운의 선천진기 역시 한층 강해져 있었다.

소운은 가끔씩 불광자와 삼마 등을 찾아가 그들이 강호를 주유했을 시기의 이야기를 들었다. 그들의 생은 파란만장했기에 소운에게 심심치 않은 재미를 안겨주었다. 이것은 오히려 소운이 간접적으로 강호 경험을 쌓는 계기가 되기도 했다.

그리고 불광자의 식사는 이제 소운이 주로 챙겨서 가져가기 시작했다. 두세 번에 한 번 꼴로 잊어먹는 삼마 때문에 불광자가 굶는 때가 많았던 것이다. 소운은 가뜩이나 몸이 불편한 사람을 굶기면 어떡하냐며 차라리 자신이 불광자의 식사를 담당하겠다고 선언해 버렸다. 삼마야 대찬성이었고.

그렇게 소운은 하루하루를 바삐 보냈다. 자신이 불회곡에 있다는 것을 망각할 정도로 바쁘게 말이다. 소운은 현재의 상황이 싫지만은 않았다. 괴팍하지만 따뜻하게 대해주는 다섯 명의 괴인들이 함께 있었기에 외롭지가 않았다. 어차피 세상에 자신은 혼자였지 않았는가.

소운은 남은 생이 얼마나 있을지 모르지만 이 괴인들과 지낸다면 그리 지루하지만은 않을 것이라 생각했다.

그런데 소운의 이 생각은 잠을 자고 깨어나는 순간들이 백여 번 반복되었을 때 백팔십도 바뀌게 되었다. 소운은 불회곡이 왜 죽음보다 두려운 곳인지 알게 되었다.

소운은 여느 때처럼 태현심법을 수련하고 있었다. 그런데 갑자기 오한이 들면서 몸이 떨려오기 시작하더니, 어느 순간 죽음보다 더한 고통이 밀려 들어왔다. 근 두 시진여를 강타한 고통은 소운에게 크나큰 여운을 안겨주었다. 차라리 죽고만 싶었던 몸 안의 통증.

소운은 이런 것이 죽음보다 더한 고통이구나 생각했다. 소운의 몸은 땀으로 범벅이 되어버렸다. 가슴팍을 물들인 핏물은 소운이 고통에 못 이겨 이를 악물다가 혀끝을 깨물어 나온 것이었다.

"살아 있구나."

어느새 나타난 막수심이 소운의 곁으로 다가왔다.

"당신들은… 알고 있었나요?"

"알고 있었다. 그 고통을 이겨낸 자만이 살아남는다는 것을. 십 년 전에 왔던 그애는 그 고통을 이겨내지 못하고 스스로 목숨을 끊었다. 이십 년 전에 이곳에는 열 명의 사람이 있었는데 그중의 반은 그 고통을 견디지 못하고 죽었단다."

"무엇이 이렇게 고통스럽게 하는 거죠?"

"바로 그 이끼와 버섯이다. 살려면 그 이끼와 버섯을 먹어야 하는데 그것을 먹으면 백 일마다 한 번씩 정말 죽고 싶은 고통이 밀려온단다. 어쩔 수 없는 선택이었지."

"저한테는 왜 그 이야기를 해주지 않으셨나요?"

"단지 백 일 간만이라도 편하게 살길 바랬다. 그 고통을 이겨내지 못하고 죽는다면 그걸로 된 것이고, 설령 살았다고 해도 이제 알았으니 된 것 아니겠느냐."

소운은 생각했다.

'그들은 나를 생각해서 말을 해주지 않았구나. 고통이라… 난 단지 이곳에서 나가지 못하기 때문에 고통스러운 줄로만 알았는데……. 삶을 산다는 것이 그리 간단한 일이 아니구나. 이들은 백 일마다 찾아오는 고통과 싸우면서 이십 년 동안이나 살아왔다니…….'

소운은 기진맥진한 자신을 돌아다보며 짧게 탄식했다.

'난 이대로 끝나고 마는 것인가?'

알 수 없는 일이었다. 그러나 소운은 불회곡이 이런 곳이라면 자신은 더 당당한 모습으로 지내야겠다고 생각했다.

'그래, 그까짓 이끼 따위에 이렇게 고민할 필요는 없지. 네가 나에게 고통을 준다면 난 그만큼 더욱 악착같이 버텨주겠다.'

소운은 불회곡에 들어온 지 백여 일이 지난 이때부터 더욱 열심히 무공을 수련하기 시작했다. 그간에는 별다른 목적 없이 그저 습관적으로 무공을 연마했다면 지금은 고통을 무공 연마로 잊으려는 듯 미친 듯이 몰두했다.

승천관에 있을 때 소운이 주로 연마했던 것이 검이라 검술 수련을 하고 싶었지만 검이 없어 전혀 하지 못했다. 그러나 막수심이 소수를 이용해 동굴 안에 고드름처럼 솟아 있는 종유석을 검 모양으로 만들어서 소운에게 주자 그때부터 검술을 연마할 수 있었다. 묵직한 종유석의 무게에 적응하는 데만도 한참 걸렸지만 소운은 이 석검이 마음에 들었다. 투박하고 날도 없지만 왠지 전에 단우영에게 멧돼지 때려잡는 법을 배울 때 썼던 몽둥이 같아 친근하게 느껴졌던 것이다.

"후우… 후우……."

소운은 심호흡을 하고 석검으로 삼재검법의 마지막 초식을 펼쳤다. 소운의 검끝이 세 번의 변환을 일으키며 전방을 향해 움직였다. 소운은 불회곡으로 떨어질 때 생검을 깨달은 후 검에 마음을 담는다는 것을 이해할 수 있었다.

"좋은 소리구나. 검에 생명이 담겨져 있어."

소운이 불회곡의 연못 옆에서 수련하고 있을 때 불광자가 나타나 말했다.

"아! 불광자 할아버지……."

소운은 이마의 땀을 닦으며 불광자를 보았다.

"몸도 불편하시면서 왜 자꾸 이곳까지 나오고 그러세요?"

"좀이 쑤셔서 가만히 앉아 있을 수가 있어야지. 그건 그렇고, 너의 무공은 누구한테 배운 것이냐? 기초가 아주 탄탄한 것을 보니 시정잡배에게 배운 것 같지는 않은데……."

"목검자라는 분이 가르쳐 주었어요."

"아아, 목검자? 목검자에게 배워서 그렇다는 소리구나…… 가만, 목검자라고?"

불광자는 화들짝 놀라며 소운에게 되물었다. 소운은 언제나 무거운 분위기였던 불광자가 이렇게 반응하자 그것이 더욱 놀라웠다.

"아는 분이세요?"

"알다마다."

소운은 불광자에게 목검자를 어찌 아느냐고 물었다. 불광자는 소운의 말에 천천히 자신과 목검자의 관계를 말하기 시작했다.

"내가 강호에서 살생불이라는 별호를 얻고 닥치는 대로 살인을 하며 지내고 있을 때 목검자라는 그 쭈그렁탱이가 '형님' 하면서 날 찾아왔었지. 나보다 더 늙어 보이는 놈이 징그럽게 형님이라니⋯⋯. 하여튼 그 목검자란 녀석이 떼를 쓰며 말렸기 때문에 살생을 멈추고 심산유곡에 눌러앉아 있게 되었지. 그러다가 이 지경이 되었지만 그놈 아니었으면 아직도 사람을 죽이며 다녔을 거야."

소운은 그 말에 불광자를 다시 보게 되었다. 생김새는 비록 인자한 모습이어도 살인을 하며 강호에 악명이 높았던 사람인 것이다.

'하지만 지금은 몸도 가누지 못하시는 분이지.'

소운은 강호를 질타하며 명성을 드높였을 불광자의 모습을 상상해 보았다.

"네가 그 목검자의 진전을 이었다면 분명히 대단하겠구나. 내가 인정하는 몇 안 되는 사람 중 하나가 목검자거든."

"아니에요. 그분의 말을 이해하지 못해서 일 년이나 허덕였는걸요. 게다가 진전을 이은 것도 아니에요. 그저 검법 한 가지를 배웠을 뿐⋯⋯."

"그 검법의 이름이 무엇이냐?"

"삼재검법이요."

"어? 그것은 목검자의 무공이 아닐 터인데⋯ 혹시 강호인이라면 누구나 배울 수 있는 그 삼재검법을 말하는 것이냐?"

"아마 그럴 거예요."

"아! 그 쭈그렁탱이가 드디어 망령이 들었단 말인가?"

소운은 목검자에게 배운 생검을 설명해 줄까 생각했지만 어차피 눈이 보이지 않는 불광자이기에 그냥 그렇게 생각하도록 놓아두었다. .
불광자는 연신 목검자에 관한 소리를 늘어놓더니 다시 자신이 기거하
는 동굴로 돌아갔다. 돌아가는 불광자를 보며 소운은 씨익 웃음을 짓
고는 다시 석검을 들어 연마하기 시작했다.

소운은 석검으로 삼재검법을 수련한 지 벌써 백여 일이 다 돼가고
있음을 생각했다.

'슬슬 그 고통이 찾아올 시기인가?'

소운은 그 고통이 또다시 찾아온다고 생각하니 두려운 마음이 들었
지만 자신은 이겨낼 수 있다고 생각했다. 그리고 그걸 위해 만반의 준
비도 갖추어놓았다.

"일단 검술 수련은 여기까지 하고."

소운은 석검을 조심스럽게 벽에 기대어놓은 뒤에 막수심이 전수해
준 소수를 펼쳐 보기 시작했다. 소수마공은 손의 고운 정도에 따라 그
화후가 결정되는데, 손이 새하얗고 흠집 하나 없다면 그것은 소수마
공을 대성했다는 증거가 된다.

막수심의 손이 바로 그랬다. 지금 소운의 손은 막수심의 손만큼은
아니었지만 그래도 처음 소수마공을 배울 때보다는 손이 많이 고와져
있었다. 삼마들은 소운의 손을 보며 여자 같은 손이라고 놀려댔지만
내심은 자신들도 손이 고와지고 싶었는지 막수심에게 가르쳐 달라고
조르기도 했다.

"소수혈인."

소운의 손이 하얗게 빛이 나며 강기를 내뿜었다. 소운은 이 소수마
공이 강호에서 사악하고 독랄한 장공으로 이름났다는 것을 알지 못
했다. 설령 알고 있다고 해도 굳이 배우지 않으려 하지도 않았을 것

이다.

소수마공은 소수를 연마하는 과정과 그 소수를 이용해 장법을 펼치는 과정으로 나누어진다. 일단 소수를 연마하고 나면 그 소수로 소수인이라는 장법을 펼치게 되는데, 소운은 소수인의 세 가지 초식 중 첫 번째를 수련하고 있었다.

막수심의 말이 세 번째 초식까지 배우게 된다면 손이 자신처럼 될 것이라 했다. 첫 번째 초식을 배운 뒤에 다시 소수를 연마해 두 번째 초식을 배우고, 또 같은 과정으로 세 번째 초식까지 배우게 되면 그때야 비로소 소수마공을 완성했다고 할 수 있었다.

소운은 소수인을 펼치기 위해 소수를 운용한 상태에서 석검을 들었다.

'오랜만에 풍검을 펼쳐 볼까?'

소운은 이렇게 생각하고 검을 회전시키기 시작했다. 자신의 내공이 강해졌으니 풍검도 제대로 펼칠 수 있을 거라는 생각에서였다. 소운은 이때 보력심법 역시 같이 운용하고 있었다.

"우와!"

소운의 석검은 계속해서 회전하기 시작하더니 전에는 볼 수 없었던 강맹한 기세를 내뿜으며 맹렬하게 회전하기 시작했다. 주위의 것들을 모두 빨아들이려는 듯이 무서운 기세로 회전하는 검으로 인해 바닥에 있던 돌 조각들이 들썩였다.

'이거 더 할 수 있겠는걸?'

소운은 아직 전력을 다해 풍검을 펼친 것이 아니기에 전력을 다한다면 얼마나 대단할지 상상해 보았다. 단지 석검이 견디지 못하고 부러질 것 같아서 이 선에서 그만두기로 했다.

휘이익…….

바람 소리가 잦아들면서 소운의 검이 멈추었다.

"다음번에는 삼재검법에 넣어서 펼쳐 보아야겠다."

이렇게 생각한 소운은 소수마공과 풍검을 펼치느라 흘린 땀을 닦아내기 위해서 연못으로 다가갔다.

탕!

소운이 석검을 떨어뜨리는 소리가 고요한 불회곡 안을 울렸다.

'이런, 시작이야.'

소운은 오한이 드는 몸을 추스르며 재빨리 자신이 잠을 자는 동굴을 향해 뛰었다.

'조금만 버텨다오.'

떨리는 발걸음으로 마침내 자신의 동굴 안에 도착한 소운은 준비해놓은 무명천을 입에 물었다. 이 천은 소운의 옷을 찢어서 만든 것이다. 소운은 무명천을 입에 물고는 양손으로 종유석이 솟아나 있는 곳을 단단히 잡고 구석에 앉아 다가올 고통을 기다렸다.

"우윽!"

오한이 든 지 얼마 지나지 않아서 닥친 고통은 정말 감당하기 힘든 것이었다. 소운은 무명천을 물고 있는 이를 악물며 고통을 견디어냈다. 고통이 거세지면 거세질수록 소운의 악문 이는 점점 힘을 더해갔고, 종유석을 잡고 있는 손의 힘줄은 더욱 불거졌다.

'이까짓 거… 이까짓 거…….'

소운은 이 말을 반복하다가 정신을 잃었다. 소운의 얼굴에는 고통의 기색이 완연했고 잡고 있던 종유석에는 소운의 손자국이 나 있었다.

한차례의 고통의 시기가 끝나자 소운은 다시 전처럼 무공 수련에 박차를 가했다. 삼마는 항상 소운을 보며 왜 그리 무공에 집착을 하는지 물었고 소운의 대답은 한결같았다.

"잊기 위해서요."

삼마는 번번이 그런 소운의 말에 할 말을 잃고 돌아갔다. 원래 그들은 소운이 자신들의 이야기를 재미있게 들어주고 말상대를 해주었을 때가 좋았다. 지금처럼 오로지 무공에만 관심이 있는 소운은 달갑지 않은 것이다. 하지만 무엇인가에 몰두해 있을 때의 소운은 말을 붙이기가 힘들 정도로 그것에 집중하는 터라 삼마는 마냥 자신들과 놀자고 할 수가 없었다.

그래도 가끔씩 소운이 그들에게 찾아올 때면 자신들이 알고 있던 강호의 비사라든지 비밀스런 이야기를 마구 꺼내놓으며 소운의 환심을 사기 위해 노력했다.

누군가 흑백쌍마와 한천번마가 한 소년의 환심을 사기 위해 온갖 방법을 다 동원하고 있다는 소리를 들었다면 분명 까무러칠 것이다. 그들 삼마가 비록 이십여 년 전에 사라진 마두들이라고는 하지만 그 이름이 천하를 울렸던 사람들이다. 이십 년 전에는 아무도 그들에게 함부로 대한다거나 무시하는 태도를 가질 수가 없었다. 오죽하면 함께 행동하지 않는 정사가 합작해 그들을 몰아 이 불회곡 안으로 들어오게 만들었을까. 아무튼 지금 불회곡 안에서 소운의 인기는 하늘을 찌를 듯했다.

"번마 할아버지는 그럼 원래 무당파의 제자셨어요?"

"그렇지. 번듯한 대진이라는 도호가 있었지."

"큭큭! 번마 이놈이 무당파에 있으면서도 본성은 못 숨긴다고, 무당파 옆에 살고 있던 여염집의 규수를 납치해 탐하려다가 걸리고 말았지."

"닥쳐라, 흑마야! 그녀가 분명 나와 함께 가겠다고 했단 말이다!"

"그런데 무당파에서 그렇게 집요하게 추적을 했단 말이냐?"

"그야, 그때 내가 무당파의 진산지보인 태을검을 집어 들고 나왔기 때문이지."

"뭐? 태을검이라면 장문인을 나타내는 무당파의 보물 아니냐? 그래, 그렇다면 그 검을 어떻게 했어?"

"뭐… 가까운 전당포에 맡겨서 도망갈 노자를 벌었지."

번마의 말에 흑마와 백마가 머리를 탁 치며 탄식했다.

"어이쿠! 이 무식한 놈! 그때는 우리에게 말했어야지. 태을검 정도면 적어도 암시장에서 황금 백 냥은 받을 수 있는데……."

"무당파에서만 자랐기 때문에 돈이 급했거든."

소운은 그들의 강호담을 들으면서 강호에 나간다면 하고 싶은 일이 너무도 많이 생기게 되었다. 자신이 이렇게 삼마를 찾아오는 것도 그들의 이야기를 들으며 강호를 주유하는 자신을 꿈꾸어 보기 때문인지도 모른다.

"그래서 너와 함께 도망친 그 여자는 어떻게 됐냐?"

"글쎄, 그것이… 분명히 함께 도망친 것은 나인데 나중에는 다른 남자를 따라가더라고."

"그걸 그냥 두고 보았냐?"

"나도 그 남자를 때려죽이고 싶었지만, 그녀의 행복을 바랬기 때문에 그냥 떠나보냈지."

번마는 이렇게 말하고 우울한 표정을 지었다. 그런데 백마와 흑마는 전혀 우울하지 않게 말했다.

"큭큭큭! 미친놈."

"우리가 언제 그런 거 따졌냐?"

번마는 흑마와 백마의 말을 듣고는 우울한 표정을 풀며.

"그런가? 맞아, 그때 그놈을 때려잡을 걸 그랬어."

소운은 이제 돌아가야 할 때가 왔음을 느꼈다. 이제부터는 그들이 악행을 저질렀을 때의 일들을 침을 튀겨가며 말할 시기였다. 그들은 이 불회곡에서 이십 년이란 세월을 보내면서 생각이 종잡을 수 없고 예의 같은 것도 전혀 없는 괴인들이 되어 있었다. 단지 불회곡의 특성상 대화할 사람이 너무도 없었기에 심심함을 참지 못해 사람의 목숨이 귀한 줄을 알게 된 것이었다. 참으로 어이없이 생의 소중함을 깨달은 사람들이다.

소운은 막 몸을 일으켜 나가려고 했다. 그런데 그의 귓가로 부르르 진동하는 굉음이 들리면서 동굴 안이 흔들리기 시작하는 게 아닌가?

쾌광!

동굴 안에 매달려 있던 석순들이 떨어지며 큰 소리를 냈다. 소운은 그 와중에도 저 돌에 맞으면 무척이나 위험하겠다고 생각했다.

"이거 뭐야!"

삼마는 별안간 벌어진 사태에 놀라며 석순에 맞지 않게 동굴 벽 쪽으로 몸을 붙였다. 소운도 동굴 벽으로 몸을 붙이다가 별안간 불광자가 생각났다.

'맞아! 불광자 할아버지는 몸을 움직이기 힘들잖아!'

소운은 불광자에게 생각이 미치자 미처 석순이 떨어지고 있다는 것을 생각지도 않은 채 동굴 밖으로 뛰어가기 시작했다.

"이봐, 소운아! 위험해!"

삼마가 소리쳤지만 이미 소운의 몸은 어둠 속으로 사라진 뒤였다.

"불광자 할아버지가 위험하다구요!"

소운의 이 말만이 삼마가 있는 동굴 안을 울릴 뿐이었다.

제13장
생과 사

"할아버지! 할아버지!"

소운은 고함을 치며 불광자가 기거하는 동굴로 달려갔다. 도중에 떨어지는 석순을 피하느라 시간을 지체해서 조급한 심정이 된 소운은 이제는 석순들을 소수를 이용해 쳐내면서 빠르게 달려갔다.

"할아버지!"

소운은 불광자가 있는 동굴까지 도착했다. 소운은 재빠르게 동굴 안을 살피며 불광자를 찾았다.

"어디 계세요, 할아버지?"

"그렇게 고함지를 것 없다."

"막수심 할머니……?"

동굴 안에는 막수심이 불광자를 부축한 채 벽 쪽에 기대어 있었다.

"위험하니 너도 어서 이쪽으로 오거라!"

막수심이 소운에게 소리쳤다. 소운은 떨어지는 돌을 피하며 막수심과 불광자가 있는 곳으로 다가갔다. 막수심은 소운이 다가오자 말했다.

"너는 원래 삼마들과 같이 있지 않았느냐?"

"네. 그런데 불광자 할아버지가 걱정이 돼서……."

"못난 놈."

소운의 말에 불광자가 말했다. 불광자는 안색까지 변하며 소운에게 계속 말했다.

"너는 네 목숨보다 다른 사람의 목숨이 중요하단 말이냐? 이런 위험한 순간에 어찌 그곳에서 이곳까지 올 수가 있단 말이냐?"

"저는……."

"이곳이 네가 살던 곳이랑 똑같은 줄 알고 있느냐! 불회곡 안은 위험한 것 투성이란 말이다. 구차한 목숨 오래 붙여놓고 싶으면 네 목숨 하나만 잘 간수하란 말이다!"

"땡초야, 그만 해라. 소운이 네가 걱정이 돼서 왔다지 않느냐."

소운은 불광자의 말에 침울해졌다. 자신은 그저 불광자가 위험할까 봐 온 것뿐인데 이렇게 화를 내다니…….

"소운이 너도 너무 상심 말거라. 불광자 이놈이 워낙에 정이 없는 놈이라 그렇단다."

소운은 불광자를 보았다. 눈이 보이지 않아 초점이 없는 탁한 회색 동공이 불광자의 공허한 마음 상태를 반증이라도 하는 듯했다. 얼굴에는 잔주름이 가득하고 세상 풍파에 너무 찌들어 오히려 그것에 달관한, 득도한 고승 같아 보이는 얼굴.

"음… 움직임이 멈추었구나."

불회곡 전체가 흔들리는 것을 멈춘 듯 고요해졌다. 소운과 불광자는 아무 말 않고 침묵을 지키다가 막수심의 말을 듣고서야 쭈뼛쭈뼛 몸을 움직이기 시작했다.

"소운, 이놈아!"

동굴 저쪽에서 메아리처럼 삼마의 목소리가 들려왔다. 그 목소리와 동시에 불광자의 동굴 안으로 삼마가 나타났다.

"이놈이, 돌이 떨어지는데 막 달려가다니! 미친 거 아니야!"

제일 앞에 달려오던 번마가 소리쳤다. 번마의 말을 받아 뒤에서 같이 뛰어오던 백마도 소리쳤다.

"맞아! 이 자식이 그새 번마를 닮았나? 미친 짓을 하고 지랄이야!"

"백마, 너 말 한번 잘했… 아니, 이놈이 어따 대고 미친놈이래."

"번마야, 백마의 말이 맞지 않느냐. 네놈이 미친 것은 세상 사람이 다 아는 일인데."

"세상 사람이 다 안다고? 이런 석두 같은 놈. 불회곡 안에 우리 말고 다른 사람이 또 있냐? 내가 미친 건 쌍마 니놈들이랑 저 마녀 할망구밖에 모른다고. 흐흐흐."

삼마는 소운을 나무라러 온 것인지 자기들끼리 다투러 온 것인지 분간이 안 갈 정도로 뒤죽박죽으로 떠들었다. 막수심은 그런 삼마를 보며 소리를 버럭 질렀다.

"삼마야! 조용히 해라! 안 그러면 내가 입에다가 소수(素手)를 먹여서 다시는 말도 못 꺼내게 할 테다!"

막수심의 말에 그들의 다툼은 한번에 평정이 되어버렸다. 소운은 이들 사이의 관계가 마치 강명 사형제들과 천향혜의 관계와 비슷하다 생각되었다.

'그들은 잘 지내고 있을까?'

소운이 불회곡에 떨어진 지도 꽤 지났다. 소운은 날짜 감각이 무뎌져 얼마나 됐는지는 정확히 몰랐지만 일 년 정도가 흘렀을 것이라 생각되었다.

"그건 그렇고, 소운아, 너 괜찮냐?"

번마가 막수심의 말에 움찔해 있다가 소운을 보며 물었다.

"네. 괜찮아요, 번마 할아버지."

삼마까지 불광자의 동굴로 모이는 통에 이곳은 지금 불회곡에 살고 있는 인원 전부가 모인 것이 되어버렸다. 그들이 이렇게 모이기는 소운이 이곳에 들어온 뒤로 처음 있는 일이다.

"오늘 것은 꽤 컸어."

"그래, 이게 몇 년 만이지? 벌써 한 십 년은 된 것 같군."

소운은 그들의 대화에서 오늘 있은 이 불회곡 안의 진동이 처음 있는 일이 아님을 알게 되었다.

그 뒤로 다시 예전처럼 별다른 일 없이 지내는 생활이 계속되었다. 소운은 무공 수련을 했고, 삼마는 그런 소운을 꼬셔서 자신들의 이야기를 들어달라고 하는 일들이 반복되었다. 막수심은 간간이 소운의 소수마공의 성취를 확인하기 위해 불회곡의 중앙 연못가로 나올 뿐 자신의 거처에 틀어박혀 나오지 않았다. 불광자의 식사는 소운이 계속 담당했는데 저번의 사건을 계기로 불광자와 소운은 조금 더 마음을 터놓고 지낼 수 있게 되었다.

그러던 어느 날이었다. 소운은 동굴에서 잠을 자고 있었는데 삼마 중 흑마가 갑자기 깨우며 모두들 연못 옆으로 나오라고 했다. 흑마의 얼굴은 전에 없던 기쁨으로 물들어 있었는데, 그 기색에 번마와 백마도 무슨 일인가 하고 나왔다. 소운은 불광자를 부축해서 왔고 막수심은 흑마를 노려보며 쓸데없는 소릴 하면 죽여 버리겠다는 표정을 했다.

"자, 다들 모였지?"

"그럼. 이곳에 우리 말고 더 있냐? 빨랑 말해라, 흑마야."

번마가 흑마에게 재촉했다. 흑마는 득의양양해서 말했다.

"후후, 여길 한번 봐봐. 뭐 변한 거 없어?"

"우음… 흑마야, 네놈의 얼굴에 검버섯이 좀 는 거 같은데… 설마 그것 때문에 잠자고 있는 사람을 깨운 거냐?"

"아니, 나 말고 이 연못!"

백마가 흑마의 얼굴이 어쩌네 하면서 말할 때까지만 해도 별다른 기대를 하지 않고 있던 다른 이들은 흑마의 말에 연못을 바라보았다.

"뭐가 어떤데? 그 물이 그 물 아니야?"

번마가 흑마를 보며 투덜거렸다.

"큭큭! 그래서 네가 머리가 안 돌아가는 거야. 잘 봐봐. 무언가 변하지 않았냐?"

연못을 가만히 바라보고 있던 막수심의 눈이 별안간 빛을 발했다.

"연못의 수위가 높아졌구나."

"맞아! 그거야! 역시 마녀 할망구가 머리 하난 좋다니까."

평소 같았으면 흑마의 말에 성을 냈을 막수심이지만 지금은 곰곰이 생각에 잠겨 있었다.

"저기… 연못 물이 많아진 것이 좋은 일인가요?"

소운이 궁금하여 물었다.

"그럼, 좋다마다. 아주 좋지."

흑마는 연신 벙글거리며 말하고 있었다. 번마는 머리를 긁적이며 말했다.

"난 통 모르겠는걸……."

"큭큭, 그럼. 이걸 내가 어떻게 알아낸 건데."

"그렇다면 나갈 수 있는 길이 있을지 모른다는 건가?"

불광자가 가만히 있다가 말했다.

"뭐야?"

백마와 번마가 불광자의 말에 놀라서 소리쳤다.

"어떻게? 말해 봐!"

불광자를 향해서 백마와 번마가 보채기 시작하자 불광자는 당혹스러운 듯 손을 내저으며 말하기 시작했다.

"연못의 수위가 올라갔다는 것은 연못의 바닥에 틈이 생겼기 때문일 것이다. 아마 이번의 지진으로 인한 것이겠지. 연못의 수위가 비가와서 올라갈 일은 없으니 이것이 확실할 것이다. 또 연못의 바닥에 틈이 생겨 수위가 올라갔다 함은 그 틈과 지하의 수맥이 연결되어 물이 들어온 것일 테니 그 수맥을 따라가다 보면 어쩌다 밖으로 나가는 길을 찾을지도 모르지."

"뭐야?"

밖으로 나가는 길이라는 말에 백마와 번마는 기쁨을 감추지 못했다. 듣고 있던 소운마저도 가슴이 두근거려 왔다.

"땡초 놈이 내가 할 말을 다 하는구나."

흑마는 작게 투덜거렸다.

"하지만… 지진이 일어난 지 한 달 정도가 지난 지금에야 발견할 수 있을 정도로 느릿하게 연못의 수위가 올랐으니 그 틈이 아주 작아서 사람이 빠져나갈 수 없을지도 모른다. 게다가 그 틈으로 이어진 지하수맥이 바깥으로 나가지 않는 수맥이라면 그것 역시 나가지 못하는 길이 되는 것이다."

"큼큼, 땡초야, 그런 소리로 초 치지 말고 조금만 기다려라. 내가 내려가서 확인하고 올 테니."

흑마가 불광자를 향해 말했다.

"나도! 나도 갈래!"

"나도! 나도!"

백마와 번마가 이렇게 말하자 흑마는 그런 그들에게 일침을 놓았다.

"먼저 발견한 사람이 나이니 확인하는 것도 나다. 니들은 그런 것도 못 찾는 바보들이니 자격도 없다. 큭큭, 차라리 니들 둘이 석두쌍마라는 별호를 다는 것이 어떠냐?"

흑마의 말에 백마와 번마는 흑마를 때려잡으려 했지만 막수심이 조용히 말렸다.

"흑마야, 어서 빨리 확인해 보고 오너라."

막수심 역시 긴장되는 것일까? 목소리가 조금 떨리고 있다는 느낌이었다.

소운을 제외한 그들 다섯은 이 불회곡 안에서 이십 년 동안이나 갇혀 지냈다. 나갈 수 있는 길이라면 지푸라기라도 잡고 싶은 심정으로 달려든 적이 한두 번이 아닌 것이다.

"그럼 빨랑 갔다 와!"

번마의 퉁명스러운 말을 뒤로한 채 흑마가 연못 속으로 뛰어들었다. 흑마가 연못 속으로 들어가자 연못 밖에서는 미묘한 감정이 감돌았다. 제발 나가는 길이 생겨야 한다고 모두들 가슴 두근거리며 기다리고 있었다. 행여나 길이 없다면 어쩌나 하는 조바심도 들었다. 소운의 가슴도 세차게 요동 치며 긴장했다. 흑마가 연못 속으로 들어간 지 일각 정도가 지났다.

"이놈이 굴을 파고 있나, 왜 이렇게 안 나와?"

번마가 이렇게 말했을 때, 연못 속에서 검은 그림자가 아른거렸다.

"왔다!"

촤악—!

"푸아! 어푸어푸……."

흑마는 수면 위로 머리를 내밀자마자 말을 꺼내려다가 물을 먹고 말았다.

"흑마야, 어떻게 됐어?"

"우욱……."

흑마는 연못 밖으로 기어 나와 입 안에 들어온 연못 물을 뱉었다. 그러나 이미 뱃속에 들어간 많은 물들은 토하지 않는 한 도로 뱉기 힘들었다.

"이……."

흑마는 말을 꺼내려고 노력했다.

"그래, '이' 뭐?"

"이… 있다! 사람이 빠져나갈 만한 구멍이 있어!"

흑마는 말문이 막혔던지 더듬거리다가 한 번에 소리쳤다. 그 말에 백마와 번마를 비롯해 막수심까지 얼굴이 환해졌다.

"있다구? 정말?!"

"으하하하!"

소운은 흑마의 말을 듣고 나서 자신에게도 한줄기 희망이 솟아나는 것을 느꼈다.

'잘하면… 나갈 수 있다는 말이지?'

소운의 입가에 불회곡으로 들어온 뒤 처음으로 만족스러운 미소가 피어났다.

꿈을 아는 사람들은 으레 꿈을 쫓기 마련이고, 한번 희망의 빛을 찾은 사람들은 또다시 다른 희망을 찾아가기 마련이다. 그런 의미에서 본다면 지금 이곳은 희망을 찾는 사람으로 가득한 공간이었다.

불회곡 안에 생기가 감돌기 시작했다.

"주의할 것 한 가지. 들어가게 되면 어떻게 될지 모른다. 목숨을 잃을 수도 있어."

불광자가 좌중을 둘러보며 말했다. 지금 이 시간은 말하자면 불회곡을 나서기 위한 좌담회라고나 할까. 삼마를 위시해 막수심과 소운은 불광자의 말을 새겨듣고 질문하기 시작했다.

"땡초야, 그냥 나가면 되는 것 아니냐?"

"구멍이 뚫렸으니 나가면 끝 아니냐?"

백마와 흑마의 질문에 번마가 한심하다는 투로 말했다.

"아까 땡초 말 못 들었느냐. 그 구멍으로 들어간다고 해도 구멍으로 이어진 곳이 또다시 막혀 있으면 말짱 황 아니냐."

"흐흐흐, 그래도 빨리 한번 들어가 보자."

백마가 번마에게 말했다.

소운은 몇 가지 챙겨 들었다. 식량으로 쓸 이끼와 버섯, 그리고 석검이었다. 막수심 외에 다른 이들은 아무것도 챙기지 않았다. 불회곡 안에서 그들은 짐이란 것이 없었던 것이다.

"일단 물 안으로 들어가게 된다면 의사 소통이 불가능해지니 여기서 모두 정해놓아야 한다. 일단 제일 앞은 흑마가 맡아라. 네놈이 한 번 들어가 봤으니 길을 알 것이다. 그 뒤로는 백마와 번마가 따라가고. 막수심은 소운을 잘 챙겨서 뒤따르도록 해라."

소운은 불광자의 말을 가만히 듣고 있었다. 그런데 불광자의 말에서 한 가지 이상한 점을 발견했다.

"저기, 할아버지… 그럼 할아버지는 몇 번째로 가나요?"

불광자의 말에서 자신에 대한 언급이 없었던 것이다.

"나는 가지 않는다."

"네?!"

불광자의 말에 모두들 놀랐다.

"어째서요! 왜 가지 않는다는 거예요!"

소운은 불광자에게 소리쳤다.

"너희들이 알다시피 난 팔과 다리가 하나씩 없다. 이 몸으로 물속을 헤쳐 나갈 수야 없지."

"제가 끌고 가면 되잖아요."

소운은 불광자를 바라보며 말했다. 지금 소운의 눈은 도저히 믿을 수가 없다는 표정이었다.

"소운아, 아직 네가 잘 모르나 본데, 너의 무공으로는 네 한 몸 간수하기도 힘들다. 그리고 삼마나 막수심은 그런 너 하나 데려가는 데 자신들의 목숨까지 걸어야 한다. 너의 무공 수준을 네가 과신하는 것이 아니라면 내 말이 무슨 뜻인지 알 것이다."

전대의 거마들인 삼마조차 힘들다는데 소운이 무슨 수로 불광자를 데려가겠는가.

"안 돼요! 그럴 순 없다고요!"

소운은 불광자의 말을 인정하지 못한 채 악다구니를 썼다.

"게다가 난 몸이 너무도 약해져 있어. 저 물이 주는 압력을 견디지 못하고 제풀에 쓰러질 것이다. 그 이끼가 주는 고통에 지금도 하루하루 버티기 힘든걸."

"할아버지!"

불광자의 완고한 말에 소운은 끝내 눈물을 보였다.

지진이 나서 불광자를 찾아 자신이 뛰어왔을 때 그가 했던 말이 생각났다.

'못난 놈… 구차한 목숨 오래 부지하고 싶으면 네 몸 하나 잘 간수하란 말이다.'

그 말이 야속하게도 왜 지금 생각이 나는 것일까? 소운은 어쩌면 불광자가 이러한 상황을 미리 예견하고 그런 냉정한 말을 했을지도 모른다고 생각했다.

"이리 와보거라, 소운아."

불광자는 소운을 나직이 불렀다. 소운은 불광자의 앞에 가 섰다.

"네가 처음 이 곡 안으로 들어왔을 때 난 새 식구가 한 명 늘었다 생각하고 좋아했다. 그런데 너의 행동과 심성을 보며 앞날을 생각해 보니 그냥 이 불회곡에서 평생을 보낼 것 같지가 않더구나. 하늘은 너에게 기회를 준 것이다."

불광자는 천천히 하나 남은 손으로 소운의 얼굴을 매만졌다.

"그 기회를 썩히지 말아라. 너는 분명히 이곳을 나가 강호를 주유하며 네가 하고 싶었던 일들을 해낼 수 있을 것이다. 너의 상은 풍파를 겪으며 성장해 나갈 상이다. 그냥 이런 곳에서 눌러앉아 고통을 겪으며 보낼 관상이 아닌 것이다. 이 불회곡도 너에게 하나의 풍파가 될 것이다."

소운은 엉엉 울고만 싶었다. 그러나 불광자의 손이 자신의 얼굴을 만지고 있기에 눈물을 보일 수 없다.

"가라. 가서 네놈에게 기회를 준 하늘을 한번 시험해 보거라. 이곳에서 나가든지 이곳에서 뼈를 묻든지. 둘 중에 하나를 택하거라."

불광자는 소운에게서 손을 거두었다. 소운은 조용히 뒤로 물러났다.

"땡초야, 우리가 강호를 돌아다니다 재미없으면 다시 돌아오마. 그때까지 살아 있어라."

번마가 불광자에게 말했다.

"번마, 네놈이 돌아온다면 난 기필코 밖으로 나가는 다른 길을 찾고 말 테다. 큭큭큭."

불광자의 농담으로 그들은 조금씩 웃음 지었다.

"그럼 출발하자."

흑마가 가라앉은 목소리로 좌중에게 말했다.

"갈게요, 할아버지."

차마 잘 있으라는 말은 못한 채 소운은 몸을 돌렸다. 소운의 몸이 오열하고 있음을 삼마와 막수심은 알아챘다. 불광자에게 우는 기색을 나타내지 않기 위해 참고 있는 것이다.

"이놈들아, 어서 가거라! 난 조용한 것이 좋아."

불광자의 말을 시작으로 흑마가 먼저 연못으로 몸을 날렸다. 그뒤로 백마와 번마가 따라 들어갔다. 막수심은 천천히 연못으로 걸어 들어갔다. 허리가 반쯤 물에 잠기자 가늘게 떨고 있는 소운을 바라보았다.

"할아버지……."

소운은 이제 가야 할 때임을 알았다. 소운은 소매로 눈물을 훔치며 불광자를 돌아보았다. 그리고 잘 안 됐지만 웃음을 지으며 불광자에게 말했다.

"헤헤, 밥은 꼭꼭 챙겨 드세요."

"알았다, 이놈아."

소운은 눈가에 흐르는 눈물을 감추려는 듯 연못으로 뛰어들었다. 소운의 눈물과 연못의 물이 섞이며 하얀 거품을 일으켰다. 소운은 물 위로 목을 내밀어 심호흡을 한 뒤 물 안으로 잠수해 들어갔다.

물은 차가웠다. 그리고 깊었다. 소운은 그 구멍이란 것이 별로 멀지 않은 줄 알았는데 근 반 각을 계속 내려가기만 했다. 그래서 물이 주는 수압에 짓눌려 고통스러워졌다. 만약 막수심이 앞에서 끌어주지 않았다면 자신은 벌써 포기하고 올라갔을지도 모른다.

물속은 빛 한 점 없이 어두웠지만 그들은 모두 그런 것에 구속받지 않고 볼 수 있었다. 단지 전방이 뿌옇게 흐려 보이기만 했을 뿐이다. 그들 다섯 사람이 연못 바닥으로 내려가는 모습은, 초록색의 구슬이 움직이는 모습이었다. 그리고 그중 가장 앞서 가고 있는 흑마의 눈동자 구슬이 제일 빛났다.

흑마는 거의 반 각 정도가 지났을 때에야 비로소 바닥에 도착했다는 신호를 보냈다. 소운은 숨이 가빠서 도저히 버티지 못할 것 같았으나 흑마가 손짓을 하자 힘을 내었다. 소운은 지금 태현심법의 구결을 외우며 겨우겨우 버티고 있는 실정이었다.

흑마가 가리킨 곳은 사람 한 명이 겨우 빠져나갈 수 있을 만한 좁은 틈새였다. 흑마는 먼저 그 틈새 안으로 들어가더니 구멍 밖으로 팔을 내밀며 손가락으로 동그라미를 그렸다. 와도 좋다는 표시였다. 흑마의 신호에 차례차례 헤엄을 쳐서 움직이기 시작했다. 소운을 끝으로 그 구멍으로 들어갔다.

구멍 안으로 들어가니 좁은 틈새가 계속해서 그 끝을 알 수 없는 어두컴컴한 곳까지 이어져 있었다. 소운은 그것을 보며 불회곡의 입구를 보았을 때와 비슷한 느낌을 받았다. 마치 자신들을 잡아먹기라도 할 듯이 아가리를 벌리고 있는 괴물같이 느껴진 것이다.

'우욱! 숨이 막혀와.'

소운은 폐 안에 있는 공기를 모두 쥐어짜 이제는 얼마 남지 않은 상태였다.

'힘들어…….'

소운은 정신이 몽롱해지는 가운데 무의식적으로 앞에 있는 막수심을 따라갔다. 흑마는 제일 앞에서 전방을 보며 계속해서 헤엄쳐 나갔다. 끝없게만 느껴지던 어둠 속을 헤쳐 나가다 보니 이내 사방이 열려 있는 새로운 공간에 도착했다. 소운은 비몽사몽간에 그곳으로 움직였다. 이제는 물까지 먹어서 더욱 정신이 없었다.

소운이 그렇게 막 정신을 잃으려는 찰나 막수심이 손을 뻗어 소운을 들어 올렸다.

"푸하!"

소운은 오랜만에 만난 공기를 흠뻑 들이쉬었다.

"만약 이런 곳이 없었다면 모두들 죽을 뻔했군."

막수심이 물 위로 고개만 내민 채 말했다.

"말 많이 하지 마, 공기가 얼마 없으니."

이곳은 암벽과 암벽 사이에 약간의 공기가 땅 위로 나가지 못하고 모여 있던 곳이었다. 소운은 너무도 숨이 차서 숨을 크게 들이쉬었다가 내쉬었는데 그럴 때마다 물의 수위가 천장을 향해 상승했다가 하강하기를 반복했다.

"조금 쉬었으면 출발."

말을 아끼기 위해 흑마가 간단히 말했다. 이 좁은 공간은 그들 다섯이 내뿜은 공기에 그새 탁해져 있었다. 소운은 이 공기라도 크게 들이쉬고 이내 다시 잠수했다.

모두는 연못과 이어진 틈새를 빠져나오자 사방이 어둠뿐인 뻥 뚫린 공간에 도착했다. 이곳에 약간의 공기가 있어서 휴식을 취한 그들은 계속해서 앞으로 나가기 시작했다. 모두들 그 끝을 알 수 없는 공간에 두려움을 느꼈지만 이제 다시 몸을 돌리기엔 공기도 시간도 부족했다.

또다시 반 각 정도의 시간 동안 전진했다. 중간에 휴식을 취했다고는 하지만 그 정도 공기로는 충분한 휴식이 되지 못했다. 물은 더욱더 차가워져서 소운은 손끝 발끝이 언 것같이 감각이 없어졌다. 그런데 어느 순간 물살이 빨라졌다는 것을 느꼈다. 별다른 움직임이 없는데도 몸이 앞으로 나가는 것이다.

이 변화에 일행은 크게 기대했다. 물이 움직인다면 어딘가에 나가는 길이 있을지도 모르는 일. 일행은 힘을 내서 계속 앞으로 나가기 시작했다. 일행이 전진한 지 반 각이 지나 일각 정도가 되었다. 소운은 몸속에 이는 오한과 부족한 공기에 정신을 잃었다가 다시 정신을 차리기를 반복했다.

'빨리 공기를 마시지 않으면……'

소운은 자신이 죽을지도 모른다 생각했다. 지금의 마음 상태는 처음 불회곡에 떨어질 때의 마음과는 전혀 달랐다. 그때는 모든 것을 버린 채 죽음에 임했기에 죽음이 두렵지 않았으나 지금은 살기 위해 죽음을 이겨내야 하니 오히려 죽음이 두려운 것이다. 이런 소운의 바램이 하늘에 닿았음인가. 소운은 이내 공기를 마실 수 있었다. 그러나 소운은 공기보다는 물을 더 많이 마시게 되었다.

"조심해!"

갑작스레 물살이 빨라지며 삐쭉삐쭉 튀어나온 돌들 사이로 그들의 모습이 드러났다. 물살에 휘말려 미처 헤엄을 치지도 못한 채 마냥 물을 따라 흘러갔다. 아무것도 없을 것 같은 공간에서 그들은 이러한 곳으로 오게 된 것이다. 물살은 비록 거셌지만 위쪽으로 공기가 통하고 있어 일행은 숨을 쉴 수 있었다. 단지 빠른 물살 때문에 자칫하다간 날카로운 돌에 부딪힐 수도 있었기에 흑마가 조심하라고 소리친 것이다.

소운은 갑자기 공기가 있는 곳이 나오자 이것저것 따질 겨를 없이 공기를 들이쉬다가 빠른 물살에 물까지 같이 먹었다. 소운이 이곳까지 오면서 들이킨 물만 해도 한 항아리는 될 정도였다.

'이제 조금 살 것……'

소운은 이렇게 생각하다가 문득 아직까지 오한이 가시지 않음을 생각했다. 소운은 물이 너무 차가워서 그러려니 했는데 삼마나 막수심은 전혀 그런 것을 못 느끼는 듯했다.

'설마…….'

소운은 재빨리 날짜를 계산해 보았다.

'이런!'

이곳에 온 지 오백여 일 정도가 지났다. 이제 백여 일마다 한 번씩 찾아오던 그 고통이 올 시기였던 것이다. 얼추 짐작해 보았지만 소운은 그것이 분명하다고 생각했다.

물살에 휩쓸려 삼마나 막수심 모두 정신없이 휘말려 갈 때 소운은 점점 인상이 고통으로 물들어갔다.

'하필이면 이때!'

소운은 점점 깨질 듯이 아파오는 고통으로 인해 온몸이 견디기 힘들 정도가 되어갔다.

그들은 물살에 휘말려 계속해서 흘러갔다. 그러다가 맨 앞에 있던 흑마가 소리쳤다.

"갈림길이다!"

흑마는 그 길 중 하나를 선택했다. 한 곳은 좀 넓은 입구였고 다른 한 곳은 좁은 입구였다. 흑마는 기왕이면 넓은 곳으로 가야 밖으로 나갈 확률이 있을 거라 생각하고 뒤에 있는 이들에게 소리쳤다.

"최대한 왼쪽으로 붙어!"

흑마의 말에 백마와 번마, 막수심이 거센 물살을 헤치며 왼쪽으로 이동했다. 그런데 소운은 꿈쩍도 안 하는 것이 아닌가?

"소운아, 어서 옆으로 붙으라니까!"

갈림길이 얼마 남지 않았다. 흑마는 다급해진 마음으로 소리쳤다. 그러나 소운은 이미 이끼가 주는 고통으로 혼절해 있었다. 다른 때 같았으면 혼절하는 지경까지 가진 않았을 테지만 계속해서 물을 헤쳐 나오는 통에 몸이 많이 약해져 있어 그만 견디지 못하고 혼절해 버린 것이다.

그 고통을 견디지 못한다는 것은 거의 죽음과 연결되었다. 이십여 년 전에도 고통을 견디다 못해 혼절한 몇 명은 다시 깨어나지 않았었 다.

흑마 등은 소운이 그 고통 때문에 저렇게 됐다는 것은 생각지 못하 고 계속해서 소리를 질렀다. 막수심은 소운을 잡기 위해 손을 내밀었 지만 닿지 않았다. 그사이 그들의 몸은 갈림길과 가까워지고…….

"소운아, 이놈! 땡초의 유지를 어길 셈이냐! 강호에 나가서 천하를 호령해야지!"

번마가 이렇게 소리쳤으나 이미 정신을 잃은 소운은 그 말을 듣지 못했다. 설령 들었다고 해도 고통 때문에 소운은 손끝 하나 움직일 수 없었을 것이다.

"소운아!"

추아악!

물살이 갈림길 사이의 벽에 부딪히며 하얀 포말을 일으켰다. 소운 의 몸은 그들과 반대로 좁은 입구로 들어가 버렸다. 삼마와 막수심은 안타까워하며 소운을 불렀다. 물살이 갈림길로 들어서자 그 속도가 더욱 빨라져 급류처럼 흘렀다. 삼마와 막수심은 침통한 표정으로 급 류를 타며 빠르게 어둠 속으로 사라졌다.

좁은 길로 들어선 소운의 몸은 점점 밑으로 향했다. 그러다 어느 순 간 항거할 수조차 없는 물살의 위력으로 소운의 몸이 위를 향해 솟아 올랐다.

츄우욱―!

소운의 몸은 그가 불회곡 안에서 연못의 구멍으로 들어갔던 것처럼 다시 다른 연못의 구멍으로 솟아 나왔다. 그리고 한참 동안이나 몸 자체의 부력으로 떠오르기 시작했다. 소운은 정신을 잃은 채 꿈속에서조차 그 고통에 몸부림치며 천천히 솟아올랐다. 소운이 방금 전까지 거센 급류에 휩쓸려 왔다는 것이 믿기지 않을 만큼 주위는 고요했다.

소운의 옆으로 작은 물고기 한 마리가 지나가다가 소운이 커다란 물고기인 줄 알고 놀라서 몸을 피했다. 소운은… 희망을 찾은 것일까?

제14장
아주 오래된 이야기, 가장 최근의 이야기

　예전의 강호에는 절대자라 불리는 패검왕과 지존악이라 불리우는 마검군이 존재했다. 그들 둘의 출현에 전 강호인은 경악하지 않을 수 없었다. 인간이 오를 수 있는 가장 최고의 무위를 선보인 두 사람. 패검왕과 마검군에게는 그 누구도 반항을 하지 못했다.

　강호인들은 그들 둘을 일컬어 천하제일인이라고 칭하기 시작했다. 그러나 천하제일인의 칭호는 하나. 그들은 두 명. 같은 하늘 아래 천하제일인이 둘이 될 수는 없는 법.

　패검왕과 마검군은 천하제일인이라는 명호를 놓고 격돌하지 않을 수 없었다. 전 강호인들은 그 소식을 듣고 너도나도 비무를 관전하기 위해 천안봉이라는 곳을 찾았다.

　많은 강호인들이 운집한 가운데 패검왕과 마검군의 비무가 시작되었다. 경천동지할 무공들이 펼쳐져 나오며 그들의 비무는 하루 동안이나 계속되었다. 그리고 이틀이 지났을 무렵 서서히 결말이 다가오기 시작했다.

그들 서로 각자 숨기고 있던 비장의 무공을 꺼내 든 것이다. 처음 격돌할 때처럼 주변까지 요동 치는 화려함은 없었지만 긴장감은 훨씬 더했다. 이윽고 두 사람이 마지막 무공을 펼쳐서 서로를 공격했다. 그리고 결말이 났다. 그 결말에 강호인들은 너나 할 것 없이 경악했다.

양패구상. 좋게 말하면 서로의 실력이 비슷해 같이 패한 것이고 나쁘게 말하면 도토리 키 재기였다. 어이없게도 패검왕과 마검군은 양패구상을 해 서로에게 크나큰 상처를 입혔다. 그들은 얼마 뒤 시름시름 앓다가 죽어버렸다. 강호천년사에 한 명 나올까 말까 한 초인 두 명이 서로 무공을 겨루다 죽어버린 것이다. 단지 천하제일인이라는 명호 하나를 위해서.

"미친놈들."

그때부터 그들 둘이 싸운 장소는 천안봉이 아니라 패마검봉이 되었고, 그들 둘을 기리기 위해 사파에서는 매년 이곳에서 비무 대회를 열었다. 이제는 사파가 아니라 사파의 연합체인 마도련이 주관하는 비무 대회로 변했고, 누구나 출전할 수 있었던 비무 대회가 마도련의 인재 훈련소인 사검각의 훈련생들만 출전할 수 있는 비무 대회로 변질되었다.

"우라질 놈들. 아니, 왜 시답잖은 비무를 하다가 뒈져서 이곳에서 비무 대회가 열리게 하냔 말이야."

올해 스무 살의 사검각 훈련생인 혁련휘는 낮게 투덜거렸다. 그는 오늘 비무 대회의 출전자로 예선전을 치러야 했다.

"망할 사도련 계집 때문에 이 개고생이지. 괜히 까불다가 호언장담을 해가지고……."

혁련휘는 비무 대회 출전자 대기석에 앉아 한 달 전에 있었던 그 망할 사건을 생각해 보았다.

"휘 오빠! 오빠가 정말 사검각 최강이야?"

"그럼, 날 당할 자가 없지."

"그렇다면 이번에 있을 패마검봉 비무 대회에서 당당히 우승하겠네?"

이때 혁련휘의 안색이 조금 변했다.

"비무 대회?"

"그래, 훈련생들만 출전하는 그 비무 대회 말이야."

"글쎄……."

"에이, 뭐야! 그럼 거기서 이길 자신도 없으면서 괜히 큰소리친 거야?"

혁련휘는 이 계집에게 자신이 약하다는 것을 인정하기 싫었다. 분명 자신은 사검각 안에서 열 손가락 안에 드는 무공을 가지고 있었지만, 그 열 손가락 중에 끝에서 일이 등 하는 처지였다. 평소에 련주의 딸이라고 사검각 안에서 다른 이들이 손가락 하나 건드리지 않는 사도련인지라 그 콧대를 눌러주고 싶은 마음이 들었다.

"크하하, 내가 나가면 날 당할 자가 없을걸!"

혁련휘는 말은 그렇게 했지만 안 나가면 그만이라 생각했다.

"휴우… 다행이다."

혁련휘는 사도련의 말에 이상한 감을 느꼈다.

"내가 오빠를 출전자 명단에 넣어놨거든. 장로한테 오빠가 사검각

최강이라고 벌써 이야기해 놨어."

"무슨 장로한테……."

"만심전의 동혼 각주님 있잖아."

하필이면 제일 성격 더러운 늙은이에게 자신의 이야기를 했을 줄이야… 이제는 빼도 박도 못하는 상황이 되어버렸다.

'망할 년!'

혁련휘는 사도련과 패검왕, 마검군을 싸잡아 욕하기 시작했다. 물론 이 대기실에는 다른 이들이 많았던 터라 속으로 욕했지만. 욕으로 탑을 쌓을 수 있다면 아마 벌써 성 하나를 쌓고도 남을 만큼 욕을 해대었다.

"패검왕 측 팔 번 혁련휘, 나와주세요."

"패검…… 왕팔? 크큭, 휘야, 네놈 보고 후레자식이라는구나."

혁련휘의 앞에 대기하고 있던 청년 한 명이 혁련휘에게 말했다. 패검왕까지는 그래도 들을 만했는데 거기에 팔이라는 숫자가 붙자 돌연 왕팔이라는 욕이 되어버렸다.

혁련휘는 자신의 앞에 있던 청년을 노려보았다.

"노견아, 그래도 늙은 개새끼라는 네놈 이름보단 낫다."

혁련휘는 이렇게 말하고 밖으로 향했다. 노견이라는 청년은 혁련휘의 말에 똥 씹은 듯한 표정이 되었다.

"좋다. 지지 말아라. 그래야 네놈과 한번 싸워볼 수 있을 테니. 설마 한 판도 못 이기고 예선에서 탈락하는 건 아니겠지? 후후후."

혁련휘는 아무 말 없이 대기소를 나가 예선전이 벌어지는 연무장으로 향했다. 분명 노견이라는 청년을 때려죽이고 싶을 정도로 싫어했지만 분하게도 저놈의 무공 실력은 자신보다 한 수 위였다. 저 노견이라는 청년은 사사건건 혁련휘에게 시비를 걸고넘어져 자신이 가장 싫어하는 놈이었다.

"그냥 첫 판에 져버리고 편하게 지낼까?"

패마검봉 비무 대회가 열리는 기간 동안에는 모든 훈련생들이 쉴 수 있었다. 자신이 이 비무 대회에 출전만 하지 않았다면 다른 이들처럼 편하게 놀 수 있었을 텐데 그 점이 아쉬웠다.

"아서라. 사도련에게 시달리는 것보다 더하랴."

노견에게 깨지는 것보다 사도련에게 시달리는 것이 더 두려운 혁련휘였다. 혁련휘는 패검왕 측에 출전했는데, 패검왕 측 출전자들끼리 우열을 가려서 일단 한 명의 선수를 뽑는다. 마찬가지로 마검군 쪽도 한 명을 뽑게 된다. 그래서 뽑힌 두 명의 출전자들은 각자 패검왕과 마검군의 이름을 걸고 비무에 임하는 것이다. 서로 우열을 가리지 못하고 숨진 패검왕과 마검군의 영을 위로하려는 뜻이라고나 할까? 아무래도 승패가 결정나니까 말이다.

"이번 패검왕 측 예선 출전자는 팔 번 혁련휘와 삼십사 번 이봉입니다."

혁련휘는 검을 들고 비무대 위에 섰다. 지금 그가 올라선 곳은 패마검봉이 아닌 그 앞의 평지에 설치된 간이 비무대였다.

"비무 시작!"

"휘 오빠! 잘해라!"

비무대 옆에서 사도련의 목소리가 들려왔다.

'으…… 망할 계집이 또 나타났네.'

혁련휘는 사도련을 보고 흐트러지려는 마음을 애써 추스르며 검을 뽑아 들었다.

"오빠는 꼭 우승할 거야. 믿는다구!"

혁련휘는 이성의 끈이 풀어지는 것을 느꼈다.

"우아앗!"

원래 혁련휘의 상대인 이봉은 훈련생 중에서도 그리 실력이 좋은 자가 아니었다. 다른 이들에게 밀린다고는 하지만 명색이 열 손가락 안에 드는 혁련휘인데 이봉이 제대로 비무를 할 수 있다고는 볼 수 없었다. 혁련휘는 원래 가볍게 상대하려고 했지만 이성을 잃고 손속에 사정을 두지 않았다.

"으악!"

혁련휘의 검에 이봉의 왼 팔뚝 하나가 잘려 나갔다.

"그만!"

혁련휘는 정신없이 검을 휘두르다 비무대 위에 낭자한 피를 보면서 겨우 정신을 차렸다.

"혁련휘 승!"

이봉은 자신의 잘려 나간 팔을 보며 입에 거품을 물고 쓰러졌다. 비무 대회에서 다치는 일은 흔했기 때문에 구경하던 관중들은 무관심했다. 혁련휘는 머리를 긁적이며 생각했다.

'사도련 때문에 생각지도 못하게 실수를 썼는데… 내가 실수했나?'

그날 혁련휘는 사도련의 열렬한 응원 때문에 팔 두 개를 자르고 한 명을 반신불수로 만드는 실수를 범하고는 예선을 통과했다. 혁련휘는 비무 대회 전에 예선을 통과하지 않고 그냥 떨어질까, 하는 데까지 해 볼까 고민을 했는데 사도련 때문에 미처 고민할 사이도 없이 예선을 통과해 버린 것이다.

이제 이틀 뒤에 있을 열여섯의 예선 통과자들과 패검왕이 되기 위한 결전을 벌여야 한다. 그리고 재수없게도 혁련휘의 첫 상대는 노견이었다.

"제길! 젠장!"

혁련휘는 마도련 안에 있는 숲에서 나무를 치며 통곡하고 있었다.

"그 계집은 왜 나만 보면 못 잡아먹어서 안달이야!"

짜증이 나고 또 짜증이 났다.

"아! 차라리 마도련을 나가볼까?"

혁련휘는 이렇게 생각했지만 그것은 불가능하다는 것을 알고 있었다. 마도련은 사방이 절벽으로 둘러싸여 있고, 들어오는 입구가 수로 하나뿐인 분지였다. 수로를 나가기 위해선 련주나 장로들의 허가가 있어야 했다. 훈련생들이 나갈 수 있는 방법은 단 하나, 훈련을 끝마치고 임무를 수행하러 갈 때뿐이었다.

"클클클, 나갈 수 있는 방법이 있다."

어디선가 소리가 들려왔다. 혁련휘는 깜짝 놀라서 경계했다. 곁에 다가올 때까지 발견하지 못했다는 것은 자신의 이목을 속일 정도의 고수라는 뜻. 혁련휘는 갑작스런 고수의 출현에 당황했다.

"누구냐!"

"내가 나가게 해주지."

혁련휘의 앞으로 흑의 복면인이 나타났다.

"너는 누구냐? 그리고 어떻게 나간다는 것이지?"

혁련휘는 흑의 복면인을 향해 말했다. 흑의 복면인은 괴상한 목소리로 웃으며 말했다.

"크크크! 죽어서 시체가 된다면 나갈 수 있지 않겠느냐."

혁련휘는 안색이 변했다.

"뭐라고?"

심상치 않은 기색을 느낀 혁련휘는 검을 들고 흑의 복면인을 견제했다.

"대업을 위해 잠시 희생되어 주어야겠다. 큭큭큭!"

흑의 복면인은 이렇게 말하고 출수하기 시작했다. 혁련휘는 미리 대비하고 있던 터라 침착하게 대응했다. 그런데 흑의 복면인이 손을 내밀더니 대뜸 혁련휘의 칼을 잡아서 부러뜨려 버렸다.

"아앗!"

혁련휘는 당연히 흑의 복면인의 손이 잘릴 줄 알았는데 도리어 검이 부러지자 놀라 소리쳤다. 흑의 복면인은 당황하고 있는 혁련휘에게 달려들어 혁련휘의 가슴 속으로 손을 집어넣었다.

"욱!"

가슴 한가운데가 뚫린 혁련휘는 손에 들고 있던 검을 놓치며 짧게 신음했다. 그리고는 천천히 신형이 무너지기 시작했다.

"이것으로 열 명째. 앞으로 두 명만 사냥하면 끝인가?"

흑의 복면인은 이미 시체가 되어버린 혁련휘의 몸을 둘러메고 장내를 떠났다.

"안 돼!"

외나무다리에서 물 위로 떨어진 소운은 거센 강물에 휘말려 버렸다. 그러다 앞에 떠가는 나무를 발견하고 그것을 놓지 않으려고 꼭 잡았다. 이제 어디로 흘러가는 것일까? 점점 몸에서 힘이 빠진다. 거센 강물은 멈출 줄을 모르고 흘러간다. 단지 죽지 않기 위해 나무를 잡은 손을 놓지 않았다. 죽지 않기 위해······.

"캑캑! 이놈아, 이 손 놓거라!"

소운은 나무를 잡은 손을 놓으면 죽을 것 같았다.

"놓으래두!"

번쩍!

갑자기 정신이 들었다. 맞아! 불회곡··· 탈출··· 지하 수로··· 백 일의 발작··· 조각조각난 생각들이 점점 하나로 뭉쳐지는 것이 느껴졌다.

"으음······."

소운은 눈을 잠시 떴다가 다시 감았다. 너무 밝았다. 주변이 너무 환해서 눈을 도저히 뜰 수 없었다. 그러다가 소운은 자신의 팔이 앞으로 향해져 어떤 사람의 목을 조르고 있다는 것을 알았다.

"정신이 들었으면 빨리 놔!"

소운은 그 말에 황급히 손을 놓았다. 분명히 나무를 잡았던 것 같았는데··· 하는 생각을 했다.

"여기는 어딘가요?"

소운은 눈을 감은 채 물었다.

"한 달 만에 깨어난 놈치고 상당히 침착한데?"

'한 달? 벌써 그렇게 지났단 말인가?'

소운은 깜짝 놀랐어야 정상이지만 근래에 워낙 생과 사를 넘나드는 일을 수없이 당했던 터라 아주 담담한 기색이었다.

"네놈, 참으로 웃기는 놈이야. 연못가에서 다 죽어 나자빠져 있는 것을 데려와 시체로 쓰려고 했었지. 그런데 다 죽어가던 놈이 다시 맥박이 뛰고 살려고 발버둥을 치더구나. 신기해서 잠시 놓아두었더니 호흡까지 안정되며 완전히 살아나 버렸지. 원래 시체가 열두 구가 필요해 네놈을 활용하려 했는데 가만히 생각해 보니 네 정체가 궁금해지기 시작하더구나. 그 연못은 분명 지하수와 연결이 되어 있다. 네놈이 하늘에서 떨어진 것이 아니라면 분명 그 지하수를 통해 나온 것이겠지. 그런데 그 지하수는 내가 알기로는 불회곡 쪽의 지하수와 연결이 되어 있어. 그렇다면 결론은 한 가지. 네놈은 불회곡에서 나왔다는 것이겠지."

"정확하군요."

소운은 눈을 뜰 수 없어 자신의 앞에 있는 사람을 확인할 수는 없었지만 그 목소리가 노인의 음색이라 생각되었다.

"뭣이?! 그렇다면 네놈이 정말 불회곡에서 나온 놈이란 것이 맞단 말이냐?"

"네."

"놀랍구나, 놀라워. 한 달 동안이나 간호했던 보람이 있었어. 내 살아생전에 불회곡에서 탈출한 놈을 만나다니."

"그렇다면, 전 이만 가보아도 되겠습니까?"

소운은 몸을 일으켰다. 자신의 몸은 단지 눈만 주위가 너무 밝아서 뜨지 못하고 있을 뿐 다른 곳은 이상이 없는 듯했다.

"뭐? 간다고? 큭큭큭!"

소운은 소리가 들려오는 곳을 향해 물었다.

"왜 그러시죠? 아! 고맙다는 말을 안 했군요. 정말 감사드립니다, 제 목숨을 구해주셔서."

"그게 아니다. 네놈은 어쩌면 불회곡보다 더 나가기 힘든 곳으로 탈출했는지 모른다."

"네에?"

"여기는 마도련 안이다. 나갈 수 있는 길은 입구의 수로뿐인데 그 곳은 마도련의 실력있는 무사들이 지키고 있어. 나는 새라 해도 나갈 수 없지."

소운은 노인의 말에 절망했다. 하필이면 왜 자신을 불회곡으로 집 어넣은 마도련이 있는 곳으로 탈출을 해버렸단 말인가?!

"큭큭! 네놈은 감정이 그대로 표정으로 드러나는구나. 나에게 한 가지 방법이 있긴 있다."

소운은 노인의 말에 일말의 기대감을 가졌다.

"그것이 무엇이지요?"

"네놈은 무엇이든지 날로 먹으려고 하는구나. 한 달 간 치료해 준 것도 단지 고맙다는 말 한마디뿐이더니. 큭큭, 내 방법을 듣기 위해서 는 나의 부탁 한 가지를 들어주겠다는 약속을 해야겠다."

"약속이요?"

"그렇다."

"제가 지금 약속을 해놓고 나중에 발뺌하면 어떡하시려고요?"

"그건 걱정할 필요가 없다. 네가 그 방법을 알게 된다면 네놈은 어 쩔 수 없이 내 부탁을 들어주어야 할 테니."

소운은 잠시 생각했다. 또다시 나가지도 못하는 곳에서 갇혀 지낼 수는 없었다. 이건 생각하고 말 것도 없이 승낙해야 했다.

"좋아요."

"큭큭! 그럴 줄 알았다."

"이제 그 방법이라는 것을 말해 주세요."

소운이 이렇게 말했을 때 밖에서 문이 열리는 소리가 들렸다. 노인은 재빨리 앉아 있는 소운을 밀쳐서 눕히며 전음으로 말했다.

지금부터 찍소리도 말고 죽은 척하고 있어라.

소운은 귓가를 울리는 소리에 어리둥절했지만 그 말을 따랐다.

"귀곡자, 여기 열 번째 시체를 가지고 왔다."

"그래? 그곳에 놓아두어라."

"어? 이놈은 무엇이지?"

"저것은 아직 시귀의 시술이 끝나지 않은 시체다. 조금만 더 하면 된다."

"호오, 시체의 피부가 뽀얀 것이 그야말로 살아 있는 놈 같구나. 역시 귀곡자의 명성이 허언은 아니구만."

"시술을 끝마쳐야 하니 빨리 나가거라!"

"후후, 알겠다, 알겠어. 귀곡자를 방해했다간 련주님에게 호되게 혼이 날 테니 빨리 나가주마. 그런데 귀곡자, 이것만은 알아두거라. 이제 기한이 두 달밖에 남지 않았음을. 그때까지 시귀 열두 구를 완성하지 못하면 련주님이 가만히 있지 않을 것이다."

또다시 문이 열리고 닫히는 소리가 들리며 방에 들어왔던 자가 나갔다. 그때까지 소운은 숨도 쉬지 않고 가만히 있었다.

"이제 일어나도 된다."

"후아, 숨 막혀 죽는 줄 알았네."

소운은 다시 몸을 일으켰다.

"누구예요, 그 사람?"

"마도련주의 수신오위 중 이호라는 자다."

'이호? 날 불회곡에 집어넣은 삼호와 같은 자들인가?'

"그리고 시귀는 또 뭔가요?"

"으음… 일단 그것을 말하려면 나의 이야기를 들어야 할 것이다. 잘 들어라, 네놈이 나갈 방법까지 말해 줄 테니."

"네."

소운은 노인의 말을 듣기 위해 귀를 쫑긋 세웠다.

"우선 강호에서는 나를 귀곡자라 부른다. 난 강호를 은퇴해 은거하고 있던 사람이었지. 그런데 마도련주 그놈이 어떻게 알았는지 내 아들 내외와 손주 녀석들을 찾다가 마도련으로 초대했다. 나는 그들이 다시 돌아올 줄 알았는데 돌아오지 않았다. 마도련주의 명목은 초대였지만 나를 꼬여내기 위해 그들을 감금했던 것이다. 나는 아들과 손주 녀석들을 위해 마도련으로 올 수밖에 없었지. 마도련주는 나에게 제안을 했어. 시귀 열두 구를 만들어준다면 내 아들과 손주들을 보내준다고. 나는 어쩔 수 없이 승낙했다. 그 뒤로 저들은 나에게 시체를 가져오기 시작했지. 그 시체가 누구냐고 넌지시 물어보니 마도련 안의 인물 중 아무나 닥치는 대로 죽여서 데려온다고 하더구나. 나는 그들이 시키는 대로 벌써 아홉 구의 시귀를 만들어냈다. 이제 세 구만 더 만들면 자유지. 그런데 저들은 내가 시귀 열 두구를 다 만들어낸다면 나와 내 가족들을 다 죽이고 살인멸구할 것이 분명해. 그래서 일부러 천천히 만들었지. 그러자 그 련주라는 놈이 기한을 정했다. 기한 내에 다 만들지 못한다면 아들과 손주들을 모두 죽이겠다고."

소운은 자신의 앞에 있는 노인이 귀곡자라는 것을, 그리고 마도련의 손에 어쩔 수 없이 이곳에 잡혀 있음을 알았다.

"네가 나갈 수 있는 방법은 한 가지. 마도련 내의 다른 사람으로 변장해서 당당히 출구로 걸어나가는 방법뿐이다. 그 외의 방법은 없다."

"변장이요?"

"그렇지. 다행히 지금 이곳에 시체 한 구가 있으니 이놈으로 변장하거라. 나의 변장술은 감쪽같아서 얼굴의 털 하나까지 똑같게 만들 수 있다."

'변장이라니…….'

소운은 귀곡자의 말에 의아한 기색이었다.

"걱정할 필요가 없다. 저놈들은 지나가다가 아무나 잡아다가 죽여서 이곳으로 가져오는 것이니, 이 시체로 변장한다고 해서 그놈들이 알아차릴 수는 없을 것이다. 마도련 안에는 사파 놈들이 워낙 넘쳐흘러서 한두 놈쯤 죽어도 표시가 안 나거든."

소운은 사람이 죽는다는 잔인한 말에 움츠러들었다.

"그리고 네놈이 만약 밖으로 나가게 된다면 내 서신 한 통을 어떤 사람에게 전해주면 된다. 그것이 내가 부탁하는 것이다."

"서신이요?"

"큭큭! 내 변장 시술은 특별해서 한 번 변장하면 나 말고 다른 이가 원래의 얼굴로 돌리지 못하지. 그러나 강호에서 단 한 사람. 그 사람만은 내 변장술을 깰 수 있다."

"그 사람이 누군데요?"

"바로 네놈이 서신을 전해줘야 할 사람, 강호에서 신기자라 불리우는 추현이라는 놈이다. 큭큭, 네놈은 신기자를 찾지 않을 수가 없을 것이다."

소운은 귀곡자의 그 부탁이라는 것이 자신에게 심법을 전수해 준 신기자에게 서신을 전하는 어렵지 않은 부탁이라는 것을 알았다. 이제 자신은 선택해야 했다. 변장을 해서 밖으로 나가는 기회를 엿볼 것이냐, 아니면 지금 이대로 한번 밖으로 나가는 길을 찾아볼 것이냐.

"좋아요. 그 부탁 들어드릴게요."

소운은 변장을 하기로 결정했다. 아직은 마도련이라는 곳이 무엇을 하는 곳인지도 알지 못하는 데다가 도처에 위험이 깔려 있을 것이 분명했기 때문이다.

"당연히 그래야지, 네가 손해 보는 것도 아니니. 그런데 네놈은 왜 아까부터 눈을 감고 있냐?"

"네? 눈이 너무 부셔서요."

"뭐가 눈이 부셔? 이곳에는 기름 등 하나뿐인데."

"불회곡 안에는 빛 한 점 없다구요. 그곳에서 지내다 보니 어쩔 수 없이 눈이 이렇게 되어버렸죠. 저기 그 불 좀 꺼보실래요?"

귀곡자는 이상하다는 듯이 소운을 보며 그의 말대로 불을 껐다. 소운은 아까의 밝은 빛이 없어진 듯하자 눈을 떴다.

"허억! 네놈은 눈에 무슨 야광주를 박았냐? 어떻게 이 한밤중에 빛날 수가 있지?"

소운의 초록색으로 빛나는 눈을 보고 귀곡자가 놀라 말했다.

"어쩔 수 없었다니까요."

"으음… 이거 방법을 강구해야겠군. 이런 약한 불빛 하나에도 눈이 부시다면 낮에는 더할 것이 아니냐?"

"방법이 있나요?"

귀곡자는 잠시 생각하는 듯했다.

"좋아. 이것은 아주 귀한 것이라 쓰지 않으려 했지만 네놈의 눈이 그러니 어쩔 수 없다. 그럼 지금부터 변장과 네놈 눈을 바꾸는 작업을 시작해야겠다. 어서 그곳에 누워라."

귀곡자는 소운을 눕히고 그 옆으로 시체를 가져와 눕혔다. 소운은 자신의 옆에 있는 시체의 싸늘한 기운에 소름이 끼쳤지만 잠자코 있었다. 소운의 팔에는 닭살이 돋아 있었다.

"흐음, 패검왕 팔 번 혁련휘라. 이거 잘됐군."

"뭐가 잘된 거죠?"

"이 시체는 사검각의 훈련생들 중 하나다. 이번 비무 대회에 출전한 것을 보면 알 수 있지. 사검각의 훈련생들은 훈련을 끝마치면 자연스레 임무 하나씩을 받아 들고 마도련 밖으로 나가게 된다. 네놈은 운도 좋구나, 변장하려는 시체가 이런 놈이니. 가만히 있어도 밖으로 나갈 수 있게 되었구나."

소운은 사검각이라는 곳이 무슨 곳이냐고 귀곡자에게 물었다. 귀곡자는 간단하게 대답했다.

"고아를 납치해 가지고 무공 가르쳐 몸받이로 쓰는 곳."

귀곡자는 소운의 눈을 보며 말을 이었다.

"이놈아, 눈을 감아라. 어떻게 된 놈의 눈이 죽어 있는 시체보다 더무섭냐!"

소운은 귀곡자의 말에 피식 웃었다. 자신도 처음에 삼마와 막수심의 눈을 보았을 때 이러한 생각을 가지지 않았던가.

'그들은 무사히 탈출했을까?'

소운은 그럴 것이라 생각했다. 물속에서 정신을 잃은 자신마저도 이렇게 살아 있는데 무공과 연륜이 높은 그들이 죽었을 것이라 생각되지는 않았다.

귀곡자는 이상한 약품들을 가지고 와서 소운의 얼굴을 변장시키기 시작했다. 소운은 얼굴이 차가워지기도 하고 화끈거리기도 해서 이러다가 본래의 얼굴이 망가지는 것이 아니냐고 물었는데, 귀곡자는 전혀 아니라고 대답했다. 오히려 변장을 풀었을 때는 피부가 더 고와져 있을 것이라고 호언장담했다. 귀곡자는 얼굴의 시술을 끝내고 소운의 눈에 이상한 가루를 뿌렸다.

"아앗, 따거워!"

"가만히 있어라. 이것은 천련분이라는 것으로 강호의 보물이다. 나도 말년에 내 눈에다 쓰려고 고이고이 지니고 있었던 것인데 네놈에게 써야 하다니."

귀곡자는 천련분이 시력을 아주 좋아지게 하고 눈을 맑게 하는 효능이 있다고 말했다.

"네놈의 망가진 신경을 이것이 보완해 줄 것이다."

귀곡자는 기름 등을 켜놓고 있었다. 소운은 살며시 눈을 떠보았다. 아까처럼 빛이 밝아서 눈이 아프다거나 하지는 않았다.

"하나도 안 아파요."

"음, 그런데 어찌 된 일인지 네놈의 눈은 계속해서 녹색이구나."

"혹시 그 이끼 즙을 발라서 그럴지도 몰라요."

"이끼?"

소운은 불회곡 안에 자생하고 있는 이끼에 관해 말해 주었다. 그러나 백 일마다 한 번씩 찾아오는 고통에 관해서는 이야기하지 않았다. 불광자도 그것은 어쩔 수 없는 것이라 말했기 때문이었다. 귀곡자는 고개를 갸웃거리다가 모르겠다는 듯이 고개를 설레설레 저었다.

"어쨌든 네놈은 밤에 깜깜한 곳을 돌아다닐 때 조심하거라. 눈이 그렇게 빛난다면 의심을 살지 모르니."

"네, 그럴게요."

소운은 자신의 얼굴을 만져보았다. 무언가 얇은 막이 덮어씌워진 것 같은 느낌이었다. 소운은 웃는 표정, 우는 표정을 지었다. 그에 얼굴은 미세한 근육의 움직임을 따라 표정이 그대로 나타났다.

"신기하네요."

"신기하다마다. 거기다가 감쪽같지."

소운은 변장한 자신의 얼굴을 빨리 한번 확인해 보고 싶다는 생각을 했다.

그는 혁련휘의 옷을 벗겨서 입고 자신의 허름한 옷, 정확하게는 다 찢어져서 걸레처럼 되어버린 옷을 혁련휘에게 입혔다. 그 작업을 할 동안 귀곡자는 소운에게 주의 사항을 알려주었다.

"얼굴에 되도록이면 상처를 입지 말아라. 보통의 피부처럼 피가 배어 나오기는 하겠지만 치료는 되지 않는다. 속은 치료되고 겉에는 찢어진 상태로 있게 된다면 누가 봐도 이상하지 않겠느냐."

"이 시체의 이름이 혁련휘라 했었나요?"

소운은 가슴 한가운데가 뚫려 있는 혁련휘의 시체를 바라보며 몸서리쳤다.

"그렇다. 사검각의 훈련생 혁련휘. 네가 의심받지 않으려면 이제부터는 네 자신이 진짜 혁련휘가 되어야 한다. 설령 혁련휘와 가깝게 보이는 자가 나타나도 태연하게 응수해라. 네 얼굴은 말 그대로 혁련휘 그 자체니까."

소운은 눈을 부릅뜨고 죽어 있는 혁련휘의 얼굴을 바라보았다. 죽은 시체였지만 살아 있을 때의 얼굴이 꽤나 영준한 모습일 것 같았다. 소운 자신의 본래 얼굴보다도 오히려 잘생긴 것 같기도 했다.

'하긴, 내가 내 얼굴을 제대로 못 본 지도 일 년이 넘었는데… 기억도 안 나는걸? 이러다가 내 본래의 모습을 잊고 이 혁련휘의 얼굴이

진짜 내 모습처럼 되는 거 아니야?'

소운은 잘생긴 얼굴인 혁련휘의 모습에 저 얼굴이라면 그대로 다녀도 괜찮겠다고 생각했다가 얼른 생각을 지웠다. 아무래도 자신의 본모습으로 살아가는 것이 최고라 여겼기 때문이다.

"마지막으로 일러줄 것이 있다."

귀곡자는 앞면에 패검왕 측 팔 번이라 새겨진 명패를 소운에게 주며 말했다.

"혁련휘는 이번 비무 대회 출전자일 것이다. 그가 만약에 오늘 있은 비무 대회에서 패하지 않았다면 이틀 후에 벌어지는 본선에 나가려 했을 것이다. 너는 이 점을 잘 알아보고 난 연후에 그가 비무 대회에서 떨어지지 않았다면 대신 출전하도록 해라."

"비무 대회요?"

"그렇다. 참, 그러고 보니 너의 무공 수위는 어느 정도냐?"

소운은 귀곡자의 물음에 잠시 생각했다.

"잘 모르겠어요. 불회곡 안에서도 수련을 하기는 했지만……."

"불회곡에서 탈출할 정도면 보통은 아니겠지? 그리고 일전에 네놈의 몸을 진찰할 때 보니 몸속에 특이한 내공이 있더구나. 마치 자신의 의지를 가진 듯이 내가 내공을 주입하는 것을 거부했어. 그때 너는 정신을 잃은 상태였는데도 말이다."

"선천진기라고 해요."

소운은 신기자가 아닌 다른 이에게 처음으로 자신의 내공에 관해 말했다.

"뭣이! 선천진기?!"

귀곡자는 놀랐다. 특이한 것 같던 내공이 선천진기일 줄이야…….

"너의 내공을 측정해 보니 적어도 일 갑자 이상은 되던데, 그것이 다 선천진기란 말이냐?"

"사실 저의 내공이 아니죠. 어릴 적에 절 키워주신 분이 죽기 전에 저에게 주고 간 것이에요. 지금은 그 선천진기가 몸 안에 흩어져 있어서 아직 다 제 것으로 만들지는 못했지만……."

"다 만들지 못해?"

귀곡자는 신기자처럼 해박한 지식을 가지고 있는 사람이었다. 어떤 면에서는 오히려 신기자를 능가하는 부분도 있었다. 그는 선천진기의 효용에 대해서 잘 알고 있었다. 이것은 연마하기 지극히 어렵고 정신적인 수양 없이는 제대로 효과조차 보지 못하는 것인데 소운은 선천진기로만 육십 년의 내공을 가지고 있다니 귀곡자는 놀라지 않을 수 없었다. 그것도 아직 더 많은 성장 가능성을 지니고서…….

사실 소운의 단전 안에 갈무리한 선천진기는 육 년 정도의 진기였다. 하지만 선천진기는 일반 진기에 비해 열 배 정도의 위력을 나타내니 귀곡자가 육십 년의 공력이라 여긴 것이었다. 강호상에서 일 갑자의 공력을 가졌다는 것은 절정 고수의 반열에 들어섰다는 얘기다. 귀곡자는 소운의 무공이 대단할 것이라 추측했다.

"글쎄요. 제 몸 상태로 보아서는 이제 겨우 삼 분지 일 정도 흡수한 것 같은데……."

귀곡자는 그 소리에 까무라칠 뻔했다. 만약 소운이 모든 선천진기를 갈무리한다면 강호에서 초절정 고수라 불릴 정도의 내공을 가지게 되는 것이었다.

"흠흠, 아무튼 일단은 혁련휘가 원래 지냈던 곳을 찾아본 뒤에 그의 행세를 하며 지내거라. 후에 나갈 길이 생긴다면 그 즉시 나에게 찾아와 서신을 받아서 강호로 나가거라."

귀곡자는 소운을 바라보며 말했다. 소운은 그러겠노라고 대답했다. 그리고 마음을 가다듬고 귀곡자가 기거하는 건물을 나섰다.

"혁련휘라. 혁련휘… 휘, 혁련휘."

소운은 쉴 새 없이 혁련휘라는 이름을 중얼거리며 마도련 안을 돌아다녔다. 워낙에 넓어서 지나가는 사람을 붙잡고 사검각이 어디 있냐고 물어보았다. 그 사람은 이게 장난하나 하는 표정으로 한쪽을 가리켰고 소운은 그곳을 향해 걸음을 옮기고 있는 중이었다. 가는 도중에 우물가가 있기에 물을 길어 수면 위로 비친 자신의 얼굴을 바라보았다. 정말 감쪽같았다. 수면 위에 비친 사람은 자신이 아니라 그 시체의 얼굴이었다.

소운은 자신의 얼굴을 꼬집어서 당겨보았다. 실제 피부처럼 탄력이 있고 조금 아프기까지 했다.

'신기해, 정말.'

"어라, 이거 왕팔이 혁련휘 아니야?"

소운은 혁련휘에 대해 생각하면서 가고 있다가 막상 자신을 아는 듯한 사람이 부르자 그냥 무시하고 걸어갔다. 아직 자신이 소운이라고 무의식 중에 생각하고 있던 것이다.

"혁련휘, 이 자식이 이제는 아는 척도 안 하네?"

소운은 자신의 어깨를 잡아채는 손길을 느끼며 몸을 돌렸다.

"누구지?"

"뭐? 누구? 이 자식이 이제는 이런 방법으로 나오네? 후후후, 모레 있을 비무가 두렵나 보지?"

'아, 혁련휘.'

소운은 이제야 비로소 자신의 모습이 혁련휘라는 것을 실감했다.

"반가워."

소운은 씨익 웃음을 지었다. 어깨를 잡고 말을 건넬 정도면 분명히 친한 친구일 거라 예상했다. 이 정도면 무난하게 혁련휘 행세를 한 것 같았다.

"흥! 반갑다고? 나는 하나도 안 반가워. 오히려 기분이 더럽지."

소운은 말을 잘못 꺼냈다. 지금 그의 앞에 있는 자는 혁련휘의 친구가 아닌 마도련 내에서 혁련휘를 가장 싫어하는 노견이란 청년이었다.

"그런데 내가 비무 대회 본선에 출전하나 보지?"

노견은 소운의 말에 비웃음을 흘렸다.

"나와 붙는 것이 두려우면 두렵다고 말해라. 그렇게 이상한 행동으로 기분 긁지 말고."

노견은 소운의 어깨를 탁— 하고 치며 소운과 반대 방향으로 걸어갔다.

'본선에 출전했단 말인가? 이거 큰일이군. 첫 판에 빨리 져버려야 정체를 숨기기 편할 거야.'

혁련휘와는 이유가 달랐지만 빨리 져야겠다는 생각은 똑같은 소운이었다. 소운은 한참을 걸으니 사검각이라는 곳에 도착할 수 있었다.

"이제 어떡해야 하나… 혁련휘가 살고 있는 곳을 어떻게 찾지?"

소운은 이렇게 중얼거리며 사검각 안을 기웃거렸다. 그러자 사검각의 입구를 지키고 있던 보초 두 명이 그런 소운이 이상했던지 다가왔다.

"넌 뭐냐?"

소운은 그들이 다가오자 내심 낭패라 생각했다.

"아니, 이거 혁련휘 아니야?"

그런데 자신을 알아보는 것이 아닌가? 소운은 침착하게 고개를 끄덕이며 아는 척을 했다. 아까 전에 노견을 상대할 때보다는 그나마 나은 응수였다.

"오늘 예선전 통과했다는 소리는 들었다. 이거 한턱 내야 하는 거 아니야?"

소운은 그 소리에 머리를 굴려 대답했다.

"예선전은 뭐, 아무나 통과하는 거죠. 나중에 본선에서 이기게 되면 그때 한턱 내죠."

'난 본선에서 질 생각이니 한턱을 낼래야 낼 수가 없겠지?'

"그러도록 해라. 그런데 어딜 그렇게 갔다 오는 길이냐?"

"잠깐 바람 좀 쐴까 하고 나갔었죠. 그런데 영 몸이 찌뿌드드하군요. 피곤하니 먼저 들어갈게요."

소운은 이렇게 말하고 들어가려 했다. 그런데 보초 중의 한 명이 소운을 한 팔로 턱 가로막으며 이렇게 말하는 것이 아닌가?

"흐흐, 솔직하게 말해……."

소운은 가슴이 철렁 내려앉았다.

"그 련주의 딸이랑 놀다 온 거지? 아무에게도 말 안 할 테니 뭐 하고 왔는지 살짝만 말해 줘."

'휴우…….'

도둑이 제 발 저린다고 소운은 겨우겨우 숨을 돌렸다.

"일은요, 무슨… 그냥 놀다가 왔어요."

소운은 이렇게 말하고 더 이상 실수하기 전에 재빨리 사검각 안으로 들어갔다. 소운이 그렇게 들어갈 때 보초가 소리쳤다.

"꼭 한턱 내라!"

사검각 안으로 들어가니 여기저기 불빛이 보였다. 분명 저 중의 하나가 혁련휘가 기거하는 방일 텐데 소운은 알 수가 없었다. 소운이 사검각 안에서 또다시 서성이고 있을 무렵 건물 사이의 어둠 속에서 무엇인가 움직이는 것이 느껴졌다.

소운은 그것을 보기 위해 집중했다. 그러자 소운의 눈이 초록색으로 완연한 빛을 내었다. 소운의 눈은 귀곡자의 천련분 덕분에 빛이 있는 곳에서는 초록색으로 보이지 않게 되었는데 지금은 건물에서 흘러나오는 빛을 제외하고는 주위가 어두웠던 터라 이렇게 눈이 초록색으로 빛났던 것이다.

어둠 속에서 움직이는 것은 하나의 신형이었다. 게다가 긴 머리가 허리까지 내려오는 여인이었다.

"휘 오빠!"

그 어둠 속에 있던 신형이 소운을 발견하더니 갑자기 뛰어왔다. 소운은 코끝을 스치는 여인의 향기에 놀라 주춤거렸다. 그 신형은 그런 소운을 신경 쓰지 않고 소운의 앞까지 다가왔다.

"어디 갔었어? 계속 기다렸잖아."

혁련휘에게 이렇게 말하는 여인은 마도련에서 단 한 명이었다. 바로 마도련주의 딸인 사도련. 소운은 이 여인 역시 혁련휘를 알고 있는 사람이라 생각하고 자연스럽게 대하려고 하다가 문득 이곳이 불빛이 얼마 없는 어두운 공간이라는 것이 생각났다.

'맞다, 눈!'

소운은 재빨리 눈을 감았다. 다행히 사도련은 혁련휘를 보고 반가운 마음에 정신없이 뛰어왔던 터라 그 눈까지 자세하게 관찰하지는 못했다.

"오빠, 축하해. 예선전 통과했지? 후후, 오늘 나의 응원이 한몫했다구."

사도련의 말에 소운은 대답했다.

"응, 고마워. 우리 일단 밝은 쪽으로 가자."

소운은 눈을 감고 있다가 살짝 눈을 떠서 그나마 밝은 횃불이 걸려 있는 담장을 가리켰다.

"어마, 오빠? 그런데 목소리가 왜 그래?"

소운은 뜨끔해서 재빨리 변명했다.

"그게 말이지… 오늘 너무 무리했더니 몸살이 났나 봐. 목소리가 잠겼다가 풀어지더니 이렇게 되어버렸어. 쿠욱! 콜록콜록."

소운은 생전 해보지 않던 기침까지 흉내 내며 말했다.

"그래? 그럼 그 상태 그대로 있는 것이 좋겠다. 왠지 지금 목소리가 더 듣기 좋은 것 같아."

사도련은 혁련휘와 많이 지냈기에 평소의 혁련휘와 목소리가 다름을 알아챘다. 그러나 소운의 얼굴은 혁련휘 그 자체였기 때문에 그가 다른 사람이라는 것을 전혀 의심하지 않았다.

"눈은 또 왜 감고 있어?"

"어? 그러니까 빨리 저 불빛으로 가자니까."

소운은 이렇게 말하고 횃불 앞까지 사도련의 손을 잡아끌었다. 사도련은 졸지에 손을 잡혀 얼굴을 붉혔지만 그리 싫은 표정은 아니었다. 소운은 횃불 앞까지 와서야 눈을 뜰 수 있었다. 횃불 옆은 그나마 밝았기에 소운의 눈이 녹색으로 보이지는 않았다.

"그런데 오빠 어디 갔다 온 거야?"

"그냥 밖에 잠깐."

"뭐야, 또 혼자 술 마시고 왔지? 응? 술 냄새는 안 나네. 그럼 어디 갔다 온 거야! 나 한 시진이나 오빠 방 창문 앞에서 기다렸다구."

소운은 사도련의 말에 할 말을 잃었다.

'혁련휘는 술을 좋아하나, 혼자서 마시러 다닐 정도면? 그리고 저 여인은 나보다 나이가 많은 것 같아 보이기도 하는데 오빠라고 불러주니, 이거 참 난감하구나.'

지금 소운의 나이는 열여덟이 조금 안 되는 나이였다. 열다섯에 승천관에 입관해서 그곳에서 일 년하고 한 달 정도의 시간을 보냈고, 불회곡에서도 일 년이 훨씬 넘는 시간을 보냈다. 장안성에서 떠난 지 횟수로는 삼 년. 나이는 조금 모자라는 시기인 것이다.

장안성을 출발했을 때가 초여름이었는데 지금은 겨울이 지나고 봄이 된 지 얼마 안 되어 조금 쌀쌀한 느낌이 드는 시기였다. 앞으로 몇 달이 지나 봄이 된다면 소운의 나이는 진짜 열여덟이 되는 것이다.

소운의 나이가 열여덟이라면 사도련의 나이는 열아홉이었다. 원래 혁련휘는 스무 살이었는지라 사도련은 그를 오빠라고 불렀다.

"그 벌로 앞으로 나와 같이 한 시진 동안 있어줘야 해."

사도련은 이렇게 말하고 새침하게 팔짱을 끼었다. 어디 할 말 있으면 해보라는 행동이었다.

"밤도 늦었는데……."

"오빠가 언제 밤낮 가렸어? 아무튼 벌이니까 딴소리하지 마."

소운은 사도련의 얼굴을 바라보았다. 도도한 듯한 얼굴이었지만 매력이 있었다. 미모로만 따지자면 소운이 예쁘다고 생각했던 쌍아 등과 필적할 만한 자태였다. 소운은 사도련의 모습을 보고 나이가 든 쌍아를 보고 있는 듯했다.

"우리 선녀봉에 있는 폭포에 가서 경치 구경하자. 거기 밤에는 무지 멋있다구."

소운은 사도련의 손에 이끌려 사검각의 뒤편에 있는 선녀봉으로 가게 되었다. 가는 도중에도 사도련은 계속 재잘거렸다. 소운은 오랜만에 느껴보는 밝은 기분이었던 터라 사도련의 끊이지 않는 말이 싫지만은 않았다. 가는 도중 소운은 절대로 사도련 쪽을 보지 않았다. 초록색으로 빛나는 자신의 눈을 보여선 안 되기 때문이었다.

사도련은 선녀봉 중턱으로 올라가며 이야기하는 데 정신이 팔려 소운의 눈을 주의 깊게 보지 않았다. 만약에 소운의 눈을 보았다면 깜짝 놀랐을 것이다. 초록색의 불빛이 공중에 둥둥 떠다니는 것 같았으므로. 소운은 가끔씩 사도련이 자신을 쳐다보며 말을 할 때는 재빨리 눈을 감았다. 정면에서 소운을 바라보고 있자면 초록색 불이 깜박이는 것 같아 보였다.

선녀봉에 있는 폭포는 사도련의 말 그대로 경치가 수려한 곳이었다. 소운과 사도련은 바위 위에 걸터앉았다.

"오빠! 그런데 왜 아까부터 내가 쳐다보기만 하면 눈을 감는 거야?"

"엉?"

들켰나? 소운은 쓴웃음을 지었다. 하긴 그렇게 무턱대고 눈을 감았으니 모를 리가 없었다. 소운은 앞으로 편하게 지내기 위해서라도 거짓말을 꾸며내야겠다고 생각했다.

'이거 이러다가 강호 제일의 거짓말쟁이가 되는 것 아닌지 모르

겠네.'

"사실 내가 특이한 무공을 수련하는 중이거든. 그런데 그 무공은 연마하면 연마할수록 밤에 눈이 초록색으로 빛나는 무공이야."

"우와! 그런 게 있어?"

사도련은 소운을 바라보며 말했다.

"그럼 빨리 눈 떠봐. 보여줘."

달빛이 꽤 밝았지만 소운의 초록색 눈을 가리기엔 너무도 부족한 불빛이었다. 소운은 천천히 사도련이 놀라지 않게 눈을 떴다.

"이야! 정말이네?"

사도련은 신기한 듯이 소운의 얼굴을 잡고 만지작거리다가 이내 흥미를 잃은 듯 전방의 폭포를 응시했다.

"누이."

소운은 사도련을 누이라 불렀다. 그녀가 자신을 오빠라 부르니 편의상 이렇게 지칭한 것인데 사도련은 그의 말에 놀란 듯 몸을 움찔했다.

"휘 오빠……."

사도련은 천천히 소운의 어깨에 머리를 기댔다. 소운은 가슴이 방망이질하는 듯이 쿵쾅거렸다.

"저기… 이 무공은 다른 사람에게는 비밀로 해줘."

"응, 알았어. 절대 말하지 않을게. 근데 오빠, 그거 알아?"

"무슨?"

"날 누이라고 불러준 거 이번이 처음이야."

사도련은 다정스러운 목소리로 말했다. 소운은 순간 마음속으로 후회했다.

'내가 이거 일을 크게 만드는 거 아닌지 모르겠네. 난 지금 저 여인의 이름도 모르고 있다. 게다가 난 혁련휘가 아니지 않은가? 저 여인은 보아하니 혁련휘를 좋아하고 있는 것 같은데 그가 죽었다는 것을 알면 어떻게 될까? 비록 밖으로 나가기 위해 어쩔 수 없이 혁련휘 행세를 하고 있다지만 조심성있게 행동해야겠다. 그를 알던 사람들이 마음 상하지 않도록.'

소운은 이런 생각을 하며 머리를 기댄 사도련을 넌지시 밀어내려 했다. 그러나 그녀의 다정한 모습에 차마 그렇게까지는 하지 못하고 그저 가만히 앉아 폭포의 경치를 바라보기 시작했다.

사도련은 소운에게 이렇게 말한 뒤에 자신의 말이 부끄러웠는지 아무 말도 하지 않았다. 그 둘 사이에 대화가 없어지자 이 선녀봉 중턱에는 폭포수가 떨어지는 소리만 들리게 되었다. 소운은 정말 폭포가 떨어지는 모습이 아름답다고 생각했다. 달빛과 어우러져 대단한 경치를 보여주고 있었다. 소운은 자신이 이렇게 밖에 나와서 이러한 경치를 보게 된 것에 너무도 감사한 마음이 들었다.

'후우… 앞으로 강호에 나가게 된다면 그동안 하고 싶었던 일들을 모두 해보자. 후훗, 분명히 재미있을 거야. 삶을 산다는 것은 이렇게 즐거운 일인데 불회곡 안에서 난 무엇을 하고 있었지? 음… 그때 일은 생각지 말자. 그저 좋은 경험이었다고 생각하자. 불회곡 안에서의 내가 죽어 있었던 것이라면 그곳을 나온 순간부터 난 살아난 것이다.'

소운은 자신이 이렇게 미래를 상상해 보며 뿌듯해하고 있다는 것이 정말 믿기지 않았다. 불회곡 안에서의 시간 동안 소운은 남들이 경험하지 못한 많은 경험을 쌓은 것이다. 그리고 그것이 소운을 한층 더 성장시켜 놓았다. 불회곡에 들어가기 전의 소운이 어린아이였다면 지금의 소운은 막 어른의 문턱에 들어선 청년과도 같았다. 아직 나이는 차지 않았지만.

'음, 저 호수를 보고 있자니 그때 생각이 나는구나.'

소운은 폭포 밑의 작은 소를 보며 멍하니 생각에 잠겼다.

'이곳은 명진초호야. 우리 사형제들 세 명의 이름을 따서 만든 것이지.'

'에라, 이제 사형이고 뭐고 없다! 나의 물세례를 받아랏!'

강명 사형제들과의 추억. 생각해 보면 그때가 가장 편하고 즐거웠던 시기였다고 생각되었다. 소운은 계속 호수를 보다가 다른 생각이 났다.

'불광자 할아버지……'

'가거라. 너는 분명히 강호에 나가 네가 하고 싶은 일들을 하며 강호를 주유할 수 있을 것이다.'

소운의 눈시울이 붉어졌다. 소운은 자신이 요즘 너무 많이 운다고 생각했다.

'사내자식이 울면 안 되지.'

"오빠?"

"어… 엉?"

소운은 재빨리 눈가에 맺힌 눈물을 닦으며 사도련에게 대답했다.

"사실 오빠를 비무 대회에 허락도 맡지 않고 출전시킨 거 미안해. 오빠가 나한테 항상 쌀쌀맞게 대해서 화가 나서 그런 거였어. 내일 모레 첫 상대가 노견이지? 오빠보다 강할 텐데 큰일이야."

소운은 사도련의 말을 듣고 아까 전에 자신을 보며 비웃음을 짓던 청년이 노견이라는 것을 알았다.

'그가 혁련휘보다 무공이 높나? 어차피 지려고 했던 거 잘된 일이네. 일부러 진다는 것을 아무도 알아채지 못할 테니……'

소운은 이렇게 가볍게 생각했다. 그런데 사도련은 그게 아니었던가 보다.

"정말 미안해……."

사도련의 침울한 말에 심각한 분위기를 느낀 소운은 이래선 안 되겠다 생각하고 밝게 말했다.

"괜찮아. 그도 사람이고 나도 사람인데 내가 항상 지기만 하겠어?"

소운의 위로가 섞인 말에 사도련은 고개를 끄덕였다.

"응, 맞아. 오빠는 이렇게 눈도 빛나는 새로운 무공을 연마하고 있잖아. 아참! 비밀이었지."

소운은 사도련이 이제 침울한 마음을 벗었다 생각하고 말했다.

"이제 시간이 많이 지났으니 내려가자."

"벌써? 아직 한 시진도 안 됐는데……."

"오늘만 날이 아니잖아. 내일을 생각해야지."

소운은 사도련을 재촉하여 선녀봉을 내려왔다.

"저기… 누이, 내 방이 어딘지 알아?"

소운의 갑작스런 물음에 사도련은 엉겁결에 대답했다.

"저기잖아. 내가 아까 전에 기다린 곳. 얼마나 심심했는 줄 알아?"

소운은 사도련이 가리킨 곳을 재빨리 확인했다.

'좋아. 이제 거처를 알았으니 됐다.'

소운은 가지 않으려는 사도련을 점잖게 타이르며 내일 보자고 했다. 사도련은 어쩔 수 없이 사검각을 떠나 자신이 지내는 연화각으로 돌아갔다.

"휴우, 한시름 놓았다."

사도련이 가고 나서 긴장이 쫙 풀어진 소운은 아까 전에 확인한 건물으로 들어갔다. 그리고 그중에 사도련이 가리킨 방의 문을 열었다.

"여어, 사도련과의 밀회는 끝나셨나?"

"후후후, 자식이 팔자도 좋아."

소운은 방 안에 사람이 있으리라고는 생각지 못했다. 하지만 방 안을 둘러보니 침상이 세 개 있는 것이, 혁련휘 자신과 다른 두 명의 사람들과 한 방을 쓰는 것처럼 보였다.

"련주의 딸과 연애를 하다니 말이야……."

두 명의 청년이었는데 한 명은 두건을 머리에 뒤집어쓰고 문사 같은 차림을 하고 있는 청년이었고, 또 한 명은 비쩍 말라 얼굴이 창백한 것이 어딘가 아픈 사람처럼 보이는 청년이었다. 문사 같은 청년의 이름은 백휘양이었고, 병약해 보이는 청년의 이름은 오대균이었다.

소운은 처음에 그들 둘을 보고 어떻게 대할지 머뭇거렸는데, 백휘양과 오대균은 그런 소운을 보고 자신들이 사도련과의 연애를 들먹이자 당황해서 그러는 것이라 생각했다. 결과적으로 소운의 행동은 적절한 반응이 되어버린 것이다. 소운은 이내 정신을 차리고 자신은 혁련휘라 다짐하고 또 다짐했다.

"그게 무슨 소리야?"

소운은 방 안으로 들어가 문을 닫으며 말했다.

"이미 다 알고 있다고. 아까 전에 그 사도련 낭자께서 자네가 오지 않았나 창문 밖을 서성이는 것을 다 보았단 말이지."

백휘양이 소운을 보며 이렇게 말했다.

'음… 그녀의 이름이 사도련이란 말이지?'

소운은 잠깐 사이에 단련된 거짓말로 천연덕스럽게 그들과 대화를 나누었다. 점점 혁련휘로 행세하는 것에 자신감이 붙어가는 소운이었다. 소운은 곧 그들의 이름이 백휘양과 오대균이라는 것을 알게 되었다. 그들은 혁련휘와 한 방을 같이 쓰고 있는 꽤 친한 친구들이었다.

제15장
소운의 무공, 혁련휘의 무공

소운은 상쾌한 기분을 느끼며 아침을 맞이했다. 생각해 보면 불회곡에서 나와 처음 제대로 깊은 잠을 잔 것이었다. 물론 한 달이라는 시간을 기절한 상태로 지냈지만 그것은 혼수 상태에 빠진 것이었지 깊은 잠을 잔 것은 아니었다. 아무튼 소운은 새벽녘에 일어나 밖으로 나왔다.

"하아암……."

마도련 안이라고 해서 아침이 꼭 구질구질한 것은 아니었다. 소운은 맑은 공기를 들이마시며 기지개를 켰다.

'으음, 오늘부터 본격적인 혁련휘 행세에 들어가는 거지?'

소운은 아직도 자신의 얼굴이 혁련휘로 변해 있다는 것이 믿기지 않았다. 소운은 자신의 얼굴을 만지작거리며 어제 백휘양과 오대균에게 들은 그 사검각의 훈련생이라는 것에 대해 생각해 보았다. '

이 사검각은 정확히 무림맹의 비룡단원 일기가 탄생했을 때 만들어 졌다고 한다. 앞으로 젊은 신진 고수들의 힘을 키워서 미래를 준비하 겠다는 무림맹의 전략에 위험을 느낀 마도련주는 이에 질세라 사검각 이라는 훈련소를 만들었다. 단지 무림맹과 다른 점은 무림맹은 각지 의 기재들을 지원 형식으로 받아서 교육을 시키는 반면에 마도련은 대다수의 아이들을 납치해서 강제적으로 훈련을 시킨다는 것이었다. 그러나 납치된 아이들의 대부분이 고아이기 때문에, 무공을 가르쳐 주고 거기에 성공적인 앞날을 보장한다는 데야 군소리없이 마도련의 방침에 순응할 수밖에 없었다.

'후후, 어쩌면 나도 이곳에 납치되어 올 수도 있었다는 건가?'

소운은 이렇게 생각하며 사검각에서 무기를 보관하는 병기고로 향 했다. 불회곡에서 빠져나올 때 지니고 있었던 모든 것을 그 지하 수로 안에서 잃어버렸기 때문이다. 내일은 그 패검봉인지 마검봉인지 하는 곳에 나가야 하는데 무기도 없이 나갈 수는 없지 않겠는가?

"혁련휘, 이곳에는 웬일이냐?"

병기고 앞을 지키고 있는 무사가 말했다. 지금은 아직 해가 뜨지 않 은 새벽이라 병기고 앞을 지키던 무사는 이곳에서 밤을 지새운 터였 다. 그래서인지 꽤 초췌해 보였다.

"검이 부러져 버려서요. 어제 연습을 하다가 그만……."

"뭣이? 저번에 네놈에게 꺼내준 건 대단히 정련이 잘된 청강장검이 었는데 그것이 부러졌다는 말이냐?"

"아… 네… 그것이……."

소운은 그 무사의 말에 잠시 할 말을 잃었다. 분명히 시체가 되어 온 혁련휘의 손에는 부러진 검이 들려져 있었다.

"혹시… 그거 팔아서 술값으로 쓴 거 아니냐!"

소운은 이때 안색이 붉어졌는데 다행히 변장하고 있던 터라 그 얼굴색이 보이진 않았다. 그러나 주춤하는 기색은 그대로였던 터라 무시는 소운, 아니, 혁련휘가 검을 팔아먹었다고 단정 짓고서 계속해서 추궁했다.

"전에도 그런 변명으로 검을 가져갔지 않았느냐? 그래서 내가 제일 단련이 잘된 검을 꺼내주면서 다음번에는 그런 변명이 통하지 않을 것이라 했거늘 어디서 그런 헛소리를 하는 거야!"

소운은 쓴웃음을 지었다.

'혁련휘라는 자는 검을 팔아 술값을 마련할 정도로 술을 좋아했단 말인가?'

"이번에는 정말 부러졌는데……."

"흐흐, 그렇다면 그 부러진 검을 들고 오너라. 그럼 내가 새 검을 꺼내주마. 나도 요즘 검이 너무 많이 나간다고 병기각주님께 된통 깨지고 있어서 함부로 무기를 꺼내줄 수가 없구나."

'이런…….'

소운은 할 수 없이 돌아서야 했다. 귀곡자의 거처에 있는 부러진 검을 다시 되찾아오기엔 위험이 너무 컸다. 혁련휘는 귀곡자랑 아무런 관계가 없는데 그곳을 드나들다가 련주의 수신오위라는 자들에게 발각나기라도 한다면 큰일이었다. 다시 불회곡 안으로 되돌아가게 될지도 모르는 일이었다.

"할 수 없군요."

소운은 병기고에서 발걸음을 돌렸다.

'이제 어디서 검을 찾지? 내일 맨손으로 비무를 해야 하나?'

소운은 궁리를 하면서 걸어가고 있다가 어느 담장으로 둘러진 전각 옆을 지나게 되었다. 그런데 담장 밖으로 굵은 나뭇가지들이 나와 있는 것이 보이는 것이 아닌가?

소운의 머리 속으로 재빨리 생각이 스쳤다.

'목검을 만들면 되겠구나!'

소운은 자신이 실제의 검보다 오히려 목검이라든지 석검을 많이 사용했다는 것을 생각해 내었다.

"어차피 내일 있을 비무도 빨리 패해 버려야 하는 것이니 목검을 들고 부딪치면 목검이 잘릴 테고, 그러면 자연스레 패배할 것이 아닌가?"

소운은 재빨리 주위를 살폈다. 아직 해가 뜨지 않는 새벽녘이라 지나다니는 사람이 없어 한산했다. 소운은 가볍게 담장 위로 올라갔다가 전각이 있는 쪽으로 내려섰다. 그곳에는 아까 소운이 보았던 담장 밖으로 나뭇가지가 나간 나무 외에도 수십 그루의 나무들이 전각을 둘러싸고 있었다.

이 장소는 소운이 미처 몰랐지만 목향관이라는 곳으로 마도련주가 애지중지하는 귀한 나무들을 가져다가 심어놓은 곳이었다. 소운은 많은 나무 중에서 처음 본 그 나무 위로 올라섰다. 그리고 목검으로 쓰기에 적당한 나뭇가지를 찾기 시작했다.

"오라, 저것은 완전히 검을 위해 태어난 가지 같구나."

소운은 적당한 나뭇가지를 발견해 내고는 기쁨에 젖었다. 생긴 것도 길고 소운의 팔뚝보다 조금 얇은 굵기의 나뭇가지였다. 소운은 그곳으로 나뭇가지를 밟고 조심스레 이동해 그 가지를 잘라냈다.

'음, 소수가 이럴 땐 이용하기 좋구나.'

소운은 소수를 운용해서 단번에 가지를 내려쳤다. 가지는 마치 검에 잘리는 듯이 삭둑— 하고 잘려졌다. 전에 막수심이 이것을 사용할 때는 돌에 대고 사용했지만 소운은 현재 나무 정도까지만 사용할 수 있는 수준이었다. 소운은 잘라낸 가지를 들어서 옆에 난 잔가지를 마저 쳐냈다.

"괜찮은데?"

겉은 비록 나무 껍데기에 둘러싸여서 투박해 보였지만 그런대로 쓸 만한 막대기 하나가 탄생했다. 소운은 이 껍데기마저 깨끗하게 벗겨냈으면 좋겠다 생각했는데, 자신에게는 그것을 실행에 옮길 만한 칼이 없었다. 그리고 소수로는 껍질을 벗겨내는 정교한 작업을 할 수 없었다.

"킁킁, 그런데 이게 무슨 냄새지? 여기서 나는 건가?"

소운은 자신이 만든 목검을 들어 냄새를 맡았다. 나무에서 기이한 향기가 나는 것이었다.

"우와! 이런, 냄새도 나네?"

그 냄새가 부드러운 꽃 향기 같았던 터라 소운은 자신이 만든 검이 더욱 좋아졌다. 사실 소운이 선택한 이 나무는 자단목과 침향목이라는 나무를 교접하여 만든 것으로 현재 남만이나 묘강 쪽에서 자라는 귀한 나무였다.

이 나무는 단단하고 질겨서 주로 고관대작들의 식기나 가구 등으로 만들어지는 나무였다. 게다가 가격이 같은 무게의 은보다 비싸 웬만한 고관들은 차라리 은수저를 쓰고 있는 실정이었다. 그러니 소운은 지금 은으로 만든 검보다 훨씬 비싼 검을 들고 있는 셈이었다.

"이거 내일만 쓰고 버리기는 아까운걸?"

소운은 향기가 나는 목검을 들고 나무 위에서 내려왔다. 그리고 다시 담장을 넘어서 아무 일도 없었다는 듯이 허리춤에 목검을 꽂아 넣었다. 비록 목검이지만 허리에 검을 차게 되자 마음이 뿌듯해지는 소운이었다.

"그럼 지금부터 무공이라도 수련하러 가볼까?"

사검각의 훈련생들에게는 따로 연무할 장소가 지정되지 않는다. 단체로 하나의 커다란 연무장에서 연마하는 것이다. 그래서 무림맹의 승천관과는 달리 상대의 무공을 마음대로 볼 수 있고 상대에게 자신의 무공을 숨기기 위해 삼 푼 정도의 본실력은 항상 감추어놓은 채 무공을 수련하는 것이 기본이었다. 그들은 무공을 배우는 과정에서조차도 강호의 암투를 경험하는 것이다.

소운은 사검각의 연무장에 들어서면서 이미 그 안에서 무공을 연마하고 있는 몇몇 사람들이 자신을 날카롭게 쏘아보는 것을 알아챘다. 그리고 자신이 목검을 뽑아 들었을 때는 집요한 눈빛들이 자신의 일거수일투족을 관찰하고 있다는 것을 느꼈다.

소운이 연무장 안에 있는 사람들을 보니 그들은 모두 자신의 무공을 수련하는 척하면서 서로의 무공을 관찰하고 있었다. 소운은 이런 무공 수련은 처음 보는지라 당황스러웠다. 대놓고 보는 것은 아니지만 서로의 무공 수련을 이렇게 잡아먹을 듯이 관찰하는 것은 처음 겪는 일이었다.

'이 무슨 해괴한 수련이지?'

사실 이곳은 모든 훈련생들이 쓰는 곳이라 이렇게까지 자세하게 남의 무공 수련을 쳐다보지는 않았다. 그러나 비무 대회가 시작되고 예선전을 통과한 이들은 남의 약점을 조금이라도 찾아야 하기에 이렇듯 집요하게 서로를 관찰하는 것이었다.

예선전에서 떨어진 이들이나 아예 출전을 하지 않은 이들은 비무 대회 기간 동안에는 훈련을 하지 않았기에 이 연무장에 나올 필요가 없었다. 그러니 현재 이곳에서 수련을 하고 있는 이들은 모두 예선전 을 통과한 이들이라 볼 수 있었다.

'아아, 이거 계속 보는데?

소운은 그네들의 무공 훔쳐보기가 거북스러워 연무장의 제일 구석 진 자리로 몸을 옮겼다. 연무장은 꽤 넓었기 때문에 소운은 설마 이곳 까지 보진 않겠지 하며 옮긴 것이었다. 그러나 웬걸? 현재 연무장에 있던 소운을 제외한 여섯 명의 사람들이 모두 소운이 있는 쪽으로 걸 음을 옮기는 것이 아닌가? 그들은 한 명이라도 이득 보는 것을 용납하 지 않았던 것이다.

'에구~ 이럴 수가!'

소운은 그런 그들의 움직임에 자리를 피하는 것을 포기하고는 목검 을 들어 오랜만에 삼재검법을 시전하기 시작했다. 소운이 삼재검법을 시전하자 소운을 주시하고 있던 다른 여섯 명이 저마다 이렇게 생각 했다.

'역시, 혁련휘. 자신의 무공을 드러내지 않는군.'

'쳇! 삼재검법이라니. 이건 완전히 실력을 감추는 꼴이잖아.'

그들은 소운에게서 관심을 끊고 이제는 서로를 관찰하기 시작했다. 소운으로서는 그가 알고 있는 검법이라고는 이거 하나뿐인지라 이것 을 펼친 것뿐인데 되려 실력을 숨기고 있다고 오해를 받아 따가운 눈 총을 피할 수 있게 되었다. 전화위복이라고나 할까? 어쨌든 소운으로 서는 손해 보지 않는 일이었다.

소운의 목검은 부드럽게 삼재검법의 투로를 따라 움직였다. 그런데 소운의 목검은 그저 초식을 따라 단순히 움직이는 것이 아니라 생동감있게 살아서 움직이는 듯했다. 다른 여섯 명의 훈련생들은 그런 소운의 검법의 변화를 미처 알아채지 못했다. 그냥 삼재검법이라고만 여기고 쳐다보지도 않은 것이다. 만약 누군가 소운의 검법을 주의 깊게 보았다면 분명히 놀랐을 것이다. 마치 검이 의지를 가진 듯이 탄력 있게 허공을 맴돌았으니 말이다.

'목검자 스승님이 펼쳤던 만큼은 아니지만 그래도 이제는 살아 있는 검을 조금은 알 것 같아.'

소운은 혼자 이렇게 여겼지만 목검의 움직임은 일전에 목검자가 소운의 앞에서 생검을 펼쳤을 때와 비슷할 정도로 활력이 있었다. 소운이 불회곡에 떨어지고 여러 고비들을 넘기면서 얻은 생검의 심득은 이미 소운의 몸속에 녹아들어 있었다. 단지 소운 자신이 깨닫지 못하고 있을 뿐이었다.

"큭큭! 혁련휘, 네놈이 연무장에는 웬일이냐?"

소운은 자신의 이름을, 아니, 혁련휘의 이름을 부르며 연무장으로 나타난 청년을 바라보았다. 소운은 막 삼재검법의 두 번째 초식을 펼치려던 것을 중단하며 나타난 그 청년이 누구일까 생각해 보았다.

'혁련휘가 싫어했던 사람? 아니면 친한 친구?'

소운은 처음 보는 사람마다 이렇게 머리를 굴려 사이를 짐작해 보아야 한다는 것에 머리가 아파왔다.

"어머! 혁련 동생이 무공을 연마할 때도 다 있고… 이거 비무 대회 때 조심해야겠는걸?"

나타난 청년의 뒤편으로 이십 대 초반의 여인도 함께 서 있었다. 이들은 바로 사검각 내에서 다섯 손가락 안에 드는 무공을 지닌 평안호와 나예린이라는 남녀였다. 평안호는 기골이 장대하고 얼굴이 호방하게 생긴 무사 같은 청년이었고 나예린은 입가에 점이 매혹적인 미인이었다.

"혁련휘, 네가 아무리 나서봤자 첫 상대인 노견한테 깨질 것이 분명한데 뭐 하러 그렇게 수련을 하고 있냐?"

"호호, 평소에는 술만 먹으면서……."

"어… 그게 말이지……."

소운은 한동안 무공 수련을 하지 않아서 오랜만에 해보려고 이곳에 온 것이지만 평소에 혁련휘가 무공을 연마하지 않았다는 것을 듣게 되자 재빨리 말을 꾸몄다.

"이렇게라도 연습하는 척을 하지 않으면 나중에 욕먹을 것 같아서."

"큭큭, 맞아. 장로에게 욕먹긴 하겠지."

"대단한걸? 혁련 동생이 머리를 다 쓰고 말이야."

평안호와 나예린은 다행히도 혁련휘와 나쁜 사이는 아닌 것 같았다. 소운은 그들과 대화를 하면서 혁련휘의 성격에 대해 조금 더 파악할 수 있었다. 평안호와 나예린은 그 뒤 무공 수련을 시작했는데 그들은 사검각 내에서도 다섯 손가락 안에 드는 무공을 지녔는지라 나머지 여섯 명의 이목은 모두 그들 두 명에게 쏠렸다. 그러나 그들 둘은 그런 것에 익숙하다는 듯이 담담한 기색으로 무공을 연마했다. 소운은 그런 그 둘을 보며 분명히 무공이 상당할 것이라 생각했다.

다음날 소운은 백휘양과 오대균을 따라서 패마검봉으로 향했다. 소운으로서는 패마검봉이 도대체 어디에 위치한 것인지 알 수가 없었던 터라 백휘양과 오대균이 갈 때까지 잠자코 있다가 그들을 따라나선 것이다. 그제와 어제 소운이 그들의 성격을 파악한 바로는 백휘양은 문사처럼 생긴 것과는 다르게 성격이 호방했고 무공 역시 뛰어난 듯 보였다. 오대균은 창백한 안색 그대로 어딘지 음침해 보이는 구석이 있는 듯했다.

그들 둘은 마검군 측에서 예선전을 이겨 본선에 진출했다. 소운은 어제 들었던 그 말이 생각나서 패마검봉으로 올라가는 도중 지나가는 소리로 물었다.

"만약에 내가 패검왕 측 대표가 된다면 둘 중에 누가 마검군 측 대표가 될까?"

소운의 말에 백휘양과 오대균이 웃으며.

"련휘야, 니가 패검왕 측 대표가 되는 것은 있을 수도 없고, 우리 역시 위진천이나 평안호, 나예린 같은 애들한테 지게 돼 있다구."

"네가 속해 있는 곳만 해도 이미 노견과 하후성이 포진해 있잖아. 이번 비무 대회는 바로 사검오성들의 잔치라고 보면 된다구."

소운은 그들의 말에서 사검각 안에서 뛰어난 다섯 명을 사검오성이라 부른다는 것을 알아냈다. 거기다가 어제 연무장에서 마주친 평안호와 나예린 역시 그 사검오성에 들어간다는 것을.

소운은 백휘양과 오대균에게 더욱더 많은 정보를 얻을 수 있었다. 혁련휘는 사검각 내에서 열 손가락 안에 드는 자라는 것, 백휘양과 오대균 역시 그 열 손가락 안에 든다는 점, 그리고 그 순위의 육위부터 십위 중 혁련휘는 꼴찌인 십위라는 것 등을 말이다. 십 인 중에 혁련휘와 백휘양, 오대균을 제외한 나머지 두 명에 관한 것은 제대로 듣지 못했다. 이러한 정보들은 그들과 대화하는 도중에 소운이 얼추 짐작한 것들이라 모든 것을 다 알아낼 수는 없었다. 그리고 마지막으로 알게 된 것은 혁련휘가 포함된 뒷부분의 다섯은 사검오령이라 불리우고 있다는 것이었다.

"오령은 오성에게 안 된다는 말을 이 비무 대회에서 바꿀 수 있으면 좋겠지만 혁련휘, 네가 오늘 싸우는 노견은 그 오성 중에서도 상위에 있는 놈이니 그것이 불가능하겠구나."

"련휘야, 오늘 끝나고 술 한잔 사마. 졌다고 울지 말고 기다려라. 우리는 다행히 오늘 일회전 상대가 사검오성이 아니거든."

백휘양과 오대균은 소운에게 이렇게 말했다. 소운은 그들의 말에 별다른 걱정 없이 대답했다.

"그래."

소운은 어차피 지려고 마음먹었기에 이렇게 대답한 것이다.

"다 왔네."

소운은 백휘양의 말에 패마검봉을 바라보았다. 패마검봉은 산봉우리 위로 대단히 넓은 곳이었다. 그곳에는 두 곳의 비무대가 설치되어 있었고 이미 관중들이 빽빽이 들어차 있었다. 마도련 내의 사람이라면 누구나 이 비무 대회를 기다리기 때문에 이렇듯 사람들이 붐비는 것이다.

"본선이라 그런지 엄청나게 많은걸?"

"결승전이 시작되면 아마 이곳까지 미어터질 거야."

백휘양과 오대균이 서로 대화하는 가운데 소운은 패검왕이라 써 있는 천막을 발견하게 되었다.

'저곳인가 보구나.'

"그럼 나 먼저 들어갈게."

"어, 그래. 런휘야, 울지 말고 기다려라. 알겠지?"

"응. 그럼."

소운은 백휘양, 오대균 등과 헤어져 패검왕 측 천막으로 향했다. 천막의 휘장을 여니 이미 대다수의 본선 출전자들이 앉아서 기다리고 있었다. 그중에는 소운이 그저께 만난 노견이라는 자도 있었다.

"여어, 드디어 오늘이구만. 후후후. 그래, 간밤에 잠은 편하게 잤냐? 나는 네놈을 패주는 꿈을 꾸느라 잠을 설치고 말았지. 후하하하!"

노견이었다. 소운은 노견의 말에 가시가 돋쳐 있음을 느꼈다.

'그는 혁련휘를 싫어하는 것인가? 으음……'

소운은 노견을 바라보았다. 분명 자신은 지금 혁련휘로 변장하고 있기에 혁련휘로서 행동해야 한다. 노견이 혁련휘를 싫어한다면 혁련휘 역시 노견을 싫어할 것이 분명했다.

'하지만 사람이 꼭 같은 행동을 해야 한다는 법은 없겠지.'

"잘해보자. 그리고 나중에 싸울 때 좀 봐주라."

소운이 취한 행동이 노견에게 오히려 밉보였음인가? 노견은 소운을 쏘아보며 말했다.

"봐주고 말고. 그래, 이따가 비무대에서 보자. 후후후."

소운은 노견이 자신의 말을 수긍하여 잘 지내보자는 뜻으로 받아들였다.

"노견, 뭐 하고 있어?"

노견의 옆으로 청색 장삼을 입은 청년이 나타났다. 시원스럽게 생긴 훤칠한 외모의 청년이었다.

"음… 하후성, 너도 혁련휘라고 알고 있지?"

"그럼. 아니, 그러면… 이자가 제 주제도 모르고 설치는 사검오령 중 한 명이란 소리야?"

소운은 하후성이라고 하길래 어디서 들어보았는지 생각하다가 방금 전에 백휘양 등이 말했던 그 사검오성 다섯 명 중의 한 명이라는 사실을 알 수 있었다.

"주제도 모르는 건 당신들 아니야?"

이때 소운의 옆으로 두 명의 남녀가 나타났는데 둘 다 흰옷을 입고 다섯 가지 색의 팔찌를 차고 있는 모습이었다. 그들 중 여인 쪽은 어깨와 목에 몇 가지 장신구를 남자보다 더 두르고 있었다.

"후후, 같은 오령이라고 두둔하는 건가?"

"하후성, 네놈이 설치는 꼴도 얼마 남지 않았다."

소운은 갑자기 뒤에서 나타난 이들의 얼굴을 살폈는데 흰옷의 남자와 여자 둘 다 비슷한 외모를 가지고 있었다.

"천소마, 천소령. 후후, 너희들도 어차피 실력없이 까부는 사검오령이잖아."

"뭐야! 나와 소령이가 비록 개개인으로는 딸릴지 몰라도 우리 둘이 합공하면 너희 둘이 달라붙어도 끄떡없어!"

이들 천소마와 천소령은 사검각에서 유일하게 납치되어 들어오지 않은 이들이었다. 그들은 현 마도련의 만화각 각주인 천주행의 자식들로 어릴 적부터 합격술을 배워왔던 터라 하후성과 노견에게 이렇게 소리친 것이었다. 소운은 천소마와 천소령의 등장으로 몰랐던 사검오령 중 나머지 두 명의 인물들을 알 수 있었다.

"후후, 그럼 어디 한번 해보시지."

하후성이 천소마에게 비아냥거리듯이 말했다. 천소마는 주먹을 부

들부들 떨었지만 그에게 싸움을 걸 수 없었다. 사검각의 훈련생끼리
는 일 대 일의 대결은 허락했지만 이 대 일이나 이 대 이 등과 같이 여
럿이서 하는 싸움은 허락되지 않았다. 자칫하면 패가 갈려 많은 수의
인원이 다칠 염려가 있기 때문이었다. 동생인 천소령과 합격술 연마
를 주로 한 천소마로서는 자신의 무공을 나타내기에 불리한 입장이었
다. 해서 그들 둘은 혁련휘 등이 속한 오령보다는 하후성이나 노견이
있는 오성에 들어가고도 남을 실력임에도 이렇게 무시를 당하는 것이
었다.

"비무가 시작되니 준비들하시오."

긴장된 상황에서 이러한 소리가 들려오자 그 긴장감이 풀어졌다.

"후후, 그렇다면 이기고 올라와서 나에게 그 실력을 직접 입증해
봐라."

하후성은 천소마에게 이렇게 말하고 자신이 앉아 있던 자리로 돌아
갔다. 노견 역시 소운에게 말했다.

"이제 진짜로 얼마 남지 않았다. 내가 조금 사정을 봐주는 비무가
말이야. 크크크."

노견까지 돌아가자 그제야 소운은 천소마와 천소령에게 신경을 쓸
수 있었다.

"오빠, 이런 일 한두 번 당해봤어? 나중에 마도련 밖으로 임무를 수
행하러 나가게 되면 그때 복수하면 되잖아. 바깥에서 비무하는 것은
아무런 해가 없으니까."

"음!"

천소마는 으드득하고 이를 악물었다. 소운은 그들 둘을 보며 사이
좋을 것 같은 남매라 생각했다. 그리고 같은 오령이니 분명 혁련휘와

좋은 관계일 것이라 생각하고는 친근하게 웃으며 말했다.

"무공의 높낮음으로 사람을 평가하는 것은 좋지 않은 것 같아."

소운은 무공이 높으면서도 인간성이 부족한 이들을 많이 보아왔던 터라 이렇게 말했다. 그런데 소운의 말에 천소령이 갑자기 불끈하며 말했다.

"혁련휘, 너 같은 사람 때문에 오령이 욕을 먹잖아! 무공은 제일 낮은 주제에 노력할 생각은 안 하고!"

'낭패다. 혁련휘를 좋아하지 않는 것 같은데?'

천소령의 쏘아붙임에 소운은 머쓱해졌다. 도무지 혁련휘라는 사람의 인간 관계가 어땠는지 짐작할 수가 없었다.

"음, 미안."

소운은 이렇게 말하고 대기석 의자로 가 앉았다. 천소령은 그런 소운을 몇 번 째려보더니 이내 오빠인 천소마와 함께 자신들의 자리로 가서 앉았다.

'싫어하는 사람을 만나면 아무 말 않고 무조건 피하는 것이 상책이군.'

소운은 이렇게 생각했다.

"팔 번 혁련휘, 십삼 번 노견. 비무 시작합니다!"

소운이 앉아 있은 지 얼마 되지 않아서 이러한 소리가 들려왔다. 소운은 몸을 일으켜 비무장으로 향했다. 가는 도중에 천소마와 천소령을 보았는데, 그들은 소운이 당연히 질 것이라는 듯이 그를 무시했다. 노견은 그를 보며 의미심장한 미소를 흘렸다.

"모두들 노견의 무공이 더 세다고 하니 일부러 이 목검까지 부러뜨리며 질 필요가 없겠는걸?"

소운은 허리춤에 있는 목검을 살짝 쓰다듬었다. 부러뜨리기에는 아까운 목검이었다.

"우와아! 사검오성과 사검오령의 첫 대결이다!"

소운이 비무대 위로 나가자 관중석에서 소리가 들려왔다. 관중석의 한쪽에는 사도련이 전전긍긍하며 소운을 기다리고 있었다.

'제발 휘 오빠가 이겨야 할 텐데……'

"자, 자리에!"

비무대 위에는 붉은 깃발을 들고 있는 중년 남자가 기다리고 있었다. 소운은 목검을 빼 들어 노견과 마주 섰다. 노견은 소운을 바라보며 희열의 미소를 짓고 있었다.

'드디어 혁련휘, 네놈을 끝장낼 수 있겠구나.'

"이봐, 이번에 나오는 혁련휘는 오령 중에 제일 무공이 약하다며?"

"운도 지지리도 없지. 하필이면 오성 중에서도 가장 악랄한 노견이 첫 상대라니."

사도련은 관중석에서 그들의 말을 듣고 있다가 발끈해서 소리쳤다.

"휘 오빠! 꼭 이겨야 해! 힘내라!"

사도련의 목소리가 꽤 커서 그녀 주위에 있던 관중들을 비롯하여 소운의 귀에까지 들렸다. 소운은 사도련의 일방적인 응원에 얼굴이 붉어졌으나 변장한 채였기에 그 붉어진 모습이 보이지는 않았다.

노견은 그런 사도련의 응원을 듣고는 눈빛이 더욱 사납게 빛났다.

'감히 네놈이 사도련을……!'

노견은 소운을 향해 증오를 불태웠다. 이것은 비단 노견뿐만이 아니었다. 이 비무를 지켜보고 있던 관중들은 방금 소리친 것이 사도련이라는 것을 알자 소운에게 적의의 시선을 보내기 시작했다.

사실 노견이 혁련휘를 싫어하는 데는 사도련에 대한 질투심이 한 몫을 차지했다. 자신보다 무공도 약한 혁련휘가 단지 얼굴이 반반하다는 이유로 련주의 딸과 친하게 지내는 것을 그냥 두고 볼 수가 없었던 것이다.

"팔 번 혁련휘! 십삼 번 노견! 비무 시작!"

중년 남자는 깃발을 들어 올리며 힘차게 외쳤다.

'좋아.'

시작이라는 소리에 소운은 목검을 들어 올린 채 노견을 바라보았다.

"뭐야, 저거 나무 막대기잖아?"

"나무 막대기?"

관중석에서 소운의 검을 보고 웅성대는 소리가 들렸다. 노견은 소운의 검을 보고 생각했다.

'훗! 저 자식이 아예 지려고 발악을 하는구나.'

노견은 좀 전에 생각해 놓았던 대로 혁련휘를 요리해 가야겠다고 생각했다. 노견과 소운은 비무가 시작됐음에도 섣불리 검을 움직이지 않았다. 소운이야 노견이 검을 움직이면 몇 차례 응수하다가 져버리겠다는 생각이었고, 노견은 그런 소운의 생각을 알고 있다는 듯이 어떡하면 시간을 끌면서 소운을 끝장내 버릴 수 있을까 궁리하는 중이었다.

'좋아. 일단 공격 시작이다!'

노견은 경천혈검(驚天血劍)이라는 자신의 검법 가운데 처음 초식인 혈인무변(血人無變)의 초식을 펼치며 소운을 공격해 들어갔다. 소운은 노견의 검법을 보며 순간 이상한 느낌을 받았다.

'검날이 오른쪽으로 향하는 것을 보니 이쪽으로 찔러 들어오겠는 걸?'

소운은 무의식적인 동작으로 몸을 살짝 옆으로 움직이며 노견의 첫초식을 피해냈다. 그러나 미처 다 피하지는 못하고 오른쪽 어깨의 겉옷이 잘려 나갔다. 하지만 옷을 제외하고는 소운에게 상처 하나 없었다.

노견은 소운이 첫 초식을 피해내자 굼벵이도 구르는 재주가 있다 여기며 재차 두 번째 초식을 펼쳤다.

'이상한걸? 왜 검이 느리게 보이지?'

소운은 노견의 초식 하나하나의 움직임이 눈에 들어왔다. 노견의 초식은 분명 빠르게 소운을 향해 들어왔지만 소운은 그 움직임을 알아차리고는 또다시 몸을 피했다. 이번에는 옷마저 잘리지 않았다.

"아니, 이 자식이!"

노견은 두 번째 초식 역시 피하자 이대로는 안 되겠다 생각하고 내공을 더욱 끌어올려 세 번째 초식을 펼쳤다.

소운은 이번에는 검의 움직임이 조금 흐릿하게 보이는 것 같았지만 날아올 방향을 예측하지 못할 정도는 아니었다.

소운이 세 번째 초식마저 피해내자 장내에 있던 사람들이 웅성거리기 시작했다.

"이야, 혁련휘가 노견의 초식을 손 한번 쓰지 않고 피했다."

사도련은 그런 소운의 모습을 보며 안도의 한숨을 내쉬며 잘하고 있다고 계속 중얼거렸다.

노견은 세 번째 초식을 펼친 후 잠시 손을 멈추고는 소운을 바라보았다.

"혁련휘, 네놈이 그동안 무공이 좀 나아진 것 같구나. 하지만 거기까지다."

노견은 이렇게 말했다.

소운은 노견의 초식이 느리게 보이는 것이 무엇 때문일까 궁리해 보다가 귀곡자가 뿌려준 천련분을 생각해 냈다.

'맞아. 그분이 분명 눈이 좋아질 거라 그랬어.'

사실 소운의 눈은 불회곡 안에서 어둠 속을 꿰뚫어 보기 위해 단련이 되었었다. 그래서 낮보다 밤에 더욱 잘 보이는 눈을 가지게 되었는데 귀곡자의 천련분 덕분에 밝은 곳에서도 어둠 속을 꿰뚫어 보던 그 시력을 그대로 유지할 수 있게 되었고 오히려 더 좋아진 것이다. 지금현재 소운의 눈은 강호상에서 유래를 찾아볼 수 없을 만큼 좋아진 것이었다.

노견은 더욱 위력적인 초식으로 재차 공격해 들어왔다. 소운은 아까보다 더 많이 흐릿해진 검을 보며 이번에는 몸을 움직이는 것만으로는 피할 수 없다 여기고 은신보를 펼쳐 보았다.

'이거 생각보다 쉬운걸?'

소운은 은신보를 이렇게 검을 피하는 데 사용하자 더욱 쉽게 몸을 움직일 수 있다는 것을 알았다. 소운은 은신보를 이용해 몇 번을 움직인 끝에 노견의 몸 뒤쪽까지 움직일 수 있었다.

노견은 혁련휘가 자꾸만 자신의 검을 피해내자 이럴 리가 없다고 생각하며 힘껏 검을 휘둘렀다. 그런데 순간적으로 소운의 신형이 자신의 앞에서 사라지자 무척 놀랐다.

"이봐, 여기야."

소운은 어리둥절해 있는 노견을 바라보며 말했다. 소운의 행동에 관전하던 사람들이 웃음을 터뜨렸다.

"가지고 노는구만."

노견은 몸을 홱 돌려서 소운을 잡아먹을 듯이 노려보았다. 이럴 계획이 아니었는데… 비웃음을 받을 대상은 자신이 아니라 바로 저 혁련휘인데 하는 생각들이 노견의 머리를 스치며 이제 장난은 그만 해야겠다고 생각했다.

"혁련휘, 이제부터 조심해야 할 것이다."

조금 약한 무공으로 혁련휘를 꼼짝 못하게 한 뒤에 가지고 놀다가 끝장을 내려고 했던 노견의 계획이 물거품이 되는 순간이었다. 지금 이 비무의 주도권을 잡고 있는 사람은 자신이 아닌 혁련휘, 바로 소운이었던 것이다.

소운은 은신보를 펼치며 노견의 검을 피하는 데 정신이 팔려서 그만 자신의 본래 계획을 망각했다.

'맞다. 빨리 지고 내려가야지!'

소운은 무공을 배우고 나서 처음으로 정식 비무를 해보는 것이라 조금 들뜬 마음이 된 자신을 추슬렀다.

'난 지금 혁련휘다. 정신 차려라.'

소운은 이렇게 생각하며 노견이 펼치는 검법을 바라보았다. 이번에는 정말 눈으로만 확인하고 피할 수 있을 만한 무공이 아니었다.

'이크!'

방심하면 당한다는 말이 있다. 소운은 노견의 검을 피하려다가 그만 가슴에 작은 상처를 입고 말았다.

"죽어라!"

소운은 가슴이 화끈거리는 와중에 노견의 목소리를 들었다. 노견은 자신이 숨겨두었던 최고 무공인 천경검법(天輕劍法)이라는 검법으로 소운에게 상처를 입히게 되자 득의의 미소를 지으며 이렇게 소리쳤다.

'죽으라니? 설마 저 노견이라는 자는 날 죽일 작정으로 이곳에 올라온 것인가?'

평소에 감정이 좋지 않다고만 느꼈지 설마 진짜 죽이려 들리라곤 생각지 못한 소운은 그 소리가 충격으로 다가왔다. 노견은 승기를 잡자마자 인정사정 보지 않고 재차 초식을 펼쳤다. 소운은 흐트러진 마음으로 노견의 검을 피하려다가 또다시 어깨 쪽에 검상을 입게 되었다.

"오빠……."

사도련은 소운이 두 번이나 검에 맞게 되자 걱정스러운 듯 소운을 바라보았다. 관중석에 있던 사람들은 그러면 그렇지 하는 표정으로 소운이 검에 당하는 모습을 관전했고, 소운이 싸우고 있는 패검왕 쪽의 비무대가 아닌 마검군 쪽의 비무대에 있던 사람들마저 소운, 즉 혁련휘가 당하는 모습을 보기 위해 모여들기 시작했다.

'정말이구나!'

노리는 곳곳이 치명적인 사혈이었다. 소운은 노견의 악랄한 검술에 화가 치밀기 시작했다.

"흐흐, 혁련휘, 이제는 꽁지 빠지게 도망만 치기 어려울걸."

노견은 이렇게 말하고 더욱 빠르게 천경검법을 휘두르며 소운을 압박해 들어갔다.

'안 되겠어, 반격을 하지 않으면!'

소운은 목검을 들고 삼재검법을 펼치기 시작했다.

"아니, 뭐야? 삼재검법? 흐흐흐흐."

노견은 목검으로 삼재검법을 펼치고 있는 소운을 비웃었다.

"삼재선품."

소운은 첫 번째 초식 이름을 말하며 노견을 공격해 들어갔다. 노견은 천경검법을 휘두르다 삼재검법을 펼치는 소운을 무시한 채 그대로 공격을 감행했다. 먼저 상처를 입힌 후 피해도 충분하다는 생각에서였다. 무림인들 간의 대결에서 초식을 간파당했다는 것은 패배와 직결되는 것이었다. 아까 전만 해도 소운은 노견의 초식을 간파해서 여유있게 피해냈지 않은가? 삼재검법의 초식은 누구나 알고 있는 것이기 때문에 그만큼 피하기도 수월한 것이었다.

"이제 끝이다!"

노견은 이렇게 소리 지르며 소운의 목을 노리고 독사출수라는 초식을 펼쳤다. 그런데 그 순간!

"으억!"

소운의 목검이 물을 만난 물고기처럼 요동을 치며 번개같이 노견의 가슴팍을 때리는 것이 아닌가? 노견은 그 목검에 맞고 뒤로 나자빠지면서도 분명 자신이 그 검에 맞을 리가 없다는 생각을 했다. 관전하던 사람들은 소운이 삼재검법을 펼치자 끝내 혁련휘가 지게 되니 별짓을 다 한다고 생각하고 있었는데 도리어 노견이 물러서자 놀라움을 감추지 못했다.

소운 역시 자신의 삼재검법을 보며 놀라고 있는 중이었다.

'살아 있는 검이란 것이 이런 것인가?'

소운은 삼재선품을 펼치다가 노견의 검법이 자신의 목을 노리고 들어옴을 알았다. 분명 노견의 검이 자신의 검보다 더욱 빨리 자신의 목에 당도할 것 같았기에 자신의 삼재선품 초식이 조금 더 빨라졌으면 하는 생각을 했던 것이다. 이런 소운의 생각은 의지가 되어 검을 움직였고, 그 검은 소운의 의지대로 빠르게 움직였던 것이다. 자신의 의지대로 검을 움직인다. 이것이 바로 생검의 묘리였다. 소운은 적어도 삼재검법만큼은 자신의 원하는 때에 출수할 수 있고 원하는 때에 거둘 수 있는 경지에 다다른 것이었다.

"저 자식이!"

노견은 하찮은 삼재검법 따위에 자신이 얻어맞은 것을 도저히 인정할 수가 없어서 쓰러진 몸을 재빨리 일으켜 소운을 향해 재차 공격해 들어갔다.

'혁련휘, 이놈!'

노견의 악랄한 살초들이 자신을 공격해 오자 소운은 또다시 삼재검법을 펼치며 몸을 방어했다.

'이럴 수가!'

노견은 자신이 공격해 들어갈 때마다 소운의 목검이 마치 살아 있는 듯이 이리저리 나타나는 통에 제대로 소운의 몸 한번 맞추어보지도 못했다. 분명히 삼재검법이 맞는데 통 공격을 감행할 수가 없어 계속 밀리기만 했다. 소운은 삼재검법을 쓰면서 이번에는 내력까지 운용하기 시작했다. 그러자 소운의 검끝에서 검기가 뿜어져 나오기 시작했다.

"어엇!"

노견은 경호성을 지르며 비무대의 끝까지 밀렸다.

'아니, 어떻게 삼재검법 따위에… 그것도 목검으로 펼치는 것에 밀릴 수가 있지?!'

노견은 분한 마음에 자신의 전 내공을 끌어올려 천경검법을 시전했다. 노견의 검이 시퍼런 검기를 내뿜기 시작했다.

노견과 소운이 이렇게 몇 합 주고받는 사이 그것을 지켜보는 관중들은 정말 치열한 비무라 생각했다. 사도련은 손에 땀을 쥐고 소운을 바라보았다.

그러나 실상은 치열한 비무가 아니라 노견이 막판에 몰려서 모든 힘을 내쏟고 있는 상황이었다. 소운은 목검에 내공을 주입하여 단지 목검이 상하지 않게 보호만 하고 있을 뿐 아직 전력을 다한 것이 아니었다. 소운은 단지 삼재검법으로 상대를 공격하고 방어하는 요령을 익히고 있었던 것이다.

'한 번 보는 것이 백 번 듣는 것보다 낫고 한 번의 실전 경험이 백 번의 말싸움보다 나은 것!'

소운은 이렇게 생각하며 삼재검법의 마지막 초식인 삼재변환을 펼쳤다. 마지막 초식인 삼재변환은 처음에는 삼재선품과 똑같다가 초식의 끝부분에 다시 한 번 변환을 일으키는 초식이었다.

노견은 소운이 아까 전에 자신의 가슴을 강타했던 초식을 펼쳐 오자 이번에는 당하지 않겠다는 생각으로 먼저 몸을 피하며 독사출수를 펼쳤다. 그러나 그것은 노견의 착각이었다. 소운의 검이 노견의 가슴팍을 향하는 듯하더니 다시 한 번의 변환을 일으켜 부드럽게 갈 지(之)자를 그리며 노견이 검을 들고 있는 손을 때렸다.

이때는 소운이 내공을 운용하고 있어서 목검에 담겨져 있는 위력이 대단했다. 노견은 손가락 몇 마디가 부러지면서 검을 놓쳐 버렸다. 만약 소운의 검이 진검이었다면 노견의 손가락은 모두 잘려 나갔을 것이다.

"으아악!"

노견은 비명을 질렀다. 그리고 부러진 자신의 손가락을 부여잡으며 바닥을 뒹굴었다.

"혁련휘 승! 이 회전 진출!"

붉은 깃발의 사내가 이렇게 소리쳤다. 소운과 노견의 비무를 관전하던 관중들은 그들이 치열한 비무 끝에 결판이 나자 환호성을 질렀다.

"오령이 오성을 이겼다!"

"혁련휘가 노견을 꺾었어!"

소운은 환호하는 장내의 사람들을 바라보며 멍하니 서 있었다.

'이겨 버린 것인가?'

이럴 계획이 아니었는데 비무에 너무 빠져든 나머지 소운은 그만 본래 져버리겠다는 계획이 실패해 버렸다. 소운은 자신이 이겨서 환호하고 있는 사람들을 바라보았다. 그리고 고통에 겨워 신음하고 있는 노견도 쳐다보았다.

'무엇이 그렇게 즐거운 거지? 내가 이겨서? 아니면 상대가 이렇게 쓰러져서?'

소운은 비무에 이겼지만 그다지 기분이 좋지는 않았다.

'뭐, 다음 비무에서 빨리 지고 내려오면 되겠지.'

생각은 많이 했지만 단순하게 결론을 내린 소운이었다. 혁련휘가 이겼다는 소식에 패검왕 대기석에 있던 천소마와 천소령, 하후성 등은 놀라서 천막 밖으로 뛰쳐나왔다.

"못 믿겠어."

천소령은 사람들의 박수갈채를 받고 있는 혁련휘를 바라보며 분명히 무언가 다른 수를 썼다고 생각했다.

사도련은 혁련휘가 승리하자 뛸 듯이 기뻤다.

'내 이길 줄 알았다니까!'

사도련은 대기석으로 다시 돌아가는 소운을 부르며 관중석에서 뛰쳐나갔다.

"휘 오빠!"

사도련이 소운을 향해 뛰어가자 환호하던 관중들의 음성이 뚝 끊겼다.

'조용해서 좋군.'

소운은 그 조용함이 바로 자신으로 인해 생겨난 것인지도 모르고 그냥 대기실로 걸어가기만 했다.

"오빠!"

사도련은 소운이 고개를 돌리지 않자 더욱 크게 그를 불렀다. 소운은 그제야 누군가 혁련휘를 부르고 있다는 것을 알게 되었다.

'아아… 난 지금 혁련휘다. 소운아, 제발 명심해라. 나가기 위해서는 어쩔 수 없어. 꼭 명심해야 돼!'

소운은 이렇게 다짐하며 자신을 향해 뛰어오고 있는 사도련을 확인하게 되었다.

'이크! 그녀잖아.'

소운은 사도련을 보고 찔끔했다.

"헤헤, 오빠, 축하해."

사도련은 소운이 비무하는 내내 조마조마해 있다가 그가 승리하자 너무도 기뻐서 이렇게 남들의 눈을 무시하고 뛰어온 것이었다.

"응, 고마워."

소운은 이렇게 말하고 자리를 피하려 했다. 사도련과는 되도록이면 마주치지 않으려 했다. 게다가 주변의 급속히 냉각된 공기가 자신으로 인한 것임을 어렴풋이 눈치 채자 더욱 거북스러워졌다.

"대단해! 대단해! 노견이라는 사람 엄청 센 사람이잖아. 난 오빠가 매일 놀기만 하길래 걱정이 얼마나 많았는지 알아? 아까 전에는 정말 오빠를 괜히 출전자 명단에 넣었다고 계속 후회했단 말이야."

사도련은 소운을 바라보며 눈물까지 흘릴 기세였다.

"괜찮아. 이렇게 이겼잖아."

소운은 슬쩍 손을 들어 사도련의 머리를 쓰다듬었다.

'어라? 내 손이 왜 이래?'

소운은 자신의 의지와 상관없이 사도련의 눈물이 글썽한 모습에 움직인 손을 원망했다. 그러나 배는 이미 떠나갔고… 방금 전 소운이 이긴 것에 환호했던 사람들은 이제는 반대로 혁련휘를 욕하기 시작했다.

"오빠……."

사도련은 소운이 자신의 머리를 쓰다듬자 기분이 날아갈 것만 같았다.

"그럼 나, 대기실로 들어갈게."

소운은 사도련이 무슨 다른 말을 할 것 같자 그녀에게 이렇게 말하고는 재빨리 몸을 피했다. 순식간에 관중을 적으로 돌린 소운의 이러한 돌발적인 행동은 정말 누구도 흉내 낼 수 없는 개세적인 동작이었다.

"집어쳐라! 혁련휘!"

"이번 비무는 실력도 없이 운으로 이긴 것이다!"

관중석의 야유 소리와 함께 소운은 천막 안으로 들어갔다.

'으휴, 이놈의 손이 내 말을 듣지 않다니!'

소운은 대기실로 들어와 휘장을 닫으며 한숨을 내쉬었다.

'어쩌지? 이거 그녀가 또 오해할 만한 짓을 저질렀구나.'

사도련뿐만 아니라 구경하고 있던 관중 전체가 오해를 해버렸지만 소운은 담담한 신색으로 생각했다.

'그래, 다음번에는 냉정하게 대하는 거야.'

다음번… 소운은 또 다음번을 기약했다.

"이십사 번 전혁, 백칠 번 원동, 나와주세요!"

다음 차례의 비무가 시작되면서 소운이 노견을 이긴 파문이 조금은 수그러들었다. 같은 대기실 안에 있던 천소마와 천소령은 믿기지 않는다는 듯이 소운을 쳐다보았고, 하후성은 감히 오령 따위에게 오성이 졌다는 생각에 이를 부득부득 갈고 있었다.

사도련은 대기실 안으로 사라진 소운을 보며 웃음을 지었다.

'다음 경기도 응원해야지!'

소운은 노견과의 비무가 끝난 뒤에 다음번의 비무에서 지려고 했다. 그러나 소운이 지려고 해도 질 기회가 없었다. 소운의 다음 상대들이 혁련휘가 사검오성 중에 노견을 이겼다는 말에 지레 겁을 먹고 죄다 기권을 한 것이다.

"오십구 번 공민의 기권으로 혁련휘 승!"

소운은 졸지에 패검왕을 선발하는 준결승전까지 진출해 버렸다. 소운은 낮게 탄식했다.

'내가 어쩌자고 노견을 이겨 버린 것일까?'

소운이 대기실에서 이렇게 후회하고 있을 때 갑자기 그의 앞으로 천소령이 다가왔다. 소운은 비록 그녀가 자신을 탐탁지 않게 여기고 있다지만 그렇다고 자신도 그녀가 싫은 것은 아니었다. 천소령은 몸에 걸려 있는 갖가지 장신구를 덜그럭거리며 소운에게 다가와 말했다.

"준결승이군."

소운은 천소령의 목소리에서 어딘지 모르게 울분이 섞여 있는 것 같았다.

"대단해. 어느 누구도 오령이 설마 오성을 꺾고 올라가리라고는 생각지 못했을 거야."

"그런가?"

천소령은 소운을 보며 잠시 머뭇거리더니 이내 결심이 선 듯 말했다.

"한 가지 부탁을 들어줘."

"뭐?"

"부탁 말이야."

'응? 난데없이 부탁이라니?

소운은 천소령의 말에 의혹이 섞인 눈빛으로 그녀를 바라보았다.

"알아. 나도 평소에 너한테 막 대했다는 거. 그러나 이번 한 번만 부탁을 들어줘."

소운은 자신을 싫어하는 천소령이 이렇게 말하자 그 부탁이라는 것이 궁금해졌다.

"무슨 부탁인데?"

천소령은 처음 소운에게 다가왔을 때와는 달리 조금씩 울먹이기 시작했다.

"오빠가… 하후성 그놈한테 패했어."

'천소마 말인가?'

"그런데 하후성 그놈은… 오빠가 패배를 시인했는데도 그걸 무시하고 공격해서 오빠에게 중상을 입혔어."

"패배를 시인했는데 공격을 했다구?"

"하후성, 그 나쁜 놈! 오빠는 지금 다쳐서 부상을 치료하러 갔는데 혼절하는 그 순간까지 하후성의 이름을 불렀어. 비겁한 놈이라고."

소운은 천소령의 말을 듣고 하후성이란 자의 행동이 옳지 않다고 생각되었다.

"제발 부탁을 들어줘. 너는 오성의 하나인 노견을 이겼으니 분명 하후성도 이길 수 있을 거야. 제발 그놈에게 우리 오빠의 복수를 해줘. 응? 우린 같은 오령이잖아……."

소운은 오빠의 복수를 해달라는 말에서 문득 사파인이란 이런 것이구나 하는 생각을 했다. 졌다고 말했음에도 잔인하게 공격해 들어가는 하후성이나, 또 그것을 빌미로 이렇게 복수하겠다고 나서는 천소령. 이들은 모두 사파인이었다.

'정말 다 이런 사람들뿐일까?'

소운은 이런 생각을 하며 천소령에게 말했다.

"너는 이럴 때만 사검오령을 찾는구나. 아침만 해도 같은 오령인 것이 부끄럽다고 했잖아."

"그건……."

천소령은 할 말이 없어졌다. 하지만 오빠의 복수를 포기할 수는 없는 일.

"그건 이미 지난 일이잖아. 네가 우리 오빠의 복수를 해준다면 나 역시 너의 부탁을 하나 들어주겠어."

"부탁?"

"그래, 부탁! 단지 내 몸을 요구한다거나 하는 정신 나간 짓만 빼고."

소운은 천소령을 천천히 바라보았다. 분명 자신의 본래 나이보다는 더 많은 여인이었다. 하지만 어리게만 느껴지는 것은 왜일까?

"복수라……."

소운은 자신의 다음 상대가 천소마를 이기고 올라온 하후성임을 알게 되었다. 비무를 하게 되면 지려고 마음먹었는데… 소운은 마음속에서 갈등이 생김을 느꼈다.

"흠… 일단 생각해 볼게."

소운은 고개를 끄덕이며 이렇게 말했다. 소운으로서는 하후성의 무공 수준을 모르는 데다가 아직 자신이 실전 경험이 부족하여 정당한 실력으로 비무를 이길 수 있을까 하는 의문도 들었다. 그래서 조금 생각해 본 뒤에 말해 주려 한 것인데 천소령은 소운의 말을 허락으로 받아들였는지 이렇게 말했다.

"잘 선택했어. 네가 복수를 해준다면 부탁 하나를 들어줄게."

천소령은 이 말을 끝내며 천막 밖으로 나갔다.

"생각해 본다고……."

소운은 고개를 설레설레 저었다. 어쨌든 하후성이란 청년의 행동이 마음에 들지 않는 것은 사실이었다.

"좋아, 그러면 이번에만 전력을 다해서 해보고 다음 판에 져야겠구나."

다시 다음번을 기약하는 소운이었다.

혁련휘가 패검왕 측에서 노견을 이기고 준결승전에 진출했다는 소식이 마검군 쪽에 전해지자 마검군 측의 대기실 안에는 파란이 일었다.

"혁련휘 그놈이 일을 낼 줄 알았다니까."

평안호는 나예린에게 이렇게 말했다. 혁련휘와 절친한 친구인 백휘양과 오대균은 도저히 믿을 수 없다는 표정으로 서로를 쳐다보고 있었다.

"이번에는 하후성과 붙는다나 봐."

누군가의 말에 평안호와 나예린, 백휘양, 오대균은 자신들의 순서도 잊고 패검왕 측의 비무가 열리고 있는 비무대로 뛰쳐나갔다.

"십이 번 백휘양, 육 번 사무결. 다음 비무 순서… 어라, 다들 어디간 거야?"

마검군 측의 대기자 호명을 맡고 있던 남자는 썰렁해진 대기실 안을 보며 고개를 갸웃거렸다.

평안호 등이 패검왕 쪽 비무장에 도착했을 때, 비무는 이미 시작되고 있었다.

"하후성이냐 혁련휘냐……."

소운은 자신의 앞에 당당하게 마주 서 있는 하후성을 보며 놀라고 있었다. 분명 아까 전에 상대했던 노견과는 다른 기도였다. 뭐랄까, 섣불리 다가서면 오히려 자신이 다칠 것 같은 위험한 느낌이었다.

'후후, 노견은 좀 멍청한 구석이 있어서 저 혁련휘에게 당했지만 나는 당하지 않아.'

하후성은 처음부터 전력을 다해서 혁련휘의 숨통을 끊어놓겠다는 생각을 했다. 소운은 목검을 들어 올려 삼재검법을 펼치기 위한 준비를 했다.

관중석에서는 사도련이 또다시 걱정스런 표정으로 소운을 응시하고 있었다. 그리고 관중들 몇몇은 이번 비무의 결과가 어떻게 될지 미리 점쳐 보고 있었다.

"하후성이 이기겠지?"

"그럴 거야. 노견과 막상막하의 승부를 펼친 혁련휘보다 천소마를 단방에 눌러 버린 하후성이 더 셀 거야."

사도련은 그 말을 듣고 불끈해서 소리쳤다.

"너희들이 뭘 안다고 그래! 혁련휘 오빠가 꼭 이길 거야!"

백휘양은 혁련휘가 이긴다는 말에 소리가 난 쪽을 바라보았다. 그곳에는 사도련이 다른 사검각 훈련생들을 향해 소리치고 있는 모습이 보였다.

"이봐, 대균아."

"왜?"

"저쪽 사 낭자가 있는 곳으로 가자."

"어디? 어디에 있는데?"

"저쪽 말이야."

백휘양은 오대균을 끌고 사도련에게 다가갔다.

"여어, 사 낭자. 응원하고 계시나?"

"아! 안녕하세요."

백휘양과 오대균은 혁련휘와 같은 나이였지만 사도련은 그들에게 반말을 하지 않았다. 하나 원래는 혁련휘에게도 존대를 했으나 조금 친해지자 이내 말을 놓게 된 사도련이었기에 백휘양과 오대균 역시 친해진다면 말을 놓게 될지도 모르는 일이었다.

"어때? 혁련휘가 이길 거 같아?"

사도련은 백휘양의 말에 힘차게 고개를 끄덕였다. 백휘양은 속으로 혁련휘에게 소리쳤다.

'련휘, 이놈! 너는 봉 잡은 거야, 자식아!'

그들이 이렇게 대화를 나누고 있을 때 비무 시작을 알리는 깃발이 들려졌다.

"비무 시작!"

관중들은 긴장한 채 그들 둘의 대결을 지켜보기 시작했다.

소운과 하후성은 잠깐 서로를 쳐다보더니 바로 공격해 들어가기 시작했다. 소운은 변함없이 삼재검법이었고 하후성은 살계도라는 도법을 펼쳐서 소운을 공격했다.

휘융—

강맹한 기세로 날아드는 도에 소운은 목검이 부러질 것 같아서 마주치는 것을 꺼렸다. 하후성은 그것을 눈치 채고 더욱 강하게 소운을 향해 도를 내리찍었다.

'어이쿠!'

소운은 도라는 병기를 쓰는 자를 처음 만났다. 도는 검법처럼 정교한 초식이 아니라 이렇게 힘을 위주로, 한 방향으로만 쇄도해 들어오는 경우가 많았다. 소운은 아까 전의 노견의 검보다 하후성의 도의 움직임이 확실하게 보였지만 그렇다고 해서 도를 완전히 피할 순 없었다.

'이거 어쩌지?'

소운은 급한 대로 전력을 다해 은신보를 펼쳐 하후성의 도를 피해

냈다. 하후성의 도가 간발의 차이로 소운의 오른팔을 스쳐 바닥을 내려쳤다.

쿠쿵!

하후성의 도가 폭음을 울리며 바닥에 박혔다. 이 비무대는 단단한 청강석으로 만들어진 것이라 웬만한 힘 가지고는 흠집 하나 내기도 힘든 곳이었다. 그런 비무대를 하후성은 한 번의 칼질로 갈라지게 만든 것이다. 소운은 그런 하후성의 도가 주는 위력에 치를 떨었다.

하후성은 소운이 자신의 도를 피하자 바닥에서 도를 뽑아 재차 공격해 들어갔다.

"대원부도!"

하후성은 초식의 이름을 외치며 소운을 공격했다. 소운은 하후성의 빈틈을 찾아서 공격하려 했으나 하후성의 도가 가진 위용에 공격할 틈조차 찾지 못했다. 하후성이 펼치는 도법은 위력적인 힘을 장점으로 삼는 도법이라 검이 주는 정교한 초식들만 상대해 왔던 소운으로서는 속수무책으로 밀릴 수밖에 없었다.

'노견과 대결할 때는 틈이 보였는데……'

이 틈이라는 것은 경지에 이른 고수끼리의 대결에서는 사실상 무용지물이나 다름이 없는 것이다. 무공은 연마하면 연마할수록 완숙해지는 것이기에 나중에 가서는 빈틈을 찾기 어려울 정도가 된다. 일부러 틈을 내보여 그곳으로 유도한 뒤 일격에 끝장을 내는 수법 또한 고수끼리의 대결에서 흔히 쓰이는 수법이었다.

소운은 아직 이러한 싸움을 해보지 못했기 때문에 이렇게 하후성의 도를 피하는 데 급급하고 있었다. 그러나 틈을 찾기 어렵다면 어떻게든 공격을 해서 그 틈을 만들어내야 한다. 누가 그랬던가? 공격은 최선의 방어라고.

"혈인파도!"

하후성은 승기를 잡았다 생각하고 소운을 재차 핍박해 들어갔다.

'쉽잖아? 이거, 노견이 왜 당했는지 이해가 안 가는걸?'

소운이 위태위태하게 하후성의 도를 피하고 있는 장면을 보고 있던 사도련은 손을 꼭 쥐며 제발 아무 일 없기를 빌었다. 백휘양과 오대균 역시 소운이 다칠 위험에 처하자 빨리 항복하는 편이 낫겠다고 여겼다. 이때 그 둘의 비무를 관전하고 있던 천소령은 하후성의 도에 허덕이고 있는 소운을 향해 소리쳤다.

"공격해! 이 멍청아!"

소운은 정면으로 들어오는 하후성의 도를 어느 쪽으로 피할까 궁리하고 있다가 그 소리를 듣게 되었다.

'공격? 할 수 있다면 벌써 했지. 하지만 틈이……'

소운은 하후성의 모습에서 틈이 보이지 않는다 생각했다. 하후성은 소운을 끝장내겠다는 일념으로 이 일격에 힘을 더 보탰다. 소운은 자신을 공격하고 있는 하후성을 바라보다가 문득 그는 자신의 틈을 발견해서 이렇게 공격하고 있는가 하는 의문이 들었다.

'아니야, 저자는 처음부터 끝까지 날 노리고 공격만 했어!'

소운은 이제야 깨달았다. 빈틈은 찾는 것이 아니라 만드는 것이라고.

'좋아, 그렇다면!'

소운은 하후성의 도와 부딪쳐도 버틸 수 있을 만한 무공을 생각해내었다.

휘이잉—!

바로 풍검이었다. 소운은 검을 급속도로 빠르게 회전시키며 하후성의 도를 정면으로 찔러 들어갔다.

'뭐야!'

하후성은 자신의 도와 부딪치려는 소운을 보며 쓸데없는 짓이라 여겼다.

파앙!

"으앗!"

하후성은 자신의 도를 밀어낸 소운의 목검을 보며 믿을 수 없다는 표정이었다.

'이건 무슨 무공이야?'

소운은 하후성의 도가 자신의 풍검에 뒤로 밀리자 하후성의 가슴에 틈이 생긴 것을 보았다.

"간다!"

소운은 이번에는 풍검을 펼치지 않고 그저 삼재검법으로 하후성의 가슴을 찔렀다.

'삼재검법? 이게 장난하나!'

하후성은 도를 들어 이미 알고 있는 삼재검법의 검로를 예측하고 다시 한 번 소운의 목검과 마주치려 했다. 그런데 소운의 목검은 기이하게도 이미 자신의 가슴에 와 닿는 것이 아닌가? 하후성은 놀라 뒤로 공중제비를 돌며 피했다.

'뭐야! 분명히 삼재검법의 초식이었는데?'

하후성은 회전하면서 삼재검법으로 이럴 리 없다며 혁련휘가 무언가 수를 쓰고 있다 생각했다. 그리고 아까 전 노견에게 들었던 말이 생각났다.

'삼재검법으로 공격해 오는데 막을 수가 없더라구.'

자신은 그 말을 믿지 않았는데 그것이 사실이었단 말인가?

소운은 공중제비를 돌며 뒤로 피하는 하후성을 향해 재차 삼재검법으로 공격해 들어갔다. 소운은 자리를 박차고 앞으로 달려들며 삼재사방을 펼쳤다. 이 삼재사방의 초식은 제자리를 돌며 삼재검법의 일초를 펼치는 것이지만, 이렇게 앞으로 움직일 때도 펼칠 수 있는 초식이었다.

하후성은 몸을 돌리자마자 소운이 공격해 들어오자 기겁하여 도법을 펼쳤다.

'끝내자!'

소운은 위력적인 초식으로 승부를 끝내야겠다 생각하고 삼재사방에서 삼재선풍으로 초식을 바꾸며 거기에 풍검을 응용했다.

'회, 회전?'

하후성은 방금 전에 소운이 풍검을 펼쳤을 때는 잘 몰랐으나 이제는 자세히 볼 수 있었다. 소운의 목검이 회전을 하며 검풍을 일으키고 있는 것을.

"안 돼!"

하후성은 삼재선풍으로 펼치고 있는 소운의 풍검을 도로 내리찍었다. 그러나 세 방향으로 들어오는 검풍 중에 하나의 검풍만을 막아냈을 뿐이었다. 나머지 두 가닥의 검풍은 하후성의 가슴과 배를 강타하며 커다란 소리를 냈다.

"우우욱!"

하후성은 소운의 풍검에 휘말려 비무대 위를 날아가더니 이내 그 밑으로 처박혔다.

일시지간에 일어난 이 승부에 관중들은 말할 것도 없이 심판을 보고 있던 깃발의 남자까지 할 말을 잃었다.

"혀, 혁련휘 승!"

"우와아!"

"하후성이 졌다!"

관중들은 그제야 환호성을 지르기 시작했다. 소운은 저만치 날아가 있는 하후성을 바라보며 가슴 떨리는 승부였다고 생각했다. 하후성은 가슴을 부여잡고 고통에 신음하면서 소운을 쳐다보았다.

'저 자식…….'

"이건 혁련휘의 무공이 아니야."

관중석에 있던 백휘양이 중얼거렸다.

"휘의 무공이 아니라니, 그러면……?"

"모르겠어. 그러나 분명 혁련휘가 연습하고 있던 무공이 아니야."

오대균은 백휘양의 말에 반문했다.

"여기서는 실력을 삼 푼 숨기는 것이 정석이잖아. 련휘의 저 삼재검법도 그동안 숨기고 있던 것이 아닐까?"

"아니야. 난 분명히 혁련휘가 쓰는 무공을 봤다구."

백휘양은 이렇게 말하며 의심의 눈초리로 소운을 바라보았다. 그런데 그런 백휘양의 속마음을 일축하는 한마디가 있었다.

"아니, 당신은 지금 휘 오빠가 이긴 것이 마음에 들지 않는다는 건가요? 휘 오빠가 그저께 나에게 말했어요. 자신이 새로운 무공을 연마하고 있다고. 난 그 증거까지 봤단 말이에요."

"뭐라고?"

백휘양은 놀라서 순간 눈썹이 꿈틀거렸다.

"그 무공이 뭔데?"

"비밀이에요. 절대 말하지 말라고 했으니 말 안 할 거예요. 하지만 이거 하나만 가르쳐 드리죠. 휘 오빠의 눈이 밤에 녹색으로 빛난다는 거예요."

사도련은 백휘양에게 이렇게 말하고는 대기실로 돌아가고 있는 소운을 쫓아갔다. 사실 그녀도 더 이상 알지 못했지만 혁련휘를 의심하는 듯한 눈빛이 마음에 들지 않아 이렇게 소리친 것이었다.

백휘양은 과연 그런 무공이 무엇일까 궁리해 보았다.

'천무각에는 그런 책자가 없었는데……'

"이봐이봐, 휘양아, 큰일 났어!"

"왜?"

갑자기 오대균이 다급한 목소리로 말하자 백휘양은 혁련휘에 대한 생각에서 깨어났다.

"이번이 니 차례였는데 나타나지 않아서 기권패로 처리됐대!"

"뭐라고!"

백휘양은 놀라서 마검군 쪽 대기실로 뛰어갔다.

"휘 오빠!"

소운은 이번엔 한 번에 돌아보았다.

'또 그녀잖아?'

"헤헤, 이번에도 이긴 거 정말 축하해."

사도련은 소운의 앞에까지 달려왔다. 소운은 묵묵히 고개를 끄덕이고는 빨리 대기실로 돌아가려 했다.

"오빠, 그런데 어떻게 하후성을 쓰러뜨린 거야? 오빠가 쓴 무공이라고는 삼재검법뿐이잖아?"

"응? 그게 말이지……."

소운은 사도련의 질문에 난감해졌다.

"혁련 동생, 설마 하후성까지 이길 줄은 몰랐어요."

소운이 있는 쪽으로 나예린이 다가왔다. 그녀의 옆에는 평안호까지 있었다.

"하후성이나 노견 그놈들이 원래 성질이 좀 더럽다고는 하지만 같은 오성이 혁련휘, 너에게 졌다고 하니 이거 조금 불이 붙는걸?"

기골이 장대한 평안호는 지그시 소운을 응시하며 말했다.

"혁련 동생, 아마 조심하는 게 좋을 거예요. 이번 비무를 보고 마검군 측의 우리 오성들이 다 자극을 받은 것 같으니."

나예린은 부드러운 목소리로 말을 하고 있었는데, 그 속에 비수를 숨겨놓은 듯한 목소리가 소운의 가슴을 파고들었다. 사도련은 그 둘의 출현에 불끈해서 말했다.

"하후성까지 깨진 마당에 더 이상 오성이니 오령이니 하는 서열이 필요없을 것 같군요."

"호호호, 그렇다면 사 낭자께서는 어떤 고견이 있으신지요?"

"당연히 혁련 오빠를 주축으로 하는 새로운 집단을 만들어야죠. 일령과 구성이라든지."

"호호, 사 낭자는 혁련 동생을 아주 치켜세우는군요. 련 내에 염문을 뿌리고 다닌다는 소문이 허언이 아니었나 봐요."

"아무튼 혁련휘, 조심하길 바란다."

평안호와 나예린은 이렇게 말하고 마검군 측의 천막으로 되돌아갔다. 사도련은 그런 그들을 보며 혀를 쏙 내밀었다.

"오빠, 신경 쓰지 마. 기왕 이렇게 된 거 저딴 자식들 다 눌러 버리고 우승해 버려."

소운은 다음번에야말로 정말로 져야겠다고 생각하는 중이었다.

'귀곡자 어르신이 조용하게 지내라고 하셨는데… 이거 벌써부터 많은 흔적을 남기고 있구나.'

이제 결승전만이 남았다. 이 결승전마저 이긴다면 패검왕으로 선발되어 마검군 쪽의 우승자와 또다시 결전을 벌여야 했다. 소운은 절대 그러면 안 된다고 생각했다.

제16장
패검왕, 마검군

소운은 대기실에 앉아서 오늘의 마지막 상대에 대해 생각해 보았다. 정말이지 이기고 자시고 할 것도 없이 오늘의 마지막 상대는 소운으로서는 감당하기 힘든 사람이었다.

'하필이면 천소령이라니!'

소운은 이번의 비무가 과연 어떻게 치러질지 난감해졌다. 천소령은 비록 오성에게는 뒤진다지만 오령 중에는 강한 편에 속했다. 거기에 패검왕 쪽에 출전한 두 명의 오성이 모두 소운에게 패한 뒤에야 그녀를 상대할 만한 사람이 있을 리가 없었다. 그래서 그녀는 결승에 진출했고, 소운 역시 결승에 진출했다. 오늘의 비무를 지켜보고 있는 관중들은 패검왕 쪽은 사검오령이 파란을 일으키며 완전히 장악했다고 생각했다.

'그녀는 내가 그 부탁을 들어준 것으로 생각하고 있을까?'

소운은 하후성과의 대결에서 천소령의 부탁이란 것은 생각해 보지도 못했다. 단지 이기기 위해서 최선을 다했던 것뿐이었고, 그로 인해 깨달은 것도 있었다.

"팔 번 혁련휘, 십칠 번 천소령, 결승전 시작합니다."

소운은 몸을 일으켜 비무대로 향했다. 그는 자신에게 일언반구도 없이 비무대 밖으로 사라지는 천소령을 보며 또다시 한숨을 쉬었다. 오늘은 어째 한숨만 쉬는 날인 것 같았다.

"혁련휘가 당연히 이기겠지?"

관중석에는 오늘 최고의 관심을 한몸에 받고 있는 혁련휘의 비무를 보기 위해 많은 사람들이 몰려와 있었다. 백휘양은 아쉽게도 기권패로 떨어진 터라 사도련과 오대균과 함께 혁련휘가 패검왕이 될 것이라 낙승을 예상하고 있었다. 백휘양은 오대균을 보며 말했다.

"대균아, 그런데 나는 기권패했다지만 너는 왜 안 들어가는 거냐?"

"응?"

"맞아요. 대균 오빠는 왜 안 들어가는 거죠?"

사도련까지 합세해서 묻자 오대균은 난감해하며 말했다.

"사실 내 다음 상대가 위진천이거든."

"위진천?"

그제야 백휘양은 이해가 간다는 듯이 고개를 끄덕였다.

"사검각 최고 고수 위진천을 상대하는 것이 너한테는 어림도 없을 테지."

"뭐야!"

오대균은 불끈했지만 반박할 말이 없었다.

"와! 혁련 오빠가 나왔다. 휘 오빠!"

소운이 비무대 위에 모습을 드러내자 사도련이 갑자기 환호성을 질렀다.

'으윽, 혁련휘. 이놈아, 넌 정말 진짜 봉 잡은 거야!'

백휘양은 그런 사도련을 바라보며 다시 한 번 생각했다.

천소령은 소운이 나오는 것을 보며 원래 무표정했던 얼굴이 더욱 굳었다. 소운은 그런 천소령을 보며 이번 비무가 정말 하기 싫어졌다.

"비무 시작!"

시작과 동시에 천소령은 쌍의검법을 펼치며 소운에게 달려왔다.

'이런!'

소운은 미처 준비할 새도 없이 몸을 피했다. 소운은 허리춤에서 자신의 목검을 뽑지도 못하고 천소령의 검을 피해야 했다.

'그녀는 나에게 복수를 부탁했었다. 그 얘기는 그녀 자신이 복수할 만한 힘이 없었다는 소리. 그런데 난 하후성을 이겨 버렸고… 어떡해야 하지? 처음 계획대로 져버려야 하나?'

천소령의 검은 노견이 펼치던 천경검법보다는 위력 면에서나 빠르기 면에서 한 수 아래였다. 오히려 노견이 처음에 소운을 가지고 놀려고 펼쳤던 경천혈검과 비슷한 면이 있다고 생각됐다. 소운은 은신보를 펼치며 천소령의 검을 피하면서 이 검법이 어딘지 모르게 빈곳이 많은 것 같다는 느낌이 들었다. 소운은 계속해서 천소령의 검을 피하며 생각했다.

'내가 져버린다면 과연 그녀가 인정할 수 있을까?'

천소령은 소운에게 전력으로 검법을 펼치다가 갑자기 멈추며 말했다.

"봐주는 것이냐, 혁련휘? 전력을 다해라!"

소운은 복잡한 심정으로 천소령의 검을 피하고 있다가 그녀가 그렇게 말하자 뜨끔해졌다.

"검을 뽑지 않은 것을 후회하게 해주마!"

천소령은 소운을 노려보더니 땅을 박차고 소운에게 검을 찔러왔다.

'아니, 검을 뽑을 시간도 주지 않고 공격해 들어온 사람이 누군데!'

소운은 이렇게 생각하며 천소령의 검을 피하려 했다. 그런데 그녀는 완전히 다음 초식을 무시하고 이 검 하나에만 전력을 다하겠다는 듯이 돌진해 오는 것이 아닌가? 게다가 그녀는 방어라고는 완전히 무시한 채 공격해 들어왔다.

이 비무 대회의 책임자이며 사검각의 각주인 마철영은 혁련휘와 천소령의 비무를 지켜보다가 천소령이 동귀어진의 수법을 쓰며 혁련휘를 공격해 들어가자 놀랐다. 다른 이라면 몰라도 천소령은 마도련 최고각 중의 하나인 만화각주의 딸이었다. 가뜩이나 오빠인 천소마가 부상을 당해서 노심초사하고 있었는데 천소령마저 그럴 위기에 처하게 되자 마철영은 무척이나 당황했다.

"비무를 어서 중지……!"

마철영은 비무석 앞의 좌석에서 벌떡 일어나며 비무를 중지시키려고 했다.

소운은 은신보로 몸을 피하려다가 검이 끝까지 따라붙자 자신의 검을 뽑지 않은 것을 후회했다. 그러나 만약에 소운이 검을 뽑았더라도 천소령은 소운의 목검에 다칠 위험을 무시하고 공격해 들어왔을 터였다. 아무튼 소운은 이 긴박한 순간에 대책을 마련해야 했다.

'저 검을 막아야 하는데!'

소운은 무심코 자신에게 향해져 있는 자신의 손바닥을 바라보았다.

'소수.'

불회곡 안에서 그 종유석보다도 단단하던 자신의 손 아니던가? 소운은 소수를 펼치기로 작정하고 손을 내밀었다.

마철영은 비무를 말리려다가 혁련휘라는 자가 손을 내밀자 저것이 잠시 미친 것 아닌가 생각했다. 당연히 검을 뽑아서 반격할 줄 알았는데 손을 내민 것이다. 그러나 그런 마철영의 예상은 완전히 뒤엎어져 버렸다.

까강!

손과 검이 부딪쳤는데 쇠끼리 충돌하는 소리가 났다. 소운은 소수 마공 중에 첫 초식인 소수혈인을 펼쳐 내어 천소령의 검을 쳐냈다. 천소령은 소운의 손바닥과 마주친 뒤에 그 충격에 손끝에서 팔끝까지 저려왔다.

"으윽!"

천소령은 충격을 이기지 못하고 검을 놓쳤다. 마철영은 이게 어찌된 영문인지 생각하다가 천소령이 단지 검만 놓쳤을 뿐 무사한 것을 확인하자 앞뒤 잴 것도 없이 비무대 위로 뛰어나가 소리쳤다.

"혁련휘 승! 이것으로 올해의 패검왕은 혁련휘가 되었습니다!"

마철영은 속으로 천소령이 무사하니 만화각 각주 천주행을 볼 면목이 조금은 섰다고 생각했다.

"이야! 련휘 오빠가 이겼어!"

사도련이 이렇게 소리치며 소운에게 뛰어갔다. 소운은 소수를 펼치고 난 뒤에 얼떨떨해 있었다.

'이런, 단지 검을 막으려고 한 것뿐인데.'

졸지에 패검왕으로 선발된 소운은 어안이 벙벙한 채 사도련 등의 축하 세례를 받아야 했다.

"혁련휘, 대단해! 정말 대단해!"

오대균이 연신 감탄사를 늘어놓았다. 사도련은 그런 혁련휘가 자랑스러운 듯이 활짝 웃었고 백휘양은 그가 진정 자신이 알던 혁련휘가 맞는지 다시 생각해 보고 있는 중이었다.

"혁련휘……."

천소령이 멍하니 서 있는 소운에게 다가왔다.

"나중에 보자."

천소령은 이 말 한마디만을 남긴 채 봉우리를 내려갔다.

"소령이가 져서 많이 화났나 보다. 헤헤, 그래도 어쩌겠어? 련휘 오빠는 오성도 이기는 사람인데."

사도련은 어릴 적부터 천소령을 알아왔던 터라 이렇게 말할 수 있었지만, 소운은 그 두고 보자는 말이 목에 가시 걸린 듯이 박혀들었다.

"축하하네, 혁련휘."

사검각주 마철영이 소운에게 다가왔다. 소운은 사십 대 초반으로 보이는 중년 남자가 다가오자 이 사람이 누구일까 궁리해 보았다. 하지만 그 풍기는 기도가 범상치 않은 것으로 보아 꽤 높은 사람임을 예상하고 예의 바르게 고개를 숙이며 말했다.

"고맙습니다."

"하하, 혁련휘한테 고맙다는 말을 듣다니 이거 뜻밖인걸? 어쨌거나 패검왕으로 선발된 것도 전혀 예상치 못했던 일이야. 아무쪼록 이틀 후에 있을 마검군과의 대결 기대해 보겠네. 그때도 역시 예상치 못한 일이 일어나길 바라겠네."

마철영은 이렇게 말하고 패검왕 측 비무 대회장을 정리하기 위해 비무대에서 내려갔다. 소운은 그런 마철영의 뒷모습을 보며 옆에 있는 오대균에게 살짝 물었다.

"누구니?"

"어라? 휘아야, 넌 그새 사검각주님의 얼굴도 까먹은 거야?"

"엉?"

"어떻게 그 기억력으로 패검왕이 됐는지 모르겠네."

소운은 머리를 긁적였다.

'사검각주라니… 제일 조심해야 할 대상인데…….'

마검군 쪽의 비무 대회를 관장하고 있던 사검각의 부각주 사마문은 패검왕으로 혁련휘가 선발되었다는 소리에 놀랐다.

"아니, 맨날 무공 수련은 안 하고 술만 퍼먹던 놈이 패검왕이 되다니. 이거 어찌 된 일이야?"

사마문은 막 평안호와 위진천의 결승전이 진행 중인 마검군 측의 비무장을 바라보며 알 수 없는 일이라는 표정을 지었다.

평안호와 위진천의 대결은 한마디로 용호상박. 용과 호랑이의 대결처럼 박빙의 승부였다. 평안호는 한 마리의 백호처럼 힘있고 날카로운 무공을 펼치는 반면에 위진천은 용처럼 하늘을 나는 듯이 시종일관 부드러운 무공들을 펼쳐 내고 있었다.

"이봐, 슬슬 결판을 내자고."

평안호는 위진천에게 말했다. 위진천은 입가에 미소를 띠며 고개를 끄덕였다.

'위진천… 알 수 없는 놈. 같은 오성이면서도 아직까지 저놈의 무

공 실력을 제대로 파악하지 못하고 있다.'

평안호는 이렇게 생각하며 자신의 최고 무공인 혈심장을 펼쳐 위진천에게 공격해 들어갔다. 위진천도 손을 부드럽게 움직이며 장법을 펼쳤다.

"받아랏!"

평안호의 손에서 뜨겁고 붉은 기운이 위진천을 향해 쏘아졌다. 위진천은 그 장법이 자신의 손 앞까지 다다랐을 때 두 팔로 원 모양을 그리며 이상한 기공을 펼쳤다.

퍼엉—!

위진천의 두 손 안에서 평안호의 장력이 봄눈 녹듯이 순식간에 사그라들었다.

"이런!"

위진천은 그 여세를 빌어 푸른색의 장력을 발출했는데 그 푸른색의 기운 역시 원 모양을 하고 있었다.

"우웃! 똑같이 받아주마!"

평안호는 이렇게 소리치며 위진천의 장력을 받아냈다.

"우아앗!"

그러나 평안호는 위진천처럼 장력을 다 받아내지 못했다. 위진천의 그 푸른색의 원 모양 같은 장력에 밀리며 평안호는 패배를 직감했다.

퍼버벙—!

평안호는 끝내 버티지 못하고 비무대 밑으로 떨어졌다.

"까아악!"

관중석에서 구경하고 있던 한 여인이 자신 쪽으로 날아오는 평안호를 바라보며 비명을 질렀다. 평안호는 그녀의 앞까지 날아와 쓰러졌다.

"위진천 승! 이로써 올해의 마검군은 위진천이 되었습니다!"

깃발을 들고 있는 사회자의 말에 구경하던 관중들이 환호했다.

"정말 대단한 승부였어."

"누가 이길지 끝까지 전혀 예상하지 못했다고."

관중들은 저마다 평안호와 위진천을 칭찬했다. 위진천은 담담한 신색으로 비무대 위에 서 있다가 비무대 밑에 쓰러져 있는 평안호를 향해 몸을 날렸다. 그리고 평안호를 부축해 일으키며 귓가에 나직이 소곤거렸다.

"후후, 이봐, 평안호. 그거 알아? 내 주특기는 검술이라는 거."

위진천은 입가에 예의 그 미소를 띠고 있었다. 평안호는 그 소리를 듣고 주먹을 불끈 쥐었지만 몸이 성하지 못해 소리를 낼 수 없었다.

위진천이 마검군으로 선발되고 나자 마도련 사람들은 당연하다 생각했다. 사검각에서 최고 고수는 위진천으로 통했기 때문이다. 이로써 패검왕과 마검군의 대결은 이틀 앞으로 다가왔다.

소운은 이때까지도 사도련 등에게 둘러싸여 고뇌하고 있었다. 첫 판에 지려고 했는데 어느새 이렇게 되어버렸다고. 그리고 또 한 번 다짐했다.

내일 모래 있을 패검왕과 마검군의 비무에서는 꼭 지겠다고…….

이틀은 금세 지나갔다. 소운은 이 이틀 사이에 숙소를 뒤져서 혁련휘가 어떤 무공을 사용했었는지에 대한 정보를 얻으려 했다. 다행히 혁련휘가 사용했던 비급 하나가 혁련휘의 옷장 속에 처박혀 있는 것을 발견해 냈다. 어쩌나 사용을 안 했던지 곰팡이마저 슬어 있었지만 그래도 제목만은 확인할 수 있었다. '진무영검법'.

소운은 이 진무영검법의 겉장을 펼쳐서 앞부분 내용을 대충 확인해 보았다. 요체는 소리없이 상대를 살인할 수 있는 검법이라는 것이었는데 비무가 이틀 남은 상황에서 익힐 수 있을 만한 수준이 아니었다. 게다가 책의 맨 뒷부분에는 천하제일검법이라는 광오한 소리를 해가며 지은이가 이 검법을 칭찬하는 것으로만 일색하고 있었다.

소운은 익힐 수도, 그렇다고 익힐 맘도 없어 이 비급을 다시 옷장 안에 처박았다. 비급을 도로 넣으며 소운은 혁련휘라는 자의 무공이 과연 이 진무영검법이었을까 하고 생각해 보았다.

패마검봉 비무 대회의 마지막을 장식하는 패검왕과 마검군의 대결은 마도련 내에서 최고의 축제로 꼽힌다. 이날은 거의 전 마도련 식구가 패마검봉으로 모여들어 비무를 관전했다. 마도련주를 비롯해 밖으로 파견 나가 있지 않은 장로들과 각주들까지 모이는 최고의 행사였다.

소운은 처음에 마도련주까지 관전하러 온다기에 기분에 따라 행동한 자신의 성급함을 책망하며 어떡할까 걱정했다. 하지만 자신이 쓰는 무공은 단지 삼재검법이었기에 무공이 밝혀져 들킬 리도 없고, 이렇게 완벽하게 변장하고 있는 자신의 정체를 알아차릴 리도 없다고 생각했다. 자신조차도 원래 얼굴이 헷갈릴 정도의 변장이니 누가 구별할 수 있겠는가?

하지만 소운은 지난 천소령과의 비무에서 큰 실수를 했었다. 바로 소수마공을 쓴 것이다. 소수마공을 쓰는 소수마녀는 현재 불회곡 안에 갇혀 있는 것으로 알려져 있는데, 소운이 그 무공을 썼다면 정체를 의심받기에 충분했다. 그러나 다행히도 그날 비무를 보고 있었던 사검각주는 천소령이 행여나 다칠까 신경을 쓰고 있던 터라 소운이 소수마공을 쓰는 것을 주의 깊게 보지 않았다. 만약에 소운의 상대가 천소령이 아닌 다른 이였다면 소운은 의심받았을지도 모르는 일이었다.

"련휘 오빠, 오늘 자신있는 거야?"

패마검봉을 오르며 사도련이 물었다. 소운은 사도련의 말에 당연하다는 듯이 대답했다.

"아니."

사도련은 소운의 말에 입술을 삐죽 내밀었다.

"치이, 패검왕까지 됐으면서 그런 소리는… 아무튼 오빠는 좋겠다."

사도련은 소운의 반응을 살피며 넌지시 운을 띄웠다.

"뭐가 좋은데?"

"뭐가 좋냐구? 그야… 이렇게 예쁜 내가 매일 응원해 주니 좋지."

"으응……."

소운은 시큰둥한 반응을 보이며 산봉우리를 오르는 데 신경을 돌렸다. 사도련은 그런 소운을 보고 배시시 웃으며 말했다.

"있잖아, 사실 이건 비밀인데, 내가 오늘 아빠한테 살짝 물어봤거든. 이번 비무 대회에서 우승하면 무슨 상이 주어지냐고. 그러니까 아빠가 이렇게 말하는 거야. 비무 대회에서 우승한 자는 무공을 열심히 익힌 공로가 인정이 돼서 열흘 간의 휴가를 준다는 거야. 그것도 련 밖에서……."

사도련의 말에 소운의 귀가 번쩍 뜨였다.

"뭐라고? 다시 말해 봐!"

"련 밖으로 보내준대, 열흘 동안."

소운은 그 말을 듣고서 잠시 동안 실감이 나지 않아 멍하니 있었다.

'이번 비무에서 이기기만 한다면 밖으로 나갈 수 있다고?'

아직 많이 남았을 것이라 생각하고 별다른 기대를 하지 않고 있던 소운의 가슴에 사도련의 말이 불을 당기는 불씨가 되었다.

'강호로 나갈 수 있다고? 꿈에도 그리던 그 강호로?'

소운은 갑자기 가슴이 두근거리며 밖으로 나가고 싶다는 욕망이 거세게 일어남이 느껴졌다.

"비무. 그래, 비무에서만 이기면…….""

소운은 이렇게 말하더니 패마검봉 위로 달려가기 시작했다. 사도련은 소운이 갑자기 미친 사람처럼 중얼거리더니 봉우리 위로 빠르게 달려가자 밖으로 나가는 게 그렇게 좋은가 생각해 보았다. 언제고 원하면 나갈 수 있는 마도련의 소련주 신분인 그녀로서는 이해할 수 없는 소운의 마음이었다.

소운은 이번 비무 대회에 출전한 뒤 처음으로 이기고 싶다는 생각을 했다. 상대가 누구이든 간에 전력을 다해서 이겨 밖으로 나가야겠다는 생각이 그의 마음속을 지배했다.

패마검봉 위에는 이미 많은 사람들이 잠시 뒤 벌어질 비무를 기다리며 누가 승리할까 점쳐 보고 있었다. 비무대 옆에 마련된 특별석에 앉아 있던 마도련주 사도굉은 사검각의 각주 마철영을 옆에 앉혀놓고 이런저런 질문을 하기 시작했다.

"그래, 올해 훈련생들의 수준은 어떤가?"

"예. 역시 예년에 비해서 한 단계 발전한 모습들입니다. 작년에 우승한 위진천은 이제는 그 무공 수위를 알아볼 수 없을 정도가 되었고, 위진천을 위시해 다른 오성들 역시 작년보다 한두 수 정도 위의 실력을 보이고 있습니다. 그런데 그중에 제일 성취가 뛰어난 자는 바로 이번에 패검왕이 된 혁련휘라고 할 수 있습니다."

"혁련휘?"

"예, 련주님. 혁련휘는 작년에 출전하지 않았던 훈련생인데 이번 비무 대회에 출전하기 전까지 사검각 내에서의 서열이 십위였던 자입니다. 그런데 이번 비무 대회에서 서열 사위인 노견을 꺾어서 파란을 일으키더니, 서열 이위인 하후성마저 이겨 버려서 사검각 내의 서열을 완전히 뒤바꿔 놓은 훈련생입니다."

"호오, 그 정도란 말인가?"

사도굉은 혁련휘에 대해 강한 흥미를 느꼈는지 마철영에게 계속하라는 손짓을 해 보였다.

"혁련휘는 처음 훈련을 시킬 때부터 재능이 있어서 제가 관심을 가지고 있었습니다. 거의 위진천과 비슷한 정도의 재능이라 상당히 기대를 가지고 있었는데, 그는 재능에 비해서 노력을 하지 않았습니다. 그래서 사검오령 중에서도 말단을 겨우 차지하고 있었던 인물인데 제가 신경을 쓰고 있지 않은 사이 무공을 열심히 수련했는지 이렇게 한 번에 패검왕 자리를 차지해 버리더군요."

"그래? 위진천과 비슷하다면 그거 정말 대단한 아이 아닌가? 위진천이야 마도련이 낳은 최고 기재라 떠들고 있으니."

사도굉은 이제 그만 됐다는 듯이 손을 움직였다. 그 손짓을 보고 마철영은 사도굉을 보며 무언가 할 말이 있는 듯했는데 말을 꺼내야 할지 말아야 할지 망설이는 듯했다.

"왜 그러지, 사검각주?"

"저기, 련주님."

마철영은 말하기로 마음먹었다.

"그 혁련휘라는 훈련생과 사도련 아가씨가 그렇고 그런 관계라는 소문이 있습니다."

"뭐? 련아와 그렇고 그런 관계?"

"아니, 그것이… 사도련 아가씨가 혁련휘를 따라다닌다는 소문이 정확할 것입니다."

"뭐? 련아가 혁련휘를 따라다녀? 그 반대가 아니고?"

"네, 그런 것 같습니다."

사도굉은 턱을 손으로 짚으며 생각했다.

'그것이 지 어미를 닮아서 좀 특이한 구석이 있다 생각하고는 있었지만 이렇게 아비의 뒤통수를 치는 소문까지 만들어내고 다닐 줄이야……'

사도굉은 단독으로 사도련과 한번 대면해 봐야겠다고 생각했다.

패검왕 측 대기실. 이제는 혼자만의 대기실이 된 천막 안에서 소운은 이번 비무에서 사용할 무공을 정리해 보았다. 일단 생검을 응용한 삼재검법으로 상대를 공격하다가 틈이 보인다 싶으면 전력을 다한 풍검을 펼쳐서 끝내겠다는 작전을 세웠다. 그리고 이제 와서 자신이 지니고 있는 목검을 진검으로 바꾸기엔 이 목검이 너무 익숙해져 버려서 오히려 진검이 해가 될 것 같아 바꾸기를 그만두었다.

"음… 작전대로 될까?"

소운은 남과 싸우기 위해 고심하는 자신이 조금 우습게도 생각되었다.

'그래도 첫 판에 져버리지 않은 것이 정말 다행 아니야?'

소운은 오늘 아침 사도련의 말을 듣기 전까지는 비무에서 이긴 것을 후회하고 있었으면서도 지금은 이런 생각을 했다. 노견과의 비무에서 승리한 것이 지금의 이 상황을 만들었다고 말이다.

'좋아, 반드시 이겨서 밖으로 나가자!'

소운은 이렇게 결심하며 천막을 열고 비무대 위로 나섰다.

"우와아!"

"혁련휘다!"

"또 목검을 차고 있어!"

소운은 비무대 주위를 까맣게 물들이고 있는 사람들을 보며 할 말을 잃었다. 물론 이틀 전에 비무할 때도 관중들이 꽤 많았지만 지금과는 비교할 수조차 없었다. 소운은 비무대에서 제일 잘 보이는 자리에 예전에 어디선가 보았던 얼굴을 가진 중년 남자가 앉아 있는 것을 보았다.

'누구였더라…….'

그 중년 남자의 옆에는 이틀 전에 자신을 축하해 준 사검각주가 앉아 있었다. 소운은 사검각주를 살펴보았는데 그 중년 남자를 바라보며 시종일관 공손한 자세로 앉아 있는 모습이었다.

'사검각주가 공손하게 대할 대상이라면… 이런! 마도련주라는 작자잖아!'

소운은 그제야 사도굉의 얼굴이 기억났다. 자신을 아무 느낌도 없이 불회곡에 집어넣은 자. 소운은 사도굉을 생각해 내고 화가 이는 마음을 추슬렀다. 아무튼 자신은 이 비무에서 꼭 이겨야 하는 것이다.

"이야아!"

"위진천이다!"

"위진천! 위진천!"

소운이 나왔을 때보다 배는 큰 함성이 비무대 주위를 울렸다. 소운은 그 소리를 듣고 자신의 상대인 위진천이 나왔음을 알았다.

흰 장삼에 푸른 두건을 쓴 위진천의 모습은 꼭 귀공자 같았다. 소운 자신이 보기에도 위진천은 정말 영준한 외모를 지닌 자라 생각되었다. 마치 모용신지를 다시 보는 듯한 착각을 불러일으킬 정도로 위진천의 모습은 매력적이었다.

'음, 대단하군.'

소운은 나직히 감탄했다. 위진천은 소운의 앞까지 다가와 포권을 하며 말했다.

"혁련휘, 잘 부탁한다."

소운은 엉겁결에 위진천의 인사를 받았다.

"자! 제자리에."

깃발을 든 사내가 소운과 위진천이 물러날 것을 지시했다. 그리고 잠시 뒤, 그들 사이에 깃발을 내밀더니 번쩍 치켜들며 소리쳤다.

"비무 시작!"

'드디어!'

소운은 바짝 긴장한 채 위진천을 바라보았다. 위진천은 담담한 기색으로 소운을 보고 있을 뿐이었다.

'좋아, 계획대로다.'

소운은 삼재검법을 펼쳐서 위진천에게 달려갔다. 비무대를 지켜보고 있던 사도굉은 소운이 삼재검법을 펼치자 왜 난데없는 삼재검법인가 하고 눈을 치켜떴다.

위진천은 부드럽게 보법을 밟으며 뒤로 물러났다. 그에게 삼재검법의 초식들은 눈을 감고도 피할 수 있을 만큼 쉬운 초식들이었다.

'혁련휘는 설마 이 삼재검법으로 여기까지 올라온 것인가?'

위진천은 이렇게 생각하며 보법을 펼쳤다. 소운은 위진천이 자신의 검법을 피하며 물러서자 그가 방심하고 있다 여겨져 지금이 기회라 생각되었다.

'풍검!'

휘리릭—

소운은 풍검을 펼쳐 회전하는 상태로 삼재검법의 두 번째 초식인 삼재사방을 펼쳤다. 위진천은 순간적으로 몰아쳐 오는 검풍에 당황하긴 했지만 그렇다고 못 막아낼 정도는 아니었다.

'월영인.'

위진천은 두 손으로 원을 만들며 전에 평안호의 혈심장을 막아냈던 것처럼 소운의 검풍 역시 순신간에 막아내었다. 그리고 그 여세를 몰아서 소운에게 등그런 기운의 장풍을 쏘아 보냈다.

"아니!"

소운은 너무도 쉽게 가로막힌 자신의 풍검에 놀라고 있다가 자신의 검풍보다 더욱 위력이 배가된 위진천의 장이 몰려오자 큰일이라 생각했다. 소운은 재빨리 은신보를 펼쳐 뒤로 물러나며 한 손으로 소수마공을 펼쳤다. 워낙 긴박한 순간이라 무의식적으로 손에서 반응이 나온 것이었다.

퍼엉!

"으으……."

소운이 이렇게 피했음에도 위진천의 장은 끝까지 따라붙어 소운에게 피해를 안겨주었다. 소운은 가슴이 진탕되는 것을 느끼며 토할 것 같은 기분이 되었다.

"호오, 방금 위진천이 펼친 무공은 연성하기 까다롭다는 그, 월영인 아닌가?"

"그렇습니다, 련주님."

"상대의 장을 받아서 거기에 위력을 더 보태서 되돌려 보낸다. 그렇게 된다면 전력으로 공격한 상대에게 더 큰 피해를 입힐 수 있겠지."

사도굉은 위진천을 보며 중얼거렸다. 다행히도 소운이 쓴 소수마공은 워낙 창졸간에 일어난 일이라 위진천의 월영인에 가려져 사도굉의 눈에 들어오지 않았다.

소운은 입으로 올라오려는 핏물을 삼키며 대기실에서 계획했던 것들이 무산되어버렸다는 것을 알았다.

'뭐가 문제지?'

소운은 자신의 무공들을 너무도 쉽게 막아낸 위진천이 순간 괴물같이 느껴졌다. 지금까지 상대해 온 자들과는 분명히 무언가 달랐다.

"후후, 혁련휘, 그럼 이번에는 내 장을 받아봐라."

위진천은 이렇게 말하고 두 손으로 원을 그리며 장을 펼쳤다. 아까보다 더욱 뚜렷한 원 모양이었다. 소운은 그 장의 위력이 대단할 것이라는 걸 직감하고 풍검을 펼쳐 연속적으로 세 번 검을 휘둘렀다. 검풍이 쏟아져 나가 위진천의 월영인에 부딪쳤다.

첫 번째 검풍에 약간 위력이 감소된 듯한 월영인은 뒤이어 부딪치는 두 번째, 세 번째의 검풍에 위력이 많이 반감되었다. 그러나 완벽히 막아내지 못했기에 소운은 위진천의 월영인에 가슴을 강타당했다.

"우욱!"

소운은 위진천의 장에 밀려서 뒤로 날아갔다.

"위험해!"

비무를 관전하고 있던 사도련은 소운이 당하는 모습에 놀라 소리쳤다. 이대로 가다간 소운은 평안호가 그랬던 것처럼 비무대 바닥으로 내동댕이쳐질 것 같았다.

'이대로 질 순 없어!'

소운은 입에서 피를 뿌리며 날아갔지만 이대로 질 순 없다고 생각하며 목검을 들어서 비무대 바닥에 내리찍었다.

그그극.

목검은 비무대 바닥에 박혀들지는 않았지만 소운이 뒤로 날아가던 속력을 조금이나마 줄여주었다.

'제발!'

소운은 그렇게 속력을 줄인 뒤에 가까스로 비무대의 끝부분을 잡고 매달릴 수 있었다.

'휴우……'

비무를 관전하던 관중들은 일 합의 겨룸에서 이렇게 손에 땀을 쥐게 하는 광경을 보게 되자 저마다 탄성 소리를 냈다. 그러나 사도련은 걱정이 되다 못해 막 비무대 위로 뛰어가려는 태세였다. 다행히도 그녀의 옆에 백휘양과 오대균이 있었기에 그녀를 말릴 수 있었다.

오대균은 그녀에게 소운은 아직 진 것이 아니라고 말해 주자 사도련은 그제야 수긍하며 제자리에 앉았다.

소운은 손에 힘을 줘 다시 비무대 위로 올라섰다.

사실 소운은 이번 비무에 임하면서 무공을 겨룰 때 제일 중요한 평상심이라는 마음을 갖지 못했다. 오로지 이기려고만 한 나머지 무턱대고 공격하기만 했던 것이다. 소운이 했던 이전의 비무들을 살펴보면 지려는 마음을 가지고 있었기 때문에 침착한 마음 상태를 유지하고 싸움에 임할 수 있었다. 그럼으로 인해 오히려 이겨 버리고 마는 상황을 연출했던 것이다.

'후우, 이제 어떡해야 하지? 풍검도 막히고 삼재검법으로는 저자의 옷깃 하나 건드릴 수 없을 것 같은데…….'

위진천은 소운이 비무대 위에 올라설 때까지 기다려 주었다. 이미 다 이긴 비무라 생각하고 마음에 여유를 가지고 있는 것이다. 게다가 저 혁련휘라는 자를 가지고 놀다가 웃음거리로 만들어 버리면 분명……. 위진천은 흘끔 관중석에 앉아 있는 사도련을 바라보았다. 분명 사도련이 혁련휘의 비참함을 보고 나면 정나미가 떨어질 것이라 생각했다.

지금 사도련의 눈은 자신이 아닌 저 혁련휘라는 자에게 향해져 있었다. 무공으로 보나 외모로 보나 자신이 분명히 위인데 왜? 위진천은 이런 의문을 가지며 서서히 혁련휘를 향해 증오를 불태웠다. 위진천은 전에 사도련에게 고백을 했다가 무시를 당한 경험을 가지고 있었다.

소운은 자신을 바라보며 내공을 끌어올리고 있는 위진천과 마주 섰다. 그리고 아직 자신의 손에 들려져 있는 목검을 들어 올려 두 손에 쥐었다. 손 안에 꼬옥 들어오는 것이 마치 몸의 일부라도 된 듯했다.

'검에 마음을 담아야 한다.'

소운은 처음 삼재검법을 완벽히 펼쳤을 때 목검자가 했던 말을 생각해 냈다. 자신도 저 말을 입버릇처럼 달고 삼재검법을 펼치지 않았던가? 소운은 아까 전에 자신이 위진천에게 펼치던 삼재검법 속에 과연 자신의 마음이 담겨져 있었는가 생각해 보았다.

'아니야. 난 이기려는 생각만 앞서서 살아 있는 검을 제대로 펼치지 못했어.'

소운은 다시 마음을 가다듬었다. 소운의 입가에는 피가 묻어 있었지만 소운의 가슴속은 어느새 진정되어 있었다. 만일 소운이 아니고 다른 사람이 이런 내상을 입었다면 바로 운기조식에 들어가 열흘 정도는 치료해야 나을 수 있는 상처였다. 하지만 소운의 단전에 갈무리된 내공은 선천진기였다. 소운의 몸에 이상이 생기자마자 소운의 단전에서 선천진기가 솟아올라 기혈이 뒤엉킨 가슴을 치유해 주었다. 소운은 그 사실을 잘 알지 못했지만 방금 전에 피를 토했을 때보다는 가슴이 상쾌해졌다고 생각했다.

"혁련휘! 조심해라!"

위진천은 이렇게 말하고 소운에게 다시 월영인을 펼쳤다. 소운은 침착하게 위진천의 손끝을 보고 있다가 그의 손끝에서 장이 떠나는 순간 속보를 펼치며 부지불식간에 위진천의 코앞까지 다가섰다. 위진천은 자신의 팔 사이를 비집고 들어오며 자신의 가슴을 노리고 있는 소운의 목검에 월영인을 펼치던 손을 거두어들여야 했다.

'제법이구나. 그러나 삼재검법 따위론 어림도 없지.'

위진천은 몸을 팽그르 회전시키며 소운의 검을 피해냈다. 그리고 다시 월영인을 펼치려 했을 때였다.

'뭐야!'

위진천은 놀라 소운의 목검을 바라보았다. 분명 자신의 가슴을 노리고 있기에 몸을 돌려서 피했는데 목검이 마치 고무처럼 쭈욱 늘어나는 듯하더니 어느새 자신의 가슴 앞에 도달해 있는 것이 아닌가?

"받아랏!"

소운은 목검 그대로 찌르며 위진천의 가슴에 일격을 가했다.

"이럴 수가!"

위진천은 가슴을 얻어맞고서 뒤로 넘어졌다. 소운은 더 이상 공격하지 않았다. 비무대 끝에 매달려 있던 자신을 위진천이 공격하지 않은 것처럼 자신도 그래야겠다고 생각한 것이다. 어쨌든 정신을 차리고 펼친 생검의 삼재검법이 먹혀 들어가자 소운은 내심 다행이라 생각했다.

'저 자식이!'

위진천은 자신의 볼썽사나운 모습을 마도련의 전 식구가 모여 있는 곳에서 보이게 되자 가슴 밑바닥에서부터 분노가 치밀어 올랐다. 위진천은 벌떡 일어나 비무대 위를 굴러 먼지가 묻은 자신의 흰옷을 털어냈다.

"좋아, 혁련휘. 내가 검을 뽑게 한 상대는 네가 처음이다."

위진천은 이렇게 말하고 허리에서 청강장검을 뽑아 들었다.

'어라? 저자는 원래 검을 썼단 말인가?'

상당히 날이 잘 들어 있는 검이었다. 잘 가꾸어진 검의 모습에서 소운은 위진천의 검술 실력 역시 대단할 것이라 생각했다.

"후후후, 네가 과연 나의 일검을 받아낼 수 있을지 모르겠지만."

위진천은 이렇게 말하며 소운을 향해 달려들며 검을 내려쳤다. 소운은 자신의 검이 목검이기에 풍검을 펼치며 받지 않는 한 진검을 받아내기에 무리라 생각되어 위진천의 검을 피하려 했다. 위진천의 검은 단순히 위에서 아래로 내려치는 듯이 보였기에, 소운은 충분히 피할 수 있을 거라 생각되었다. 그래서 옆으로 피하려는데…….

삭둑.

소운은 잘려진 어깨 쪽의 옷을 보며 엄청나게 놀랐다.

"다음엔 진짜로 잘라 버리겠다."

'이것이 경고의 의미란 말인가?'

기이하게도 피부는 다치지 않고 옷만이 잘려져 있었다. 소운은 단지 검을 휘둘렀을 뿐인데 소리도 없이 어느새 잘려진 자신의 옷을 바라보며 놀람을 금치 못했다.

'어떻게?'

소운은 다시 한 번 휘둘러지는 위진천의 검을 똑바로 주시했다. 그러나 무언가 특별한 구석이 없어 보였다.

삭둑.

이번에는 왼쪽 팔의 옷소매가 잘려졌다. 게다가 왼쪽 팔에 상처까지 만들어졌다.

"후후후, 이번에는 팔을 끊어놓으려 했는데 운이 좋구나."

위진천은 이렇게 말하며 다시 검을 휘둘렀다. 소운은 그 위진천의 검을 이리저리 피하며 끝까지 주시했지만 별다른 점을 발견하지 못했다. 그사이 소운의 몸에 상처는 점점 늘어만 갔다.

'어떻게 보이지도 않게 공격을 할 수 있는 거지?'

소운은 위진천의 검을 목검으로 막았다가 끝부분이 손가락 한 마디 길이 정도 잘려져 나가자 목검으로 막을 생각조차 하지 못했다.

'잠깐! 보이지 않는 무공이라? 어디서 들어본 듯한데…….'

소운은 이내 혁련휘의 옷장 속에 처박혀 있던 진무영검법이라는 책자를 생각해 냈다.

'설마?'

소운은 다시 휘둘러지는 위진천의 검을 은신보로 피하며 자신의 생각이 맞을 것이라 생각했다.

이 둘의 대결을 지켜보고 있던 관중들은 위진천이 그냥 가볍게 칼질하는 것 같은데 소운이 기겁을 하며 피해 다니자 혁련휘가 장난을 하는 것이라 여기기도 했다.

"진무영검법이냐?"

소운은 다시 자신의 팔에 상처를 낸 위진천의 검을 바라보며 이렇게 말했다. 소운은 몸에 상처가 벌써 열 군데가 넘어서 이대로 가다간 피를 너무 많이 흘려 쓰러질 것이라 생각했다. 그래서 위진천을 한번 떠보기 위해 이렇게 말했다. 그러자 언제나 미소 뒤에 본래 얼굴을 숨기고 있던 위진천은 소운의 말에 흠칫하는 기색을 보였다.

'이 무공은 다른 사람에게 한 번도 펼친 적이 없는데 어떻게 혁련휘가 알고 있지?'

위진천은 혁련휘 역시 이 무공을 연습하고 있었다는 사실을 알지 못했다. 어쨌든 소운은 위진천의 반응을 보며 진무영검법이 맞다고 확신했다. 이제 그 무공의 이름을 알았으니 빨리 대처 방안을 생각해 내야 했다.

'진무영검법은 분명 눈에 보이지 않게 강기를 보내서 상대를 공격하는 무공이라 했어. 나는 눈에 보이지도 않는 걸 자꾸 보려고만 했으니 문제였던 거야.'

소운은 이번에는 위진천의 검을 보지 않고 그 눈에 보이지 않는 강기를 느껴보려 했다.

피리릭…….

어디선가 작게 파공성이 들리는 듯했다. 소운은 그 소리를 찾기 위해 아예 눈을 감았다. 위진천은 소운이 비무 도중에 눈을 감자 이제 그가 비무를 포기하는구나 하고 생각했다.

소운은 눈을 감자 보이지 않는 강기의 소리가 더욱 잘 들리는 것 같았다. 아까 전에는 이 소리를 느끼지 못했는데 주의를 집중하자 소리가 들리는 것이었다.

'이쯤?

소운은 전력으로 은신보를 펼쳐 몸을 움직였다.

피이익—!

'피했다!'

처음이었다. 처음으로 소운이 위진천의 검을 피한 것이었다. 위진천은 소운이 피한 것에 그럴 리가 없다고 여기며 재차 검을 휘둘렀다. 소운은 한번 피해내자 그 다음부터 자신감이 생겼다. 위진천이 검을 휘두르면 그 순간 소리에 집중하고 있다가 소리가 난 반대 방향으로 몸을 날리면 그뿐이었다. 위진천의 검은 더 이상 소운에게 피해를 주지 못했다.

이때부터 소운의 반격이 시작되었다. 위진천은 자신의 검을 피해내며 생검의 삼재검법을 펼치는 소운으로 인해 손발이 어지러워졌다. 소운은 삼재검법을 펼치며 위진천을 밀어내다가 위진천의 허리에서 커다란 틈을 발견했다.

'이번에 끝내 버리자!'

이미 패색이 짙던 위진천은 진무영검법을 제대로 시전하지도 못한 채 계속 뒤로 밀리다가 허리 부근에 틈을 내주게 되었다. 소운은 처음으로 손에 소수를 운용한 채 풍검을 전력으로 펼쳤다. 소운이 이름 지었던 그 힘이 세지는 호흡법인 보력심법과 함께 전 내공을 끌어올려 풍검을 펼친 것이다.

쿠우우우…….

소운의 목검이 주위의 모든 것을 빨아들일 듯이 회전했다. 소운은 소수를 쓰고 있음에도 손바닥이 벗겨질 것같이 화끈거리는 것을 느꼈다. 위진천은 미처 소운이 손을 쓰기도 전에 그 작은 회오리 같은 소운의 목검을 바라보며 겁을 먹었다. 소운은 이 엄청난 위력이 동반된 풍검으로 위진천을 찔러 들어갔다.

"우아악!"

위진천은 갑자기 검을 내팽개치고 비무대 밑으로 번개같이 몸을 피했다. 소운의 풍검은 위력은 정말 엄청났지만 좀 느렸기에 위진천이 피할 수 있을 만한 시간은 충분했다. 소운은 그대로 검을 비무대에 내리찍었다. 자신조차 감당할 수 없을 만큼 힘이 거대했기에 도중에 그만둘 수가 없었다.

콰과쾅!!

비무대 바닥이 파였다. 그것도 말도 안 되게 많이 파였다. 소운은 목검으로 이 정도의 위력을 낸 것에 자신조차도 놀라서 말이 안 나왔다. 차라리 위진천에게 처음부터 전력을 다한 풍검을 펼쳤다면 비무가 쉽게 끝났을 것이란 생각마저 들었다. 지켜보고 있던 관중이나 특별석에 있던 사도굉 역시 소운의 이 위력적인 무공에 놀랐다.

"혀, 혁련휘 승!"

위진천이 비무대 밑으로 기어 들어가 숨어 있었기에 이번 비무의 승자는 당연히 소운이 되었다. 그런데 아무도 환호하는 사람 없이 조용하기만 했다.

사도련은 소운의 놀라운 무공에 놀라 있다가 '혁련휘 승!'이라는 소리에 퍼뜩 정신이 들었다.

"이야아! 련휘 오빠가 이겼어!"

박수를 치며 좋아하는 사도련의 소리에 그제야 관중들도 박수를 쳐 대며 환호성을 지르기 시작했다.

"음… 놀랍군, 혁련휘."

마철영은 힘이 빠져 축 늘어져 있는 소운을 바라보며 놀랍다는 표정을 지었다. 사도굉은 그런 마철영에게 물었다.

"저 아이가 쓴 무공이 무엇이지?"

"그, 글쎄요. 저도 잘 모르겠습니다."

"저만한 위력의 무공이 천무각에 소장되어 있었나?"

"네. 아마도 두세 가지 정도는 있을 것으로 사료됩니다."

"그래? 수천 권의 무공 비급 중에 그것을 발견했다니 저 아이도 참 운이 좋구만. 후후. 그래, 어디 나도 한번 천무각에나 들어가 볼까? 혹시 알아, 그런 무공을 발견할 수 있을지?"

"련주님……."

사도굉은 어쨌든 마도련 최고의 축제날인 오늘 기분이 좋아 보였다.

"자, 그럼 이제부터 축하 연회를 시작하도록 하자. 사검각주, 자네는 저 혁련휘라는 아이를 데려오도록 하게."

"네, 련주님."

사도굉은 이렇게 말하고 특별석에서 몸을 일으켰다.

"모두 들어라!"

사도굉의 목소리에는 내공이 실려 있어서 와자지껄 비무에 관해 떠들고 있던 관중들의 목소리를 잠재울 수 있었다.

"지금부터 축하 연회를 시작하겠다. 모두 오늘 하루는 편하게 즐겨라!"

"와아아!"

사도굉의 말에 패마검봉이 떠나갈 것 같은 함성 소리가 울렸다. 사도굉은 흐뭇한 표정을 지었다.

소운은 갑자기 내공을 많이 썼음인지 몸에 힘이 없었다. 게다가 위진천의 검에 맞은 상처에서 피가 많이 흘러서 머리마저 어질어질했다.

'그래도 이겼어. 안 그래? 소운아, 정말 잘했다. 이제 나갈 수 있다구!'

소운은 이렇게 자신을 칭찬했다.

"휘아야!"

"휘 오빠!"

소운의 주위로 어느새 사도련과 백휘양, 오대균이 달려왔다.

"자식! 위진천까지 이겨 버리다니… 정말 대단하다, 너."

백휘양은 이렇게 말하며 소운의 어깨를 잡았다.

"어머! 오빠, 피를 이렇게 많이 흘렸어?"

"혁련휘! 이거 어떻게 된 거야? 너한테 진 위진천은 멀쩡한데 넌 왜 이래 임마!"

오대균이 소운에게 말했다. 소운은 가물가물한 의식 가운데서도 그들이 나타나자 미소를 지었다.

"후후, 나 이겼어……."

"그래. 알아, 오빠. 알고 있다구."

사도련은 이렇게 말하며 다친 소운의 상처를 보려고 하는데, 소운이 풀썩 사도련에게 쓰러졌다.

"오빠!"

소운은 정신을 잃었다. 피를 너무 많이 흘린 데다가 갑자기 너무 많은 내공을 써서 탈진한 것이었다. 백휘양은 쓰러지는 소운을 보며 문득 이상한 생각이 들었다.

'련휘야, 너는 너랑 가장 가까이에 있는 나에게 쓰러지지 않고 왜 한 발짝 물러서 있는 사 낭자에게 쓰러지는 것이냐?'

사검각주 마철영은 비무대 위에서 쓰러진 소운을 보며 재빨리 몸을 날렸다. 이때 위진천은 비무대 밑에 숨어 있다가 고개도 들지 못하고 재빨리 패마검봉 밑으로 경신법을 펼치며 몸을 숨기고 있는 중이었다.

소운은 정신을 잃으면서도 자신이 쓰러진 곳이 따뜻하고 안락한 곳이라 생각했다.

제17장
자유로운 여행, 구속받는 여행

소운이 깨어난 곳은 이제 조금은 익숙해진 혁련휘의 방이었다. 소운은 비무대 위에서 쓰러져 마도련의 의료 기관인 의선각으로 옮겨졌다가 치료가 끝나자 다시 혁련휘의 방으로 옮겨진 것이다. 소운은 자신의 검상 부위에 흰 천이 둘둘 감겨져 있는 것을 보고 놀랐다.

'이렇게 많이 다쳤었나?'

사실 소운의 몸에 생긴 검상은 많다 뿐이지 그리 깊은 상처는 아니었다. 금창약을 발라서 지혈만 한다면 십여 일 후쯤엔 감쪽같이 사라질 만한 가벼운 상처들이었다. 하지만 의선각의 의원이 소운을 치료하고 있을 때 사도련이 옆에서 어서 살려내라고 극성을 부리는 통에 의선각의 의원은 없는 치료법도 새로 만들어내어 소운을 치료해야 했다. 그 덕분에 소운은 아주 정성이 깃든 치료를 받게 됐지만 정성도 너무 과하면 오히려 해가 되는 법. 소운은 흰 천으로 온몸이 둘둘 감겨져 있어 운신하기가 불편해졌다.

"우웅, 오빠……."

'뭐야?'

소운은 천 때문에 무감각해진 자신의 팔 쪽을 바라보았다. 그곳에는 사도련이 엎드려 잠을 자고 있었다.

'이런!'

소운은 허겁지겁 손을 빼내려고 했다. 그런데 잠이 든 사도련의 얼굴이 언뜻 누군가의 얼굴과 비슷하게 느껴졌다. 얼굴 그 자체는 물론 다르지만 지금의 상황이 소운에게 예전의 비슷했던 상황과 겹쳐져 보였다.

'고연진…….'

달빛 아래서 검무를 추던 고연진의 모습을 생각하니 갑자기 소운은 그녀가 보고 싶다는 생각이 들었다. 이제 밖으로 나가게 된다면 꼭 무림맹에 찾아가 보고 싶었던 친구들을 다 만나야겠다고 생각했다.

"어머, 오빠. 일어났네?"

사도련은 뒤척이는 소운의 움직임에 눈을 떴다가 소운이 눈을 뜨고 있는 모습을 보자마자 기쁜 듯이 말했다.

"응. 그런데 내가 어떻게 된 거지?"

사도련은 엎드려 있던 몸을 일으켜 세우며 자신이 소운을 의선각에 데려가 자신이 최고의 치료를 받게 해줬다고 늘어놓았다. 그리고는 다시 혁련휘의 방으로 데려온 이야기까지 마쳤다. 사도련은 소운의 머리맡에 있던 대접에 담긴 물을 그에게 주었다. 소운은 그것을 받아 들고 고개를 끄덕이며 말했다.

"그렇게 된 거였구나. 여기가 내 방이라면… 백휘양과 오대균이 보이지 않는구나."

"응? 오빠들은 뭐 연회가 벌어지고 있는 패마검봉에서 진탕 술 마시며 놀고 있겠지."

"술이라고?"

소운의 반문에 문득 사도련은 혁련휘가 술을 엄청 좋아한다는 것을 깨달았다.

"오빠는 가면 안 돼! 몸도 약한 사람이 술 마시러 가면 안 되지."

소운은 사도련의 말에 피식 웃었다.

"알아, 알아. 오늘은 푹 쉬어야지. 그래야 밖에도 나갈 수 있을 테니."

"헤헤, 맞아. 여기서 련아랑 같이 편하게 쉬자."

"푸웃!"

소운은 그사이 물을 한 모금 들이마시다가 사도련의 말에 입에 들어간 물을 도로 뿜어냈다.

"뭐라고?"

"오늘은 내가 간호해 줄게."

"그게 무슨 소리야! 네가 나이가 몇인데. 이렇게 남자와 한방에 들어와 있으면 안 되는 거야."

사도련은 소운의 말에 이상하다는 듯이 물었다.

"왜 안 돼?"

"그야… 그러니까……."

소운은 잠시 동안 할 말을 생각하느라 고심했다.

"맞아, 너는 련주님의 딸이잖아. 이렇게 사검각의 훈련생인 나와 상대한다는 것은 어울리지 않아."

"치, 그게 무슨 상관이야. 그 능구렁이 같은 아빠는 아무런 상관이 없다구."

"그, 그럼 조금 있다가 백휘양하고 오대균이 오면 어차피 자리를 비켜야 하잖아."

"그 오빠들은 안 올 거야. 공짜로 술을 준다는데 아마 밤을 새겠지."

소운은 식은땀까지 흘렸다.

"음… 그러면 난 피곤하니까 잠이나 잘게."

소운은 갑자기 이렇게 말하며 사도련과 반대 방향으로 돌아누웠다. 소운으로서는 최후의 수단을 쓴 것이었다. 상대 안 하는 것.

"오빠, 뭐 하는 거야!"

다행히도 효과가 있었다. 소운은 아예 코까지 골았다.

"오빠아~ 좋아, 그럼 타협하자."

"무슨 타협?"

"삼경(오후11시~오전1시)까지만 있다가 갈게."

"삼경?"

소운은 그 정도면 괜찮겠다는 생각에 몸을 뒤집었다. 그러나 소운은 착각을 하고 있었다. 지금은 한밤중이 아니라 해가 지고 얼마 되지 않은 술시(오후7시~9시)의 초입이었던 것이다. 소운은 그 뒤로 장장 세 시진(6시간)이나 사도련에게 시달림을 당해야 했다.

다음날 소운은 한결 가뿐해진 몸으로 마도련주의 부름을 받아 사도 궁의 집무실로 향했다. 마도련주와의 직접적인 대면에 소운은 무척이나 가슴이 떨렸지만 이번 한 번만 만난다면 다시는 만날 일이 없다 생각하고 마음을 가다듬었다.

사검각주 마철영과 함께 사도굉의 집무실 앞까지 도착한 소운은 조심스레 집무실의 문을 열었다.

"련주님, 혁련휘를 데려왔습니다."

"그래? 어서 들여보내라."

밖에서 마철영이 말하자 안에서 사도굉이 대답했다. 소운은 집무실로 들어갔다. 안에 들어간 소운은 고풍스러운 의자 위에 사도굉이 앉아 있는 모습을 보았다.

"사검각 훈련생 혁련휘가 련주님을 뵈옵니다."

'후후, 잘했어!'

이것은 소운이 사도굉을 만나기 전까지 연습하고 연습했던 인사말이었다.

"오, 그래. 네가 이번에 비무 대회에서 우승한 아이지?"

"네, 련주님."

"너의 비무는 내가 아주 인상 깊게 보았다. 그래, 그때 쓴 무공이 어떤 무공이냐? 사검각주 말로는 천무각에서도 두세 개밖에 없다는 귀한 무공이라던데……."

'천무각? 무공 이름?'

소운은 머리를 굴려서 생각했다.

"네, 련주님. 그 무공의 겉표지에 이름이 없어서 저도 모르고 있었습니다. 단지 강한 검풍을 일으킨다는 것밖에는……."

"그래? 그렇다면 그 무공 비급을 나에게 가져다 주겠느냐?"

"아… 죄송합니다, 련주님. 천무각 안에 다시 가져다 놓았는데 어디에 있는지 모르겠습니다."

소운은 진땀을 흘리며 대답했다.

"됐다, 됐어. 내 농담으로 한번 해본 소리였다. 그렇게 발견하기 어려운 무공을 찾아냈으니 남에게 내놓기가 쉽지 않겠지."

소운은 속으로 안도의 한숨을 쉬었다.

"내가 널 이렇게 부른 것은 너에게 한 가지 상을 내리기 위해서다."

'드디어!'

"작년에 너의 사검각 내 순위는 십위였다. 그런데 올해는 당당히 우승을 차지했더구나. 그래서 내가 특혜를 내리려고 한다. 련 밖으로 십 일 동안 나갔다 올 수 있는 기회를 주겠다. 지금의 너에겐 사검각에서의 훈련보다 강호의 물정을 알아 강호 경험을 쌓는 것이 더 중요한 일일 것이다."

"감사합니다, 련주님."

소운은 비록 자신이 증오해야 할 대상이지만 이번만은 사도굉에게 진심으로 감사하다는 말을 했다.

"그렇다고 밖에 나가서 놀기만 하라는 것이 아니다. 강호를 떠다니는 소문들과 최근 소식 등을 알아오라는 엄연한 임무인 것이다."

"네, 련주님."

소운은 이제야 비로소 모든 일들이 잘 풀려 나가고 있다 생각했다.

"자, 그럼 이것을 련 입구에 있는 보초에게 보여주면 준비를 해줄 것이다."

사도굉은 탁자 위에 올려져 있는 출(出)이라 적혀 있는 철패를 소운에게 주었다.

"밖에 나가 십 일 후에 돌아온 다음 나에게 보고하도록 하거라."

"네, 련주님."

소운은 철패를 들고 밖으로 나갔다. 지금 소운의 마음은 하늘을 날아갈 것같이 기뻤다. 소운이 나가고 사도굉은 조용히 말했다.

"오호."

스윽—

어디선가 그림자가 생기더니 사도굉의 수신호위 중 오호가 소리없이 나타났다.

"그래, 지금부터 저 혁련휘를 뒤쫓아라."

"존명!"

오호는 순식간에 사라졌다. 사도굉은 의자에 가만히 앉아서 중얼거렸다.

"그분은 왜 저 혁련휘라는 꼬마를 내보내라고 하셨을까?"

사도굉은 알 수 없는 말을 중얼거리며 의자에 몸을 묻었다.

소운은 그 길로 귀곡자를 향해 달려갔다. 물론 누가 따라오지는 않는가 주위를 살폈다. 소운이 귀곡자가 살고 있는 전각의 문을 열었을 때 귀곡자는 이미 소운이 올 것을 예상이라도 하고 있었는지 반갑게 그를 맞았다.

"귀곡자 어르신, 드디어 나가게 됐어요!"

"오냐, 네가 우승했다는 소식을 듣고 어느 정도는 예상하고 있었지만 밖으로 나가게 된다는 말이 정말이었구나."

소운은 전각 안의 소로를 가로질러 귀곡자가 있는 방까지 도착했다.

"헤헤, 저도 이렇게 빨리 나가게 될 줄 몰랐어요."

"자, 그렇다면 내 부탁을 들어줄 준비는 돼 있겠지?"

"네."

"그렇다면 이 서신을 신기자에게 전해주거라."

귀곡자는 품 안에서 단단히 밀봉되어진 서신을 꺼내 내밀었다. 소운은 그것을 받아 들고 품 안에 넣으며 말했다.

"이걸 신기자 어르신께 전해드리면 된다는 거죠?"

"그렇지."

소운은 품 안에 들어 있는 서신을 겉옷 위로 만져 보았다.

"그런데 신기자 어르신은 어디에서 찾죠? 삼 년 전쯤에는 무림맹에 계셨는데 지금은 어디 계실지 모르겠어요."

"신기자? 그 녀석은 아마도 황산 계곡 어딘가에 은거하고 있을 게야. 청해성 곤륜산과 근접해 있는 곳이지."

"황산 계곡……."

"아마 황산 계곡을 좀 헤매야 할 것이야. 하지만 이렇게 나가게 됐는데 그 정도도 못하진 않겠지?"

소운은 어차피 신기자를 한번 찾아보고 감사를 해야 하는 처지라 귀곡자의 부탁이 없었다고 해도 신기자를 찾았을 것이다.

"신기자 어르신을 만나면 제 얼굴도 원래대로 되돌릴 수 있는 거죠?"

소운은 자신의 얼굴에 물을 묻혀 보았으나 전혀 변함이 없자 걱정이 되었었다. 이러다가 자신의 본래 얼굴을 찾지 못하면 어떡하나 하고. 귀곡자는 소운의 말에 당연하다는 듯이 말했다.

"그렇지. 신기자 정도면 내 수법을 알고 너의 얼굴을 복원시킬 수 있을 것이다."

"그렇겠죠?"

"정 안 된다면 다시 이곳으로 찾아오너라. 그러면 내가 본래 얼굴로 만들어줄 테니."

"뭐라구요?"

귀곡자는 소운에게 가벼운 농담을 하기까지 했다. 소운이 나간다는 것에 귀곡자 역시 기분이 좋은 것 같았다.

"이제 빨리 가보거라. 네가 이곳에 오래 있어서 좋을 것이 없으니."

"네, 그럼 이만 갈게요."

소운은 전각을 나가기 위해 몸을 돌렸다.

"고마워요, 귀곡자 어르신. 그리고 꼭 가족들을 찾길 바래요."

소운은 짧은 인연이었지만 소중한 인연이었다고 생각했다.

소운은 귀곡자의 대답을 듣지 않고 사검각으로 향했다. 그냥 이대로 가고 싶었지만 밖에 나간다는 사람이 짐조차 꾸리지 않으면 의심받을지도 몰랐다. 나갈 때까지 완벽을 기해 혹시라도 있을지 모르는 위험에 대비하기 위함이기도 했다.

소운은 일각여를 걸어서 사검각에 있는 혁련휘의 방에 도착했다. 소운이 방문을 열고 들어가니 백휘양과 오대균이 침상 위에서 뻗어서 자고 있었다. 이들은 아마 술을 마시며 밤을 새고 들어온 것 같았다.

'이들과도 이제 안녕인가?'

소운은 이렇게 생각하며 혁련휘의 옷장을 열었다. 그곳에는 소운이 예전에 내팽개쳐 둔 진무영검법 검보가 그대로 있었다.

'음… 혁련휘는 위진천과 동일한 무공을 사용했던 것인가?'

소운은 이런저런 생각들을 하며 혁련휘의 옷가지 몇 개와 서랍 속을 뒤져서 은전 세 냥을 찾아내었다.

'어이쿠, 이런 행운이! 혁련휘, 미안하지만 자네의 돈을 좀 써야

겠어.'

　소운은 현재 무일푼이었기에 혁련휘의 숨겨진 비상금 같은 것을 찾아내자 얼른 챙겨 들었다. 강호로 나간다면 당장 돈이 필요할 것이기 때문이었다.

　"이제 가자."

　백휘양과 오대균이 곤하게 자고 있던 터라 소운은 문을 조심스레 닫고는 이내 사검각을 완전히 빠져나왔다. 마도련 안은 어제 연회가 벌어졌기 때문인지 몰라도 한산했다. 소운은 밖으로 나가게 되었다는 생각에 들뜬 마음으로 마도련에서 유일한 출구인 수로의 입구에 도착했다. 소운은 보초 무사에게 사도굉이 준 패를 내밀며 말했다.

　"련주님이 이거면 나갈 수 있다 하셨는데……."

　"아! 당신이 혁련휘로구만! 어제의 그 비무, 정말 대단했어요."

　"그래요?"

　"다리를 내려드리죠. 다리를 건너면 그 앞에 배가 준비되어 있을 겁니다. 그걸 타고 가시면 안정성 부근에 도착하실 수 있을 겁니다."

　"네, 알겠어요."

　소운은 이 보초 무사가 과거 자신이 포대 속에 붙들려 올 때 그 안에 있었던 사람이란 것을 과연 예상이나 할까 생각해 보았다.

　"고맙습니다."

　"좋은 시간 보내세요."

　보초 무사는 소운에게 고개를 숙였다. 보초 무사는 비무 대회에서의 모습을 떠올리며 소운에게 공손히 대하는 것 같았다.

　소운은 내려오는 다리를 보며 가슴이 두근거렸다.

　"오빠!"

'허억!'

소운은 마도련 안에서 자신을 오빠라고 부르는 사람이 단 한 명뿐이라는 것을 생각해 내었다.

"오빠, 어떻게 간다는 소리도 하나 없이 이럴 수가 있어?!"

"아… 그게 말이지. 어차피 열흘 후면 돌아올 텐데 뭐."

"그래도! 오빠는 술을 하루라도 안 먹으면 입 안에 가시가 돌을지 모르지만 난 오빠를 하루라도 안 보면 입 안에 가시가 돋는단 말이야!"

'으응? 이게 무슨 소리지?'

"이익, 차라리 같이 가버릴까 보다."

소운은 사도련의 말에 너무도 놀라서 말했다.

"내가 금방 나갔다 올 테니 제발 따라올 생각은 버려."

"헤헤, 오빠가 당황하니 볼 만한걸? 우웅, 나도 따라가고는 싶은데 그 좀생이 같은 홀아비가 허락을 해줘야 말이지."

사도련의 말에 소운은 안도의 한숨을 내쉬었다.

"빨리 다녀올 테니 너는 이만 돌아가."

"싫어. 오빠 가는 거 보고 갈 거야."

소운은 가만히 생각해 보니 사도련이 혁련휘를 만나는 것은 오늘이 끝이었다. 혁련휘는 이미 이 세상 사람이 아니라 그녀 역시 그에 대한 생각들을 단념해야 하지만, 소운은 차마 그녀의 마음을 아프게 할 수는 없는 일이라 생각하고 그녀에게 말을 꺼냈다.

"련아야, 내가 없더라도 웃으며 지내야 한다."

소운은 마지막으로 혁련휘로서 사도련의 머리를 쓰다듬어 주었다. 사도련은 사실 소운보다 한 살이 많은 나이였지만 소운은 사도련의 행동에서 자신보다 나이가 많다고 느낀 적이 별로 없었다. 그만큼 소운의 정신 연령이 그 나이 대의 다른 이보다 높은 점도 있겠지만 사도련이 어린아이 같은 마음을 가지고 있는 점이 더 컸다.

사도련은 소운이 머리를 쓰다듬어 주자 얼굴을 붉히고 가만히 있었다. 그녀는 속으로 이렇게 생각하고 있었다.

'휘 오빠는 분명 날 보지 못하는 것을 안타까워하는 걸 거야.'

소운은 그 뒤로 다리를 건너서 준비된 배 위로 올라탔다. 사도련은 소운을 보며 손을 흔들었다. 소운은 묵묵히 고개를 끄덕이고.

'휴우, 이제 혁련휘 행세는 끝난 것인가?'

사공이 노를 젓기 시작하자 배는 유유히 앞으로 나아갔다. 그리고 곧 컴컴한 동굴 안으로 사라졌다.

배는 험한 계곡 사이를 빠져나오더니 강물을 따라 계속해서 내려갔다. 소운은 마도련이 정말 천연의 요새라고 생각했다. 수로가 이어져 있는 동굴의 입구만 지키고 있다면 백만 대군이 쳐들어와도 감당해 낼 수 있을 만한 요새처럼 느껴졌다. 소운은 배를 타고 가면서 바깥 세상의 공기가 더욱 맑게 느껴졌다.

강물을 따라서 한 시진여를 내려오자 곧 안정성 부근의 선착장에 도착할 수 있었다. 사공은 소운에게 잘 다녀오라고 한 뒤에 배를 돌려 강물을 거슬러 오르기 시작했다.

"밖이다……."

감회가 새로웠다. 이 얼마 만에 밟아보는 자유의 땅인가? 소운은 미친 듯이 웃으며 땅 위를 마구 뛰어갔다.

"으하하하하!"

소운이 향한 방향은 저 멀리 보이는 성벽 쪽으로, 안정성이라 불리우는 곳이었다. 소운의 신형은 선착장에서 조금씩 멀어지더니 이내 나무들 사이에 가려져 보이지 않게 되었다.

"밖으로 나온 것이 그렇게 좋은가?"

나루터 쪽에 검은 그림자가 생기더니 오호가 나타났다.

소운은 싱글벙글 웃으며 안정성의 입구에 다다랐다. 성문을 지키고 있던 군인 두 명은 허우대는 멀쩡한 놈이 실성한 듯이 웃으며 다가오자 일단 경계의 자세를 취했다.

"저기, 이곳이 어디죠?"

소운은 안정성의 코앞에서 이렇게 물었다. 두 명의 군인은 이놈이 미친놈이구나라고 확신을 가지며 말했다.

"이곳이 무슨 곳인지도 모르면서 왜 이곳에 온 것이냐?"

"그야 선착장에서 보이길래……."

"선착장? 이 주위엔 선착장이 없는데?"

"있잖아요, 저쪽에."

소운은 자신이 온 방향을 가리키며 말했다. 군인은 혀를 차며 소운에게 쏘아붙였다.

"참내, 내가 이곳에 벌써 십 년을 살고 있지만 안정성 옆에 선착장이 있다는 소리는 못 들었다. 배가 들어올 수 없는데 어떻게 선착장이 생겨."

소운은 그 군인의 말에 생각했다.

'혹시 이 위에 마도련이 있다는 것을 알지 못하는 것인가?'

"아아, 잠시 착각을 했나 봐요. 어쨌든 이제 들어갈 테니 수고들하세요."

소운은 이렇게 말하고 안정성 안으로 들어가려 했다. 그러나 두 명의 군인은 창으로 소운을 막아 세우며.

"안 돼."

"너같이 미친놈을 안정성 안으로 들여보내 줄 수야 없지."

"그런 게……."

"비켜라!"

다그닥— 다그닥—

소운은 군인들을 향해 항의하려다가 뒤에서 들려오는 말발굽 소리에 몸을 돌렸다. 소운의 눈앞에 두 마리의 말이 자신 쪽을 향해 돌진하고 있는 것이 보였다.

"위험… 에잇!"

소운은 '위험해' 라고 소리치다 말고 옆으로 피했다.

히이이힝—!

두 마리의 말은 갑자기 앞발을 치켜 올리더니 울음소리를 내며 절묘하게 두 명의 군인 앞에 멈춰 섰다. 두 명의 군인은 너무 놀라서 입을 쩌억 벌린 채 석상처럼 굳어 있었다.

"아니, 왜 성문 앞을 막아서고 있는 거야!"

"아! 지 대협! 죄송합니다."

군인들은 마차 위의 얼굴을 확인하더니 방금 마차가 돌진했을 때보다 더욱 사색이 된 얼굴로 말했다.

"음, 됐다. 지금은 급하니 나중에 추궁하기로 하고 어서 비켜라!"

"네, 대협."

소운은 지 대협이란 사람의 얼굴을 보았다. 사십 대 정도의 냉막한 인상을 지니고 있는 자였다. 소운은 사람이 있는데도 안하무인 격으로 마차를 몰고 온 저 지 대협이란 사람이 오히려 더 큰 소리를 내자 이상한 일이라 생각했다.

"안녕히 가십시오."

군인들은 깍듯이 인사까지 하며 마차를 보냈다. 지 대협이란 사람은 마차를 몰아 다시 빠른 속도로 앞으로 달려가기 시작했다.

"휴우, 저 망할 자식."

"참아. 어디 똥이 무서워서 피하나?"

"금 대야의 호위 무사만 아니었다면 그냥 콱 밟아버리는 건데."

"자네가? 금 대야의 호위를 할 정도면 대단한 실력일 텐데?"

"아무튼!"

소운은 그들이 대화하고 있는 틈을 타 몰래 성안으로 들어가려고 살금살금 움직였다.

'이제 한 발짝만……'

"이봐!"

'으읏!'

군인 한 명이 소운을 보며 소리쳤다.

"어딜 가려는 거야?"

"저기 그게 말이죠……"

결국 소운은 자신이 가진 은 세 냥 중에 각각 한 냥씩 그들에게 헌납하고 나서야 안정성 안으로 들어갈 수 있었다. 소운으로서는 돈이 이렇게 쓰일 수도 있구나 하는 새로운 경험이 되었지만 마음은 좀 쓰렸다.

안정성 안은 꽤 컸다. 물론 소운이 여지껏 지냈던 마도련이나 무림맹 정도의 크기는 아니었지만 있을 것은 다 있는 중소 도시였다. 소운은 오랜만에 만나는 바깥 세상의 문물을 구경하고 다니면서 하루를 보냈다. 정말이지 소운에게는 전에 느낄 수 없었던 즐거운 하루였다. 그렇게 하루 종일 돌아다니니 배가 고파와 소운은 객점을 찾았다.

"음, 저곳에 있구나."

소운이 하루 동안 한 일이라곤 안정성 안을 싸돌아다닌 것이었기에 객점을 찾는 일은 어렵지 않았다.

"어느 곳에 들어갈까?"

소운은 두 곳의 객점이 연이어 붙어 있는 곳을 보며 어느 곳에 들어 갈까 궁리했다. 두 곳 다 간판이 깨끗하고 비슷한 크기의 객점이었다.

"에라, 아무 곳에나 들어가자."

소운은 맘 내키는 대로 오른쪽에 있는 객점으로 들어가기로 했다. 소운이 객점의 문을 열고 들어가자 점소이 한 명이 다가왔다.

"어서 오십쇼."

"식사를 하려고 왔는데."

"네. 이곳으로 앉으시죠."

점소이는 소운을 객점의 중간 부분에 있는 탁자로 안내했다. 소운은 의자에 앉아서 무엇을 주문할까 궁리했다.

'음… 역시 소면이랑 소채가 최고겠지?

다른 음식은 아는 것이 없는 소운인지라 이렇게 생각한 건데 문득 고기 맛을 본 지도 오래 됐다고 생각했다.

"음, 돼지고기 삶은 것이랑 소채를 갖다 주게나."

"돼지고기랑 소채. 알겠습니다."

점소이는 재빨리 주방으로 달려갔다. 잠시 뒤 소운의 앞에 김이 모락모락 나는 돼지고기와 소채 한 접시가 놓여졌다.

'우와, 맛있겠다.'

소운은 몹시 배가 고팠었기 때문에 맛있게 음식을 먹었다. 뱃속의 허전함을 거의 다 채웠을까? 소운은 이제 느긋하게 주위를 둘러보며 음식을 먹었다. 저녁 시간이라 어느새 손님이 많이 불어나 있었다. 그리고 소운이 음식에 집중하고 있던 터라 못 느꼈는데 손님들의 떠드는 소리가 왁자지껄하게 객점 안을 울리고 있었다.

"후후, 이런 것이 사람 사는 것이지."

소운은 많은 사람들을 보며 웃음을 지었다.

"자네, 그 이야기 들었나?"

"무슨 이야기?"

"글쎄 이번에 금 대야의 집에 신풍이 나타났다나 봐."

"뭐라고?"

"그래서 급하게 무사들을 구하는데 그 봉급이 자그마치 은 오십 냥이래."

소운은 귀가 솔깃해졌다. 소운에게는 은 한 냥이 남아 있었는데 오늘 하루 종일 돌아다니면서 길거리에서 만두 좀 사 먹고 군것질을 좀 했더니 어느새 그 돈이 구리 돈 팔십 문으로 줄어버렸다. 이 돈으로는 오늘 밥값이랑 방을 빌리는 값을 제하면 얼마 남지 않는다.

"신풍이 대단하긴 대단한가 봐. 그 떵떵거리던 금 대야도 맥을 못 추고 사람들을 모으는 것을 보면."

"그 호위 무사 중에 지석천이라는 자도 금 대야의 물건을 장안성에 팔려고 갔다가 다시 돌아왔다잖아."

"나도 한번 도전해 볼까?"

"아서라, 아서."

소운은 그들의 말을 들으며 내일 꼭 그 금 대야라는 사람을 찾아가 보아야겠다고 생각했다.

안정성의 바깥 쪽. 다섯 필의 말이 달려오고 있었다. 다섯 필의 말은 안정성의 입구에 다다르자 멈추었다.

"히야, 다 왔네."

"누구야? 누가 이곳까지 오 일이면 충분하다고 했어? 열흘이나 걸렸잖아!"

"미안. 나도 이곳에 십 년 만에 오는 거라 착각했어."

"미안하다면 다냐? 야, 마진아, 금초 좀 잡아라."

"네, 형님."

"아앗! 사형, 왜 그래!"

"장난 그만 해요!"

말 위에 타고 있던 사람 중 여인이 소리쳤다. 그 여인의 말에 나머지 넷은 움찔했다.

"우리가 이곳에 장난하러 온 줄 알아요? 엄연히 임무를 맡고 온 것이잖아요. 그것도 첫 임무!"

"천 낭자 말이 맞아. 명이 형, 마진 형, 금초 동생, 이제부터는 제발 비룡단원답게 행동하자구."

"신지야, 금초는 아직 비룡단원 아니다. 흐흐흐."

"뭐야, 사형! 나도 조금 있으면 될 거야! 에잇! 아버지는 왜 가만히 있는 우리를 불러 가지고. 몇 달 후에 비룡단원 시험을 봐야 하는데!"

성문을 지키고 있는 두 명의 군인들은 갑자기 나타난 이들 다섯 명을 바라보며 어리둥절해했다. 두 명의 군인들이 멍하게 그들을 바라보고 있을 때 다섯 명의 젊은이들 중에 가장 영준하게 보이는 사람이 말했다.

"저희는 무림맹의 비룡단원 중 비룡사수라 불리는 사람들입니다. 이번에 금 대야의 일 때문에 안정성에 왔는데……."

"비룡사수요?"

두 명의 군인은 놀라서 얼른 길을 비켰다.

"어서 들어가시죠."

"아, 네. 감사합니다."

다섯 명의 남녀는 말을 몰아서 안정성 안으로 들어갔다.

군인들은 그런 그들을 바라보며 놀라움을 금치 못했다.

"야, 저들이 그 최단시간에 비룡단원이 됐다는 그 비룡사수 맞지?"

"그, 그럴 거야."

다섯 명의 남녀는 안정성에서 일단 휴식을 취하기 위해 객점을 찾았다. 금 대야의 집으로 바로 찾아갈 수도 있었지만 밤에 찾아가는 것은 실례라는 여인의 주장 때문에 나머지는 찍소리도 못하고 객점을 찾아야 했다.

"음… 어디로 들어갈까?"

그들은 두 군데의 객점이 붙어 있는 곳을 찾았다.

"왼쪽에 있는 객점이 나을 것 같아. 마구간이 있잖아."

"그런가? 그러면 저 객점으로 가자."

다섯 명의 남녀는 말에서 내려 왼쪽에 위치한 객점의 문을 열고 들어갔다.

소운은 계속해서 옆의 탁자에서 들려오는 소리에 귀를 기울이고 있었다.

"금 대야의 아들이 무림맹에 있는데 승천관이란 곳에서 비룡단원이 되기 위해 준비를 하고 있다나 봐."

"정말? 금 대야가 아들 하나는 잘 뒀구만."

"그래서 그 인연으로 비룡단원 중에 비룡사수란 사람들을 초대했대."

"비룡사수?"

"그래. 가장 어린 나이로 비룡단원이 된 네 사람. 그들보다 먼저 들어온 승천관생들을 제치고 비룡단원이 된 사람들."

"그래?"

소운은 그 소리를 듣고 자신 역시 승천관에서 비룡단원이 되기 위해 무공 연마를 했던 때를 생각해 보았다.

'후후, 그들… 잘 있을까?'

소운은 신기자에게 귀곡자의 편지를 전해주고 자신의 본래 얼굴을 되찾은 뒤에 어서 빨리 만나보아야겠다고 생각했다.

제18장
훔치는 자, 막는 자

련주 친전.

혁련휘는 현재 안정성의 객점 내에 투숙하고 있습니다. 현재로써는 아무런 일도 일어나지 않고 있으며 혁련휘 본인 역시 특별히 수상한 기색을 보이고 있진 않습니다.

후드득—

전서구 한 마리가 하늘로 날아올랐다. 오호는 나무 위에 올라 막 불이 꺼지고 소운이 잠든 방 안을 바라보고 있었다. 오호는 소운이 잠들었는지 유심히 살펴보고는 객점의 지붕 위로 올라갔다. 수신오위에게 휴식이란 단지 움직이지 않는 것, 그뿐이었다.

다음날 아침, 소운은 편안하게 아침을 맞이했다. 간밤에 그간 게을

리했던 태현심법을 조금 수련한 뒤에 남은 시간은 잠을 청해서 몸이 정말 개운하게 느껴졌다. 단지 문제가 있다면 오늘 이후로 주머니 사정이 딸려서 밖에서 잠을 자야 한다는 것이었다. 어제 팔십 문이 남아 있었는데 식사비로 이십 문과 투숙비로 육십 문을 쓰고나니 빈털터리가 되어버렸다.

"금 대야의 집에 가볼까?"

소운은 풀어놓은 목검을 허리에 차고 객점을 나섰다. 아침을 먹지 못해서 배가 고파왔지만 이 정도는 참을 수 있었다.

"저기 금 대야의 집으로 가려면 어찌해야 합니까?"

소운은 지나가는 사람을 붙잡고 물었다. 지나가던 사람은 그것도 모르냐는 눈빛으로 퉁명스럽게 금 대야의 집을 가르쳐 주었다. 소운은 고맙다고 고개를 숙인 후 그 사람이 가리킨 방향으로 걸음을 옮겼다. 소운은 어렵지 않게 커다란 담장으로 둘러져 있는 장원을 발견할 수 있었다. 벽을 따라가다 보니 이내 정문으로 보이는 곳에 도착할 수 있었다. 정문의 옆에는 벽보가 붙어 있었고, 그 주위로 한 떼의 사람들이 모여 있었다.

"정말 오십 냥을 줄까?"

"그럼, 금 대야가 누군데. 신용 하나는 확실한 사람이잖아."

"그럼 나도 도전해 봐야겠다."

소운은 그 사람들 틈에 껴서 벽보를 확인해 보았다.

급구.
무공에 자신있는 무사를 모집. 보수는 은 오십 냥.

'음… 오십 냥이면 한 달 정도는 편안하게 다닐 수 있는 돈이겠지?'

"비켜라!"

소운의 옆에서 우렁찬 소리가 들리더니 벽보 앞에 모여 있는 사람들 앞으로 네 명의 남자들이 나타났다. 비키라고 소리친 사람은 몸집이 큰 사람이었는데, 벽보 앞에 모여 있던 사람들은 그들 네 사람이 나타나자 안색이 변하며 몸을 피했다.

"중주사귀다."

"불똥 튀기 전에 피하는 게 상책이지."

사람들은 작게 소곤거리며 자리를 피했다. 소운 역시 벽보를 다 보았기에 옆으로 자리를 피했다. 네 명의 남자는 사람들이 했던 소리를 들었는지 이렇게 말했다.

"누가 중주사귀라는 거야! 우리는 중주사협이라고!"

그들 넷 중에서 가장 큰 거한이 한켠으로 물러서 있는 사람들을 노려보며 말했다. 이들은 안정성이 속해 있는 이쪽 지역에서 중주사귀로 이름이 알려진 형제들이었다. 하는 행동은 불량배의 그것을 닮았지만 무공은 불량배급 이상이었기에 이 인근에서 유명한 자들이었다. 첫째부터 전일, 전이, 전삼, 전사로 불리우는 전씨 형제들이었다.

"전삼아, 그만 하고 저 벽보 좀 읽어봐라."

전삼은 몸집이 큰 그 거한이었다.

"뭐요? 대형, 나 글 모르잖아."

"험험, 그래? 그렇다면 그래도 어릴 적에 먹물밥을 먹은 막내 네가 한번 읽어봐라."

"대형, 이런 건 대형이 읽어야지. 서당 다니다 내팽개친 지가 언젠데. 다 까먹었수다."

"그럼… 전이야, 너는 읽을 수 있니?"

"모르우."

대형 전일의 안색이 침중해졌다. 자신들 중주사협은 다른 건 다 좋은데 이 글을 못 읽는다는 것이 조금 모자란 점이라 생각했다. 하지만 자신은 명색이 대형인데 글을 못 읽는 모습을 보이긴 싫었다. 전일은 갑자기 사람들을 둘러보기 시작했다. 중주사귀인지 사협인지 하는 자들의 옆에 모여 있던 사람들은 전일의 그런 눈빛에 저마다 고개를 수그렸다. 전일은 손을 들어 모여 있는 사람들 중에 한 사람을 지목하며 말했다.

"너! 이리 나와."

소운은 하필이면 자신을 향해 손가락질하고 있는 전일을 바라보며 무슨 일인가 했다. 전일은 그래도 사람들 중에서 똘망똘망한 눈빛을 가지고 자신을 쳐다보고 있는 소운을 지목한 것이다. 소운은 뭣도 모르고 앞으로 나왔다. 소운의 등 뒤에서 그를 쳐다보고 있던 사람들은 소운이 불쌍하다 생각했다.

"읽어라."

"네?"

전일은 소운이 반문하자 낮은 목소리로 말했다.

"두 번 말하게 하지 마라. 읽어라."

전일은 이렇게 말하고 벽보를 가리켰다. 소운은 그제야 알았다는 듯이 말했다.

"아아, 글을 못 읽어서 대신 읽어달라고요? 진작 그렇게 말하지."

불끈!

전일의 이마에 힘줄이 돋았다. 요 새파랗게 어린 청년이 감히 자신이 글을 못 읽는다고 말한 것이다. 소운은 전일의 반응에 신경쓰지 않고 벽보를 읽기 시작했다.

"무공에 자신있는 무사를 모집. 보수는 오십 냥이요. 됐죠?"

소운은 이렇게 말하곤 자리를 떠나 금 대야의 장원으로 들어가 버렸다. 갑자기 나타나서 호기심을 자극한 중주사귀가 아니었다면 벌써 들어갔을 소운이었다. 전일은 갑작스런 소운의 행태에 전신을 부들부들 떨었다. 소운이야 아무 생각 없이 내뱉은 말이었지만 듣는 전일은 그냥 내뱉은 말 정도가 아닌 것이다. 자신을 짜증나게 했던 것이다. 주위에 있던 사람들은 소운이 그냥 가버리자 너무도 황당하여 할 말을 잃었다.

"우리도 그냥 가자."

사람들 중에서 어떤 자가 말하자 그들 역시 우르르 금 대야의 장원 안으로 들어가 버렸다. 전일은 화가 치밀어 올라서 할 말을 잊고 있다가 덩그러니 자신들만 남아 있게 되자 소리쳤다.

"에이! 제기랄! 그 꼬마 녀석이 날 물 먹였다!"

막내인 전사는 그래도 중주사귀 중에 자신이 제일 똑똑하다 생각하고 있었기 때문에 상황을 냉철히 분석해서 대형 전일에게 말했다.

"대형, 그 꼬마는 글을 못.읽.는. 대형에게 글을 읽어주고 간 사람이지 않수? 물을 먹인 것 같지는 않은데?"

"뭐야? 글을 못 읽어?"

전일은 전사의 머리를 쥐어박으며 말했다.

"누가 글을 못 읽어! 나, 다 알아!"

"그럼 한번 읽어봐."

전사는 아픈 머리를 감싸 쥐며 전일에게 말했다.

"그, 그러니까……."

전일은 아까 전에 화가 치밀어 올라서 소운이 읽어준 소리를 듣지 못했던 것이다.

"저기 '오' 라는 글자 보이지? 흐흐, 내가 이래 봬도 일부터 오까지 는 쓸 줄 안다."

"그래서?"

"자식이 보채지 말고 기다려 봐. 음… 저기 오 옆에 일 자 두 개가 교차하는 것이 있으니(+)… 옳다구나, 저건 분명히 이번에 금 대야가 보수로 다섯 냥을 주고. 더 실력이 좋은 사람한테는 두 냥을 덤으로 준다는 소리다."

"그래? 그렇다면 우린 일곱 냥씩 받을 수 있겠네? 우린 네 명이니까 합치면 이십팔 냥!"

"그렇지. 역시 막내 네가 먹물을 먹어서 다르긴 다르구나."

이들은 중주사귀라 불리기도 했지만 그들을 한두 번 만나본 사람들 은 중주사 등신이라 뒤에서 몰래 소곤거리기도 했다.

"아이, 명이 사형. 늦잠을 자면 어떡해! 아침 일찍 찾아가기로 해놓 구선."

"그래도 내 덕에 이렇게 아침까지 먹고 느긋하게 갈 수 있잖아."

"뭐라구? 집에 가면 맛있는 산해진미가 가득 있는데? 아버지가 오 랜만에 아들이 왔다고 상다리가 휘어지도록 차려놓고 계실 텐데."

"뭐야? 금초, 이 자식. 진작에 말했어야지!"

"누가 말할 기회를 줬나? 아앗!"

강명은 금초의 머리를 잡고 흔들며 탄식했다. 마진은 강명이 금초의 머리를 계속 흔들어 금초가 정신을 잃을 것 같아 보이자 얼른 말렸다.

"사형, 그만 해. 금초 아버지가 맛이 간 금초를 보면 어떻겠어? 아버지 생각도 좀 해줘야지."

"그런가?"

강명은 금초의 머리에서 손을 놓았다. 금초는 강명을 째려보면서 자리를 움직여 모용신지의 옆으로 갔다.

"치이, 자기가 잘못했으면서 왜 나 갖구 시비야."

투덜거리며 다가오는 금초를 보며 모용신지는 작게 웃었다. 언제 봐도 즐거운 사형제지간이었다.

"이제 출발하자. 모두들, 준비해요."

천향혜가 작게 말했다. 그녀의 목소리는 비록 작았지만 나머지 네 명의 사람들은 그 목소리에 칼같이 반응했다. 특히 강명은 무언가 뒤가 구린 듯이 천향혜의 눈치를 살피며 자리에서 일어났다.

"특히, 강명 사형!"

강명은 그 자리에 몸이 굳었다.

"다음에도 늦게 일어나면 알아서 해요."

"으응… 알았어, 사매."

멋쩍게 머리를 긁적이며 말하는 강명이었다. 마진과 금초는 천향혜의 성격이 날이 갈수록 자신들의 사부인 천조삼을 닮아간다고 생각했다.

그들은 객점을 나와 말을 끌고 금 대야의 집으로 향했다. 그들은 정문에 도착해 말에서 내렸다. 금초는 정문의 문을 두드리며 소리쳤다.

"문 좀 열어주세요."

정문이 열리며 장원의 하인 한 명이 고개를 불쑥 내밀었다.

"누구요?"

"금초라고 합니다. 이번에 무림맹에서…….."

"네에? 어이구, 도련님! 저 모르겠어요? 탱이입니다요, 장탱이요."

세모꼴의 얼굴을 한 말처럼 얼굴이 긴 하인이 금초를 보며 기쁜 듯이 말했다. 금초는 십여 년 전에 장안 분타로 보내졌던 터라 잘 기억나지 않았지만 저 하인이 누군지 곰곰이 생각한 끝에 자신이 어릴 적에 말 대가리라고 놀렸던 하인이라는 것을 생각해 낼 수 있었다.

"너는 혹시 말 대가리?"

"네, 제가 말 대가리예요. 말대가리 탱이!"

가만히 뒤에서 듣고 있던 강명은 속으로 웃었다.

'쿡쿡, 말 대가리라는데 좋아하네?'

"아니, 이럴 게 아니지. 제가 빨리 금 대야님께 말씀드릴 테니 도련님은 천천히 오세요."

"그러지."

장탱은 허겁지겁 장원 안으로 뛰어갔다. 금초는 뒤에 있는 일행을 보며 말했다.

"어서 들어가자."

금초는 오랜만에 온 것이라 장원 안의 지리가 가물가물했지만 용케도 마굿간을 찾아낼 수 있었다. 이곳에 말을 매단 일행은 금초의 안내에 따라 금 대야가 기거하고 있는 건물로 향했다.

그들은 그곳으로 가면서 장원의 안마당에 수십 명의 사람들이 모여 있는 것을 보고 무슨 일인가 바라보았다.

"아마 아버지가 이번 일에 도움이 될 만한 무사들을 뽑고 계실 거야."

"우리로는 충분치 않나 보지?"

모용신지가 물었다.

"음… 아버지는 돈에 관한 거라면 한 치의 빈틈도 없으신 분이거든. 뭐, 많을수록 좋겠지."

"아! 비룡단원이 돼서 첫 임무가 요 금초 녀석의 아버지 재물을 보호하는 임무라니… 강호의 무슨 비밀 집단 같은 것을 파헤치는 임무라면 대찬성인데."

마진은 이렇게 말하며 마당에 모여 있는 사람들을 지나쳐 갔다.

소운은 마당에서 무사 모집에 관한 이야기를 듣고 있었다. 소운의 뒤편으로는 뒤늦게 들어온 중주사귀가 자리하고 있었는데, 중주사귀의 대장인 전일은 무사 모집에 대한 소리는 듣지 않고 소운의 뒤통수만 노려보고 있었다. 전일의 특징 중 하나는 무언가를 잡으면 끈질기게 놓지 않는 거머리 같은 성격이었다.

"…그래서 이번에 신풍의 예고장 때문에 금 대야께서는 매일 불안에 떨고 계십니다. 우리 호위 무사들로도 부족했던지 일반 무사들까지 모집하고 있는 실정입니다. 호위 무사는 일단 상중하 세 가지 등급으로 나뉘는데, 이번 모집에서는 그런 것에 상관하지 않고 신입 호위 무사로 지칭하게 됩니다. 호위 무사로 뽑히면 먼저 은 오십 냥이 지급됩니다. 그리고 나서 만약 신풍이 잡히게 된다면 추가로 은 오십 냥이 더 지급될 예정입니다. 신풍이 잡히거나, 그럴 리는 없겠지만 그의 예고장대로 금 대야의 물건을 털어 달아난다면 그 즉시 호위 무사의 일은 끝나게 되며 남고 싶은 분은 따로 저에게 말하시면 소정의 심사를 통해 정식 호위 무사가 될 수 있습니다."

이 장원의 호위를 책임지고 있는 지석천은 여기에 모여든 사람들을 바라보며 과연 인재가 있을까 걱정되었다. 급하게 공고를 붙인 것이라 많이 모이지 않은 데다가 이들의 무공 수준이 그리 높아 보이지는 않아서 금 대야가 실망할지도 모르겠다 생각했다.

하지만 지석천 자신은 지금 있는 호위 무사만으로도 충분하다 여기고 있는 실정이었다. 게다가 무림맹에서 비룡단원 넷을 보내준다고 했으니 그 신풍이라는 자가 강호에서 아무리 신출귀몰하게 날뛴다 해도 꼼짝없이 잡힐 수밖에 없다고 생각했다.

중주사귀는 지석천의 오십 냥이란 말이 머리에 충격을 준 듯 몸이 굳어버렸다.

"들었어? 오, 오십 냥이래. 게다가 잡히면 오십 냥 더 준대……."

"막내야, 계산해 보거라. 도대체 얼마냐?"

"음. 그러니까 우리가 한 명씩 백 냥을 받는다고 하면 우린 네 명이니까 사백 냥이 되는 거 같은데?"

"사, 사백 냥!"

벌어진 전일의 입은 다물어질 줄 몰랐다.

"평가는 간단합니다. 여기 우리의 상급 호위 무사들이 있는데 이들의 초식을 오 초만 받아내면 신입 호위 무사로 뽑히게 됩니다."

지석천은 이렇게 말하고 그의 옆에 서 있는 호위 무사 네 사람을 바로 서게 했다.

"그럼 앞에 있는 분부터 차례대로 시작하겠습니다. 다칠 걱정은 하지 마십시오. 상급 호위 무사들이 손속을 봐줄 테니."

이때부터 금 대야의 장원 안에서 호위 무사 모집이 시작되었다. 중주사귀는 자신있다는 표정으로 앞으로 나섰다. 소운은 자신을 거칠게 밀치고 앞으로 나서는 중주사귀를 보며 생각에 잠겼다.

'그러고 보니 나의 무공이 강호에서 어느 정도인지 통 모르겠구나. 하긴, 강호 자체에 대해서도 아는 게 없으니……'

호위 무사 넷은 검을 들어 사람들을 하나하나 상대해 나가기 시작했다. 대부분의 사람들이 삼 초를 넘기지 못하고 도망 가거나 피해내지 못했다. 개중에 운 좋게 오 초를 다 피한 사람은 지석천의 입에서 통과라는 소리가 나옴과 동시에 신입 하위 무사가 됐다. 중주사귀는 자신들의 차례를 기다리기 싫었는지 아까 전에 소운을 밀친 것처럼 앞에 있는 사람들을 밀치며 앞으로 나섰다.

중주사귀를 본 지석천의 눈빛이 달라졌다. 여태까지는 권태로운 눈빛으로 인재가 없다 여기며 하품만 쉬고 있었는데 중주사귀가 나타나자 활기가 도는 것이었다.

'저자들은 중주사귀가 아닌가? 이거 피라미들 사이에서 그나마 큰 물고기가 나타난 셈이군.'

중주사귀는 호위 무사 넷을 보며 자신들의 인원수에 꼭 맞다고 생각했다.

"그 오 초에 내가 공격하는 것도 포함이 된 거겠지?"

전일이 말하자 그를 상대하려는 호위 무사가 고개를 끄덕였다.

"후후, 그럼 조심하거라."

호위 무사는 저 삭막하게 생긴 중년인이 그렇게 말하자 자존심이 좀 상했다. 자신은 이 장원의 상급 호위 무사다. 저런 강호에서 막 굴러먹은 삼류 무사들과는 차원이 다른 것이다. 호위 무사는 이때까지 가볍게 상대하던 태도를 바꿔 전일에게는 자신이 갈고 닦은 검법을 펼치기로 마음먹었다. 전일은 가볍에 두 손을 흔들며 음흉한 미소를 지었다.

호위 무사가 이전의 사람들을 상대할 때 펼쳤던 검과는 위력이 판이하게 다른 검초를 펼치기 시작했다. 지석천은 그것을 보고 있다가 전일이 상대하고 있는 호위 무사가 너무 과하게 손을 쓰는 것이 아닌가 생각했다.

전일은 이런 지석천의 걱정과는 달리 담담하게 호위 무사의 검을 마주 잡아갔다.

'뭐야! 이 자식이 미쳤나?'

거의 호위 무사의 검과 마주 닿을 무렵, 갑자기 전일의 소매 속에서 갈고리가 튀어나왔다.

스릉―

고양이 발톱 같은 모양의 갈고리가 전일의 양손에서 튀어나와 교차하며 호위 무사의 검을 막아냈다. 호위 무사는 갑작스럽게 튀어나온 갈고리에 놀라 뒤로 물러났다. 전일은 물러나는 호위 무사를 향해 연속적으로 네 번 갈고리를 휘둘렀다. 호위 무사는 전일의 갈고리를 막는데 급급해 별다른 공격 한번 해보지도 못하고 오 초를 허비했다.

"오 초 끝. 후후후."

전일은 호위 무사를 향해 음흉한 웃음을 흘리며 돌아섰다. 지석천은 전일의 손끝을 바라보며 약간의 감탄사를 흘렸다.

"저것이 중주사귀의 맏형이라는 전일의 무기인가?"

중주사귀의 나머지 세 사람 역시 호위 무사의 오 초를 가뿐하게 받아내고는 물러났다.

"통과! 거기에 지금 통과한 네 사람은 상급 호위 무사로 임명됩니다."

지석천은 통과된 그들을 향해 말했다.

"역시 중주사귀군."

소운의 옆에서 아직 평가를 하지 않은 사람이 말했다. 중주사귀는 득의의 미소를 지으며 옆으로 물러섰다.

소운은 잠시 뒤 자신의 차례가 돌아오자 허리춤에서 목검을 꺼내 들었다.

'이 많은 사람들 앞에서 창피를 당하지 않으려면 전력을 다해야겠 지?'

소운은 네 명의 호위 무사 중 맨 오른쪽에 서 있는 사람 앞으로 다가갔다. 그 호위 무사는 아까 전에 전일에게 밀려 손 한번 제대로 써 보지 못한 자였다. 사실 이 호위 무사의 무공과 전일의 무공은 그리 차이가 나지 않았다. 하지만 이 호위 무사의 말대로 전일은 강호에서 막 굴러먹은 싸움의 경험이 많은 사람이었다. 호위 무사는 전일보다 는 싸움의 경험이 미숙했고, 또한 전일처럼 갈고리를 쓰는 무공은 상 대해 보지도 못했다. 그래서 밀리게 됐던 것이다. 강호에서의 싸움은 이같이 실력보다는 경험이 더 중요했다.

호위 무사는 아까 전에 당한 것이 분해서 그 뒤로 자신에게 오는 사 람들에게는 사정을 봐주지 않고 강한 초식으로 나갔다. 그래서 전일 이후로 이 호위 무사에게서 통과된 사람이 없을 정도였다.

"그럼 시작하세요."

소운은 담담한 마음으로 호위 무사가 공격해 들어오길 기다렸다. 호위 무사는 얼굴이 반반한 청년이 목검을 들고 자신 앞에 나타나 이 죽거리는 것이 또다시 못마땅하게 느껴졌다. 이것은 한번 화가 나기 시작하면 작은 일에도 화를 내는 일반적인 통념이 호위 무사의 안에도 자리 잡고 있었기 때문이다.

소운은 목검을 들어 올려 집중했다. 지석천은 소운을 보며 어리게 보이는 사람이 목검을 들고 나서자 어디 도장의 문하생인가 여겼다. 이곳의 호위 무사들은 대개 대문파의 속가제자이거나 안정성 내의 무도장에서도 실력이 좋은 사람들이었다. 그래서 이들을 관장하고 있는 지석천은 이 인근의 무도장에 관해서 빠삭했다.

호위 무사는 무차별적으로 소운에게 검초를 펼쳤다. 소운은 자신에게 다가오는 검을 바라보며 생각했다.

'이거 너무 느린걸? 그 노견이라는 사람의 검보다 훨씬 느린 것 같아.'

소운은 호위 무사의 검을 바라보며 이렇게 생각하고는 걸음을 한 발 움직인 것만으로 첫 초식을 피해냈다. 호위 무사는 소운이 검을 피해내자 우연이라 생각하고는 재차 이초를 펼쳤다.

'하후성이란 사람의 도법보다도 위력이 형편없이 약한걸?'

소운은 이번에는 허리를 약간 돌린 것만으로 호위 무사의 검을 피해내며 생각했다. 소운을 바라보고 있던 지석천은 그런 소운의 움직임을 보며 무척이나 놀랐다.

'군더더기없이 간단한 동작만으로 피해내다니. 저것은 상대방의 검법을 완전히 파악해야지만 가능한 일일 터인데… 설마 저 청년은 저 호위 무사가 펼치는 검법을 이미 알고 있단 말인가?'

지석천은 저 호위 무사가 어디서 왔는가 생각해 보았다.

'한번 공격해 볼까?'

소운은 목검으로 호위 무사의 목 부분을 향해 찔러 들어갔다. 초식은 없었지만 생검을 은연중에 펼치고 있던 터라 호위 무사의 호흡을 끊으며 탄력적으로 밀고 들어가는 움직임이었다.

'저건 무슨 초식이지?'

지석천은 생전 처음 보는 초식에 궁금함을 느꼈으나 이것은 무슨 무공 초식이 아니라 소운이 그냥 한번 찔러본 것에 불과했다.

소운이 그냥 한번 찔러본 것이라도 호위 무사에게는 커다란 위험으로 다가왔다. 호위 무사는 검을 들어 초식을 펼치면서 소운의 검을 막으려 했다. 소운은 호위 무사가 검으로 자신의 목검을 치려고 하자, 손목을 비틀어서 이번에는 호위 무사의 손등을 노렸다. 호위 무사는 그 짧은 순간에 이러한 움직임을 보여주는 소운의 목검을 도저히 따라갈 수가 없어서 손등을 얻어맞고 말았다.

챙그랑!

호위 무사는 검을 떨구었다. 그러자 구경하고 있던 사람들도, 한쪽 옆에서 아직까지 득의의 웃음을 짓고 있는 중주사귀도 순식간에 벌어진 일에 할 말을 잃었다. 지석천은 놀라서 호위 무사에게 달려갔다. 호위 무사는 단지 검만 놓쳤을 뿐 다행히 다치거나 하지는 않은 것 같았다. 소운이 마지막 순간에 손에서 힘을 뺀 것이다. 호위 무사는 믿기지 않는다는 표정으로 소운을 바라보았다. 소운은 호위 무사의 눈빛에 머리를 긁적이며 말했다.

"저… 통과인가요?"

지석천은 그 소리에 퍼뜩 정신이 들어 말했다.

"통과다. 거기에 자네는 상급 호위… 아니, 그 위로 해야겠군. 아무튼 자네, 이 평가가 다 끝나고 나 좀 보세나."

소운은 고개를 끄덕이고 목검을 허리춤에 다시 꽂은 뒤에 통과자들이 서 있는 곳으로 갔다. 그곳에는 이미 열 명 정도의 통과자들이 있었는데, 중주사귀가 사람들을 밀치며 소운에게 다가왔다.

"소형제, 대단한데?"

'소형제?'

소운은 아까 전까지만 해도 자신을 신경도 쓰지 않았던 중주사귀가 소형제라고 말하며 친근하게 다가오자 고소했다.

'번마 할아버지가 그랬지. 강호는 힘있는 자가 우선이라고.'

소운은 삼마들이 들려주었던 이야기를 생각하며 중주사귀를 바라보았다.

"나만큼은 아니지만 그래도 한실력 하는 것 같아."

전일은 이렇게 말하며 소운의 어깨를 쳤다. 전일은 겉으로 이렇게 말하고 있지만 속으로는 아직까지 아까 전에 소운이 했던 일을 잊지 않고 있었다. 그래서 소운에게 친한 척하며 다가오면서 은연중에 손끝에 공력을 운기하고 있다가 소운의 어깨를 치면서 함께 그 공력을 보냈다.

'흐흐, 당해봐라.'

전일은 이렇게 생각하고 분명히 소운이 고통에 찬 비명 소리를 지를 것이라 여겼던 것이다. 그런데 웬걸? 소운의 어깨를 향했던 자신의 공력이 그대로 사라지는 것이 아닌가? 마치 소운의 몸속에 공력이 하나도 없는 듯 공허한 느낌이었다.

'거, 이상하네.'

소운은 다가온 전일을 보며 한소리 했다.

"별말씀을요. 그런데 용케 글을 읽으셨나 보네요? 아까 제가 읽어드릴 때 딴생각을 하시는 듯해서 이해 못하신 줄 알았는데."

'으드득!'

전일은 머리 속을 감고 있는 분노라는 실이 끊어짐을 느꼈다. 그래서 막 소운에게 소리치려고 하는데, 평가를 하고 있던 호위 무사 쪽에서 커다란 소리가 들려왔다.

퍼엉—

"토… 통과."

지석천은 한 방에 날아가 버린 상급 호위 무사를 바라보며 쓴웃음을 지었다.

'검을 놓친 것도 모자라서 이번엔 뒤로 날아가 버리다니… 저 호위 무사, 이번에 그만 둘지도 모르겠는걸?'

지석천은 어쨌든 저 호위 무사가 그만둔다고 해도 그보다 훨씬 대단한 사람들이 나타났으니 걱정은 없다고 생각했다.

소운은 호위 무사를 일 장에 날려 버린 사람을 보며 생각에 잠겼다.

'저 남자는 갸냘퍼 보이는데 대단하구나.'

소운이 바라보고 있는 사람은 삿갓을 쓰고 있는 남자였다. 그런데 남자치고는 몸집이 좀 왜소하고 가늘어 보였다. 그 남자는 삿갓을 들어 올려 목에 걸고는 갑자기 소운 쪽을 바라보더니 씨익 웃었다.

순간 소운의 눈이 화등잔만하게 커졌다. 저 남자의 얼굴은 자신이 알고 있는 어떤 사람과 비슷했다.

"아니, 저 얼굴 하얀 사내자식이 왜 징그럽게 날 보며 웃고 있지?"

전일은 이렇게 말하며 그 남자를 쳐다보았다.

"음… 저 자식, 짜증나게 잘생겼잖아."

얼굴이 삭막한 전일로서는 얼굴 잘생긴 사람만 보면 화가 치밀어 올랐다.

'사, 사도련.'

저 남자는 남자가 아닌 남장 여인. 사도련이었다. 소운은 갑자기 어디로 숨고 싶어졌다.

'그녀가 왜 이곳에?'

"아니, 자네는 혁련휘 아닌가?"

사도련은 능청스럽게 소운에게 다가와 말했다.

"네가 어쩐 일로?"

"하하, 이거 반갑구만."

사도련은 남자의 목소리를 흉내 내며 말했으나 소운에게는 어떻게 말하건 사도련의 목소리로 들렸다.

─오빠, 일단은 정체를 숨겨야 하니까 날 남자처럼 대하라구.

'우웃!'

귓가를 울리는 전음 소리에 소운은 할 말을 잃었다.

"나, 사도풍이 이런 데서 자네를 만날 줄이야 누가 알았겠나?"

'사도풍? 가관이군.'

어쨌든 소운은 사도련의 말에 박자를 맞춰주었다.

"그래, 반갑군."

전일은 단 일 장에 상급 호위 무사를 날려 버린 사도풍이란 사내가 조금 두려웠지만 역시 소운과 마찬가지로 마음에 들지는 않았다.

"뭐야, 이거 새파란 애송이들이 나서는 꼴이라니."

전일은 자신의 나머지 세 명의 동생들을 믿고 이렇게 말했다. 넷이서 덤비면 한 사람 정도는 가볍게 이길 것이라는 생각이었던 것이다.

"뭐요?"

사도련은 전일의 말에 날카롭게 반문했다. 이때는 남자 목소리 흉

내가 제대로 되지 않아 앙칼진 목소리가 되어버렸다. 사도련은 그 즉시 자신의 실수를 깨닫고 헛기침을 하며 다시 말했다.

"험험, 댁은 누군데 그런 소리를 하는 것이오?"

전일은 가소롭다는 눈빛으로 사도련을 쳐다보았다.

"나로 말할 것 같으면 중주사협의 대장인 전일이라고 한다."

"중주사협? 들어본 적이 없는데……."

"후후, 애송이, 너의 짧은 견문으로는 알 수 없겠지만 사천성 서북부 지역에서부터 안정성에 이르기까지 우리 중주사협의 위명이 널리 퍼져 있다."

전일은 득의의 미소로 사도련을 바라보았다.

"아아, 혹시 당신들이 그 중주사귀라는 자들?"

"중주사협이다, 애송아!"

"맞아. 그 정파에서 쫓겨나 사파로 왔다가 사파에서마저 쫓겨나 무림에서 발붙일 곳이 없다던 그 중주사귀였군."

전일은 사도련의 말을 듣고 또다시 머리 속에서 분노를 관장하고 있는 실이 끊어짐을 느꼈다.

"뭐라고! 이 새파란 애송이가!"

전일은 양쪽 팔에서 갈고리를 나오게 하더니 사도련에게 공격해 들어가려고 했다. 삽시간에 소운이 있는 곳에 흉흉한 기색이 감돌았다.

"얘들아!"

전일은 무척 열받아 뵈는 게 없었으나 그렇다고 엄청난 무위를 선보인 사도련에게 무턱대고 공격해 들어갈 만큼 이성을 잃은 것도 아니었다. 대형 전일의 말에 전이를 비롯해 전삼, 전사 세 명의 형제들은 일사불란하게 전일의 옆에 섰다.

일반적으로 강호의 무슨 형제, 무슨 사귀, 오귀 하는 자들은 떼로 몰려다니며 자신들보다 강한 상대를 협공으로 물리치는 사례가 많았다. 특히 중주사귀, 이들은 한 사람을 넷이서 상대하기를 즐겨했다. 개개인의 무공이 그리 약하지도 않은 데다가 협공까지 하니 웬만한 고수들도 이들을 상대하기가 힘든 실정이었다. 그래서 전일은 자신보다 강한 상대라도 언제나 자신감을 가지고 상대할 수 있었다. 그런 맥락에서 전일이 이번에 소운이나 사도련에게 시비를 건 것 역시 뭉치면 살고 흩어지면 죽는다는 진리를 깊게 체감하고 나온 결과였다.

"이 반반하게 생긴 녀석이 우리보고 사귀란다. 버릇을 고쳐 놓자."

전일이 이렇게 소리치며 사도련에게 달려들었다. 소운은 전일이 달려들자 손을 써야 할지 말아야 할지 생각해 보았다. 방금 전의 무공 실력으로 보건대 충분히 막을 수 있을 것 같다는 생각이 들었다.

지석천은 난데없이 오늘 뽑은 사람들 가운데 가장 무공이 센 자들이 시비가 붙자 이거 큰일이라 생각했다.

"홍!"

사도련은 달려오는 전일을 향해 손을 가볍게 뿌렸다.

퍼어엉―!

너무도 간단하게 전일은 뒤로 날아가 버렸다. 전일이 공격하자마자 같이 손을 쓰려던 나머지 중주사귀들은 아연실색. 뒤로 삼 장 정도를 포물선을 그리며 날아간 전일을 보며 할 말을 잃었다.

"대형!"

소운은 사도련의 가벼운 손동작에 담겨진 이 엄청난 위력을 보고 그녀가 자신이 상대했었던 위진천보다 더 강할지도 모르겠다는 생각을 했다.

전일은 뒤로 나자빠지면서도 자신이 단 한 방에 당했다는 것이 도저히 믿기지가 않았다. 사도련은 재차 손을 움직여 중주사귀의 나머지 세 명도 나란히 전일의 옆에 처박히게 만든 후 손을 털었다.

"별것도 아닌게."

그리고는 소운을 바라보며 활짝 웃는 것이 아닌가. 분명 사도련의 웃는 얼굴은 남자로 변장하고 있다고 해도 아름다웠지만 소운은 몸이 으슬으슬 떨리는 것 같았다.

"이보게들, 그만 하게나."

지석천은 재빨리 달려왔다. 그는 오늘 모집은 이것으로 끝내야겠다고 생각했다. 떨거지들 조금 모아서 금 대야에게 시늉만 하려고 했는데 이렇게 생각지도 못한 고수들이 출현하다니. 그는 호위 무사에게 나머지 사람들을 돌려보내라고 지시했다.

"금초야!"

"아버지!"

십 년 만의 감격적인 부자 간의 상봉이었다. 그런데 그것을 지켜보고 있던 강명이나 마진, 천향혜, 모용신지는 이 감격적인 순간에 웃음이 터져 나오려는 것을 겨우겨우 참았다. 금초의 아버지인 금 대야는 금초와는 전혀 다른 모습이었다. 부자 간에 어디 한구석이라도 닮은 점이 없었다. 금초는 날씬한 몸매에 키도 강명보다 약간밖에 작지 않아서 건장한 느낌을 주는 반면에 금 대야는 너무도 몸집이 비대했다. 금초를 끌어안은 두 팔이 금 대야의 배에 밀려 등 뒤로 닿지도 못했다. 금초 역시 아버지를 끌어안은 두 손이 닿지 않았다.

하여튼 금초는 십여 년 만에 보는 아버지와의 상봉을 마치고 아버지에게 물었다.

"아버지, 그런데 살이 많이 빠지신 거 같아요."

"으응, 요즘 근심거리가 있어서."

강명은 참지 못하고 웃음을 터뜨렸다.

"쿠쿡!"

천향혜는 가뜩이나 웃음을 참느라 얼굴이 벌게져 있었는데, 강명이 웃음을 터뜨리자 그의 옆구리를 꽈악 꼬집었다. 강명은 웃음이 나오려는 가운데 옆구리에서 고통이 느껴지자 웃는 것도, 그렇다고 비명을 지르는 것도 아닌 괴상한 신음 소리를 흘렸다.

"금초야, 이들이 비룡단의 비룡사수란 분들이시냐?"

"네, 아버지. 저쪽부터 대사형인 강명 사형, 둘째 마진 사형, 셋째인 천향혜 사저, 그리고 향혜 사저와 동갑인 모용신지 형이에요. 이렇게 넷이 비룡사수라 불리고 있어요."

"흐웃, 컥! 아, 안녕하세요. 강명입니다."

"오, 그래. 요만했을 때 봤는데 이제 많이 컸구나."

강명과 마진, 천향혜는 이미 금 대야와 안면이 있었다. 금초가 어릴 적에 천조삼에게 아들을 제자로 받아달라고 하면서 강명 등과 인사를 나눈 적이 있었던 것이다.

"마진이에요, 금 아저씨."

"그래, 너도 많이……."

금 대야는 마진 역시 많이 컸다고 말하려다가 문득 마진은 어릴 적의 키 그대로인 것 같다는 생각이 들었다.

"건강해 보이는구나."

결국 이 말로 대신하는 금 대야였다. 마진은 순식간에 똥을 씹은 듯한 안색으로 변했다.

"건강? 큭큭큭!"

강명은 마진의 어깨를 두드리며 웃었다. 천향혜가 앞으로 나서며 인사했다.

"안녕하셨어요?"

"향혜구나. 그래 아버님은 잘 계시니?"

"저도 못 찾아뵌 지 꽤 돼서 잘 모르겠어요. 하지만 아버지 성격으로 볼 때 아마 잘 계실 거예요."

차례대로 세 명이 인사하고 나자 모용신지의 차례가 되었다. 그때 마진은 강명을 향해 적의의 눈빛을 불태우고 있었다.

"모용신지라고 합니다. 처음 뵙겠습니다."

"잘생겼구나. 이거 낭자들이 줄을 서겠는걸? 후후, 왕년에 내 모습을 보는 것 같은걸?"

"아버지!"

이번 말은 좀 심했는지 금초가 금 대야를 나무랐다.

"그래, 이제 모두 앉도록 하거라."

상봉의 시간이 끝나자 금 대야는 자리에 앉아 비룡단원인 그들에게 본격적인 임무에 관한 이야기를 하기 시작했다. 금초는 단지 비룡단원인 그들 넷을 안내하러 온 것이었지만 그래도 같이 앉아서 금 대야의 이야기를 들었다.

"약 한 달 전쯤이었지. 난 대청에서 이번에 서역 지방에서 새로 들여온 물품들을 목록표와 대조해 보고 있었단다. 그런데 주문한 물품 말고 한 가지 물품이 더 들어온 것을 발견했지. 단단한 상자에 들어 있는 물품이었는데 아무리 목록표를 뒤져 보아도 그 물품에 대한 표시가 없는 게 아니냐. 그래서 난 당장 이번 물건을 호송해 온 총관을 불러다가 이 물품이 무엇이냐고 물었지. 이건 빈말이지만 난 한 치의 오차라도 있으면 용납을 하지 못하는 성격이거든. 그것이 설령 나에게 이득이 되는 것이라도 오차는 용납 못해. 하여튼, 그래서 불러들인 총관이 하는 소리가 자신도 모르겠다는 거야. 그때가 밤이 늦은 시간이라 더 추궁은 못하고 내일 확인하자는 생각에 일단 접어두었지. 그리고 취침을 하려고 내 방 안에 들어가는 순간 방 안이 온통 어지럽혀져 있고 탁자 위에는 편지 한 장이 놓여져 있는 것을 발견했단다. 난 없어진 물건이 있나 살펴보았는데 전부 그대로였어. 그 편지에는 이렇게 적혀 있었지. '물건을 훔쳐 갈 테니 준비하고 있어. 신풍'. 도대체 이게 무슨 소린지 통 모르겠더라구. 신풍이라면 분명 강호에서 제일 빠르다는 그 도둑일 텐데, 왜 돈이나 보석 같은 것을 훔쳐 가지 않고 남의 장원에 침입해서 이런 편지를 남겨두었는지 말이야. 그러다가 문득 하나 남은 물품이 생각나더라구. 난 급히 대청으로 돌아가 그 물품을 확인했지. 다행히 그대로 있더구나. 난 내 물건이 아니라 손을 대려고 하지 않았지만 어쩔 수 없이 뜯어보았지. 그 안에는 열두 개의 자기 병이 단단히 고정되어 있더구나. 이 자기 병은 한옥으로 되어 있어서 망치로 내려쳐도 부서지지 않는 것인데, 거기다가 상자 안에 고정되어 보호되고 있는 것을 보니 안의 내용이 궁금해질 수밖에 없었지. 그러나 아까도 말했지만 내 물건이 아닌 것은 손을 대지 말아야겠다는 생각에 다시 상자를 닫고 생각했단다. 신풍이 이 자기 병을 노리는 이유가 무엇인지 말이다. 그것은 둘째 치고 왜 이 자기 병이 내 손에 들어오게 됐는가 하는 의문이 들었지. 다음날 난 서역에서 들여오는 물품을 책임진 상인을 불러들였지. 그런데 그가 이상한 말을 하더구나. 서역에서 어떤 라마승을 만났는데, 그가 이 상단이 어디로 향하는 것이냐고 묻길래 중원의 안정성으로 향한다고 하자, 갑자기 금 덩어리 하나와 상자 하나를 꺼내 들더니, 상자를 안정성까지 옮겨 달라는 부탁을 했다고 말이다. 그 상인은 손해 보는 것은 아니란 생각에 그 상자를 받아 나한테 오기로 된 물품들 사이에 던져 놓았다가 이곳에 도착한 뒤로 그 사실을 깜박 잊어버린 것이었지. 하지만 잊어버릴 만도 했더구나. 그 라마승은 이 물건을 안정성까지만 전해달라고 했지 누구에게 언제 전해달라는 말은 하지 않았거든. 어쨌든 난 그 상인의 말을 듣고서 이 상자 안 자기 병의 정체가 더욱 궁금해지기 시작했지. 난 그 신풍이라는 자에게 이 자기 병들을 도둑맞지 않기 위해서 나만이 알고 있는 비밀 장소에 자기 병이 든 상자를 숨겨두고 그것과 비슷한 상자를 만들어 내 방에 감추어두었지. 그리고 호위 무사들을 시켜 경계를 한층 강화했단다. 그리고 며칠이 지나자 나도 모르는 사이에 방 안에 있던 가짜 상자가 사라져 버렸어. 신풍이 가져간 것이지. 난 걱정이 되기 시작하더구나. 신풍이 그것이 가짜라는 것을 알면 또다시 이곳으로 올 텐데 우리 호위 무사들만으로는 도저히 지켜내기 힘들 것 같았지. 아나나 다를까, 신풍은 내 방 안에 다시 편지를 남겼단다. 난 그래서 물건을 팔기 위해 떠난 상인들을 보호하고 있던 호위 대장 지석천을 부르고 무림맹에도 도움을 요청했지. 그리고 따로 무사들을 더 뽑기까지 해야 했단다. 그래도 신풍이 물건을 훔쳐 갈 것 같아서 불안하더구나. 난 이 상자의 주인을 찾기 위해 서역에 다시 사람을 보냈다. 물론 그 라마승과 만났던 상인과 함께 말이다. 걱정되는 것이 있다면 신풍이라는 자에게 상자를 빼앗겨 나의 신용과 나의 일에 오점이 남는 것이란다. 난 그런 것을 바라지 않아. 오로지 신용으로 먹고 사는 이 바닥에서 비록 내 물건은 아니지만 물건을 도둑맞았다는 소문이 퍼지게 된다면 그날로 나의 사업은 무너지게 될 테니까."

금 대야의 말을 듣고 있던 모용신지는 그의 말이 끝나자 물었다.

"신풍이란 자는 쪽지를 남기면 당연히 경계를 강화할 줄 알고 있었을 텐데 왜 그런 짓을 했을까요?"

"글쎄… 나도 잘 모르겠네. 그만큼 자신이 있다는 소리겠지. 게다가 이미 두 번이나 내 방에 침입한 경험이 있으니."

"음… 단순히 도둑이 침입해서 그걸 막으라는 임무인 줄 알았는데 복잡하구나."

강명은 어지럽다는 머리를 흔들었다. 천향혜와 마진 역시 약간은 심각한 얼굴로 생각에 잠겼다. 모용신지는 계속해서 금 대야에게 물었다.

"이곳 호위 무사들의 실력은 어느 정도죠? 그들을 피해서 몰래 들어왔다면 그들이 어느 정도 수준인지 알아야 우리도 대안을 찾을 수 있겠죠."

"으음… 우리 호위 무사들은 실력에 따라 상중하로 나뉘는데, 상급 무사 중 한 명이 종남파의 이대 제자라고 하더군."

"종남파의 이대 제자? 명이 형, 우리와 예전에 시비가 붙었던 화산 오룡이 몇 대 제자였지?"

"이대 제자."

"음… 그렇다면 그 정도 수준인가?"

모용신지는 이렇게 말하며 강명을 쳐다보았다. 강명은 화산오룡이라는 말이 나오자 표정이 변했다. 모용신지는 순간 아차 하는 생각이 들어 강명에게 말했다.

"명이 형, 내가 화산오룡 이야기를 꺼낸 건……."

"됐어. 이제 우린 비룡단원이니 비룡단원답게 굴어야 하겠지."

이렇게 말하는 강명의 표정은 매우 굳어 있었다.

"그렇게 된 것이네."

지석천은 자신의 앞에 앉아 있는 여섯 명의 상급 통과자들을 보며 말했다. 소운은 그런 지석천에게 물었다.

"그 신풍이라는 사람이 그렇게 대단한 사람인가요?"

"그렇다고 볼 수 있지. 장주님의 장원에 벌써 두 번이나 침입했으니까. 이곳은 섣불리 침입할 수 있는 곳이 아니거든."

"그 사람, 강호에서 제일 빠른 사람이라고 하던데."

이번에는 남장을 하고 있는 사도련이 말했다.

"일단 물건을 훔치게 된다면 어느 누구도 잡지 못할 것이네. 물건을 빼앗기지 않도록 하는 것이 우리 호위 무사들이 할 일이지. 나머지 일은 아마 무림맹에서 파견된 비룡단원들이 처리할 테지."

지석천은 그렇게 말하며 그들 여섯 명에게 앞으로의 할 일에 대해서 설명하기 시작했다.

"일단 상급 호위 무사가 된 자네들은 이 인 일 조로 나누어서 안정성 안을 수색하는 일을 맡아주게. 수상한 사람을 보거나 신풍이라 생각되는 사람을 본다면 그 즉시 나에게 알려주면 된다네. 그리고 밤에 신풍이 나타난다면 힘을 합쳐서 그를 잡으면 되네. 만일 신풍을 잡게 된다면 그 사람에게는 특별히 은 백 냥이 추가로 지급될 것이네."

지석천의 말에 중주사귀 중 막내 전사의 입이 헤벌쭉 벌어졌다. 그런데 중주사귀의 모습은 아까 전과 많이 달랐다. 그들은 소운과 사도련의 뒤쪽에 조용히 앉아 있었는데, 사도련이 고개를 약간이라도 돌리면 움찔하고 숨을 죽였다. 완전히 고양이 앞의 쥐 신세였다.

"그럼 지금부터 시작해 주게나."

"네, 그러죠."

소운은 이렇게 대답하고는 지석천이 기거하는 건물을 나왔다. 사도련은 급히 소운을 따라나서며 말했다.

"하하! 자네는 나와 같은 조가 되는 것이 좋겠군. 그렇지 않나? 중. 주. 사. 협?"

"그렇죠. 물론 사도풍 대협과 혁련휘 대협이 한 조가 돼야죠. 우리가 어찌 끼어들겠습니까."

전일은 그 삭막한 얼굴에 어울리지 않게 벌벌 기며 사도련에게 말했다. 소운은 그런 사도련을 한번 바라본 뒤에 한숨을 푹 내쉬며 걸어갔다. 아무튼 품 안에 든 은 오십 냥이라는 돈의 무게가 느껴지자 든든한 기분이 된 소운이었다.

안정성의 상공에 한 마리의 비둘기가 날아올랐다. 그 비둘기의 발목에는 조그마한 원통 하나가 매달려 있었다.

련주 친전.

혁련휘는 현재 소 련주님과 함께 있습니다. 소 련주님이 또 련 내를 빠져나온 것 같습니다. 그들은 현재 금 대야의 장원에 있습니다.

제19장
전심전력, 대강대강

　온 마음과 온 힘을 다해서… 소운은 사도련을 설득하고 있었다.

　"련아야, 련주님이 걱정하실 게 아니냐. 게다가 겨우 구 일만 지나면 돌아갈 텐데."

　"치! 겨우 구 일이라니. 하루 오빠를 안 보니까 얼마나 심심했다구."

　"그래서 남장까지 하고 련 밖을 나왔단 말이야?"

　"그래. 척 보니까 오빠가 올 데가 여기 밖에 없을 거 같아서 왔더니 바로 보이더라 뭐."

　"으휴……."

　소운은 골치가 아파왔다.

　'빨리 도망가서 신기자 어른을 만나고 무림맹으로 가려 했더니 이거 사도련 때문에 틀어져 버리게 생겼구나. 그놈의 돈이 무언지.'

소운과 사도련은 금 대야의 장원에서 나와 안정성 안을 순찰하고 있는 중이었다. 소운이야 전날에 안정성을 돌아다녀서 길을 대충 알고 있었고, 사도련은 가끔씩 마도련을 탈출해 안정성을 쏘다녔기에 안정성 안의 지리를 손바닥 보듯 환하게 알고 있었다. 그래서 그들 두 사람은 수월하게 순찰의 임무를 수행할 수 있었다.

"오빠는 이 일 끝나고 어디로 갈 참이었어?"

"황산."

"그곳에는 왜?"

"그냥."

소운은 사도련에게 대충대충 답하며 걸어갔다.

"그럼 나도 황산으로 가야지."

"좋을 대로."

소운은 황산으로 가는 척하면서 딴 데로 새야겠다고 다짐했다.

소운과 사도련은 하루 종일 안정성 안을 돌아다녔지만 수상한 사람은 보지 못했다. 금 대야의 장원 입구에서 만난 중주사귀 역시 수확이를 없다고 했다. 그들은 호위 무사가 쓰는 숙소로 배정받았다. 소운은 사도련과 한방을 쓰게 됐는데 끝까지 극구 거절하다가 남은 방이 없다는 말에 어쩔 수 없이 수락했다.

"난 나가서 잘게."

"그게 무슨 소리요, 혁련 공자. 침상이 하나 남지 않소."

"장난하지 말고."

"헤헤, 장난하는 게 아니라 오빠가 저쪽에서 자고 난 이쪽에서 자면 되잖아."

"어떻게 다 큰 남녀가 같은 방 안에서 자니?"

"그게 뭐가 어때서? 저번에는 오빠 방에서 새벽까지 있었는데?"

"그거야 네가 이상한 약속을 하는 바람에 그렇게 된 거고."

"아무튼! 오빠가 나가서 잔다면 나도 오빠 옆에 가서 잘 거야."

'이를 어쩌나……'

소운은 애꿎은 한숨만 내쉬었다.

'그녀가 잘 때 몰래 나가야겠……'

"이게 뭐야!"

소운은 갑자기 사도련의 어이없는 행동에 소리쳤다.

"끈이지 뭐긴 뭐야."

"그런데 그걸 왜 내 팔에 묶는 거야?"

"밤에 도망갈지 누가 알아? 누가 뭐래도 다시 련으로 돌아가기 전까지 오빠는 나랑 같이 다녀야 한다구."

사도련은 끈 한쪽으로 소운의 팔을 묶고 반대쪽은 자신의 손에 쥐었다.

"조금이라도 움직임이 느껴지면 바로 일어날 테니 알아서 하라구."

사도련은 방긋 웃으며 말했다.

'이런……'

소운은 아예 포기했다는 표정으로 침상 위에 벌렁 드러누웠다.

"헤헤. 잘 자, 오빠."

사도련도 다른 쪽 침상 위에 가서 누웠다. 그녀의 손에는 소운의 팔에서 이어진 끈이 꼬옥 쥐어져 있었다.

'그녀는 혁련휘를 정말 좋아하는구나. 이제 어떡할까? 끈이야 그녀 몰래 자를 수 있다지만 그녀의 마음은 도저히 잘라낼 수 없을 것 같구나. 혁련휘야, 너는 왜 죽어가지고… 차라리 다른 사람으로 변장

할 것을.'

소운은 이렇게 생각하며 또다시 한숨을 내쉬었다.

오호는 다시 자신에게로 돌아온 비둘기를 받아서 발목에 묶여진 원통을 풀었다. 그 원통 속에는 마도련주의 서신이 들어 있었다. 오호는 작게 말려진 종이 쪼가리를 풀어 련주의 서신을 읽었다.

런아가 또 나갔단 말이냐! 금가의 장원은 우리 측 청의급 인원이 내일 습격할 것이다. 오호는 청의인들이 습격하면 런아를 보호하는 데 힘써라.

'습격?'

오호는 소운이 있는 곳이 매우 잘 보이는 금 대야의 장원 한가운데 위치한 건물 지붕 위에서 아래쪽을 살피고 있었다. 오호가 지붕 위에서 련주의 말을 다시 한 번 고심하며 생각하고 있을 때, 아래쪽에서 순찰을 돌고 있던 호위 무사 몇 명이 갑자기 소리쳤다.

"신풍이 나타났다!"

"신풍을 잡아라!"

'들켰나?'

오호는 긴장해서 몸을 지붕에 밀착시키고 전신의 감각을 깨웠다.

"저쪽으로 도망갔다!"

오호는 꼼짝도 않고 있었는데 저쪽으로 갔다는 소리가 들리자 자신은 아니라고 생각했다.

'그러면 누구지? 설마 습격인가?'

오호는 자신의 손에 쥐어진 서신을 다시 한 번 읽어보았다. 분명히 그곳에는 내일이라고 적혀 있었다.

'련주께서 착각하셨나?'

오호는 이렇게 생각하며 사도련을 보호하라는 임무를 수행하기 위해 사도련이 있는 지붕 위로 몸을 날렸다.

막 잠이 들려던 소운의 귓가에 신풍이 나타났다는 소리가 들렸다. 소운은 벌떡 일어나서 밖으로 나가려고 문으로 달려가다가 팔이 걸려 버렸다.

'으읏!'

소운은 사도련의 손과 자신에게 묶인 줄이 탱탱해진 것을 보며 이제 그녀가 일어나겠다고 생각하고 있었다.

"오빠, 가면 안 돼……."

사도련은 상체를 벌떡 일으키더니 이렇게 중얼거리고는 다시 잠자리에 누웠다.

'엉? 조금이라도 움직임이 느껴지면 바로 일어난다더니?'

소운은 가볍게 웃음을 흘리며 손에 묶여진 줄을 풀었다. 소운이 밖으로 나왔을 때는 이미 호위 무사들 대부분이 나와 있었고 지석천이 그들을 일사불란하게 움직이고 있었다.

"어떻게 된 거죠?"

"아, 혁련 공자. 신풍이 나타났네. 호위 무사 한 명이 순찰을 돌다가 빠르게 움직이는 무언가를 보았다는군. 이미 이 안에 들어와 있을 것일세."

"그래요?"

소운 역시 호위 무사들처럼 수색 작업에 동참했다. 소운이 막 장원의 뒤편으로 걸어가고 있을 때, 그쪽에서 소란스러운 소리가 들려왔다.

"신풍을 잡아라!"

소운은 얼른 뛰어갔다.

"명이 사형! 이쪽으로 달려간 것 같은데?"

"어디! 찾아봐!"

소운은 그 자리에 도착하고서 그곳에 있는 사람들을 보고는 놀라 멈추어 섰다.

'명이 사형?'

"아앗, 사형! 말만 하지 말고 좀 움직여!"

"마진아, 이렇게 한자리를 지키고 있을 사람도 필요한 거야."

강명은 횃불을 들고 공터 한가운데 서 있었다. 그 주위로 마진이 몸을 날려서 사방을 수색하고 있었고, 먼저 수색을 하고 있던 모용신지가 강명 쪽으로 다가왔다.

'명이 형… 마진 형… 신지까지…….'

소운은 순간 감격에 차올라 얼른 그들에게 달려가려고 했다. 근 이년 동안 보고 싶었던 얼굴들이라 소운의 감격은 이루 말할 수 없었다. 소운이 막 걸음을 옮기려는 찰나였다. 소운은 횃불이 미치지 않는 사각 지대에서 담장 쪽으로 무언가 희끄무레한 것이 움직이는 모습이 보였다. 어둠 속에서 눈에 보이지 않을 정도로 빠르게 움직인 것이었지만, 소운의 눈은 불회곡과 천련분으로 단련된 눈이었다. 소운은 짧은 순간에 그 모습을 발견하고는 대성을 지르며 신법을 펼쳤다.

"신풍이닷!"

소운은 빠르게 달리는 수법인 속보를 전력으로 펼쳐 순식간에 강명 등이 모여 있던 곳을 지나쳐 담장 위로 올라섰다.

"뭐야?"

강명은 무언가가 자신의 옆으로 빠르게 스쳐 가자 놀라서 말했다. 마진은 그것을 보고 소리쳤다.

"신풍이 지나갔어!"

이때 소운은 담장 위에서 그 희끄무레한 신형이 어디로 사라졌는지 찾아보고 있었다. 담장 위에는 횃불의 불빛이 미치지 않아 어두웠지만 소운의 눈에는 주변이 대낮같이 밝아 보였다. 소운의 시야에 안정성의 북쪽 지역으로 달려가고 있는 신형 하나가 포착되었다.

"저쪽인가?"

소운은 재차 속보를 펼치며 그 신형을 따라가기 시작했다. 마당에 서 있던 강명과 마진은 소운이 워낙 짧은 시간에 사라졌는지라 소운이 어디로 갔는지 확인하지 못했다. 하지만 모용신지는 담장 위에서 몸을 날리는 소운의 모습을 확인할 수 있었다.

"명이 형! 발견하면 신호탄을 터뜨릴 테니 기다려!"

모용신지는 빠르게 이 말을 내뱉고는 소운이 사라진 쪽으로 경신법을 펼쳐서 따라가기 시작했다.

한편 소운이 방을 나간 뒤에 주변의 소란스러움에 눈을 뜬 사도련은 고개를 들어 자신의 옆을 확인해 보았다.

"휘 오빠! 어디 간 거야!"

사도련은 방문을 박차고 나왔다. 밖은 신풍이 나타났다고 장원 안을 돌아다니는 호위 무사들 때문에 정신이 없어 보였다.

"신풍? 오빠는 그러면 신풍을 잡으려고 나간 건가?"

그나마 조금 안심이 되는 사도련이었다.

소운은 그 신형을 전력으로 속보를 펼치며 따라갔으나 점점 거리 차이가 많이 나기 시작했다.

"이런!"

신풍은 거의 눈에 보이지 않을 정도로 빠르게 달려가고 있었다.

'정말 엄청나게 빠르군.'

소운은 이대로 가다간 놓칠 것 같다는 생각을 했다. 앞에 가던 신형은 어느새 안정성을 벗어나 숲이 있는 쪽으로 향하고 있었다.

'큰일이다. 가뜩이나 못 따라잡겠는데 숲으로 들어간다면 놓치게 될 거야!'

소운은 이렇게 생각하고 더욱 힘을 내려고 했으나 이미 자신은 전력으로 속보를 펼치고 있는 중이었다. 더 이상의 힘을 내기란 불가능했다.

'우웃! 이 상태에서 보력심법을 펼쳐 볼까?'

소운은 한번 해보자는 생각으로 보력심법을 운용했다. 숨이 찼지만 한 모금의 숨을 들이쉰 후 단전에 있는 내공을 움직여 보력심법을 펼쳤다.

슈아앙—

그러자 소운의 귓가로 바람을 가르는 소리가 거세게 들리며 소운의 몸이 마치 일직선이라도 된 듯이 앞으로 튀어 나갔다.

'효과가 있는데!'

소운은 점점 속도가 붙었고, 이내 그 신형의 뒷모습이 보일 정도로 따라붙었다.

'이제 조금만 가면!'

소운은 거의 잡힐 듯한 그 신형을 향해 손을 내밀었다.

'그래, 이제… 우웃!'

신형은 숲 안으로 들어갔다. 소운은 아쉽게도 손가락 한마디 정도의 차이로 그 신형을 잡지 못했다. 게다가 숲 안으로 들어선 신형은 이리저리 나무를 피해 가며 빠른 속도로 사라졌다. 소운은 숲으로 들어서자마자 앞에 보이는 나무를 피하지 못하고 충돌했다.

파파방—! 콰광!

"우아악!"

소운은 속도 면에서 분명 앞선 자를 따라잡았지만 앞에 장애물이 나타나자 그자는 속도를 줄이지 않고 빠르게 피해갔던 반면에 소운은 너무도 빠른 속도를 주체할 수 없어 나무와 충돌하고야 말았다. 그렇게 소운은 나무를 부러뜨리고 앞으로 밀려 나가며 두 그루의 나무를 더 부러뜨린 후에야 몸을 멈춰 세울 수 있었다.

"아이고, 아파라……."

소운은 거꾸로 나무 밑에 처박힌 채 팔과 다리, 어깨 등 온몸이 쑤셔오는 고통을 느꼈다. 그러나 다행히도 어디 한곳 부러진 데는 없는 것 같았다.

"이런 곳에서 속보를 펼치다간 내가 먼저 죽겠어."

소운은 이렇게 중얼거리며 아픈 몸을 일으켰다.

"놓친 건가?"

"거기 서라, 신풍!"

갑자기 소운이 있는 곳으로 젊은 청년의 모습이 나타났다.

'모용신지?'

소운은 다가오는 사람의 얼굴을 확인하고는 모용신지라는 것을 알았다. 아까는 그 신형을 잡으려 하다가 인사를 못했지만 이렇게 놓친 마당에 인사나 해야겠다는 생각에 소운은 말문을 열었다.

"신지야, 반……."

"신풍!"

모용신지는 아까 전에 소운을 신풍으로 알고 따라오다가, 소운이 갑자기 너무도 빨리 사라지자 내심 놓쳤다는 생각을 하고 있었는데 숲 쪽에서 커다란 소리가 나자 바로 이곳으로 달려온 것이었다. 모용신지는 숲 입구의 나무가 부러져 있는 것을 발견하고 몸을 날렸으나 숲 안은 달빛이 비추지 않아 매우 어두웠다. 그래서 쉽사리 전진하지 못하고 있다가 소운이 말소리를 내자 신풍이라 생각하고 소리가 난 곳으로 달려온 것이었다.

모용신지는 이제는 일어선 소운의 앞으로 달려와 허리에 있는 검을 빼 들었다.

"난 비룡단원인 모용신지다. 신풍! 당신은 무공을 이용해 남의 집에 들어와 물건을 훔쳤다. 항복을 하겠는가, 아니면 나의 검을 받겠는가!"

모용신지는 이렇게 말하고 흉흉한 기색으로 소운을 바라보았다. 모용신지는 어두워서 소운의 얼굴을 잘 볼 수 없었지만 무공으로 단련이 돼 있었기에 대충은 확인할 수 있었다.

'신풍이라고? 난 신풍이 아닌데.'

"저기… 신지야, 난……."

소운은 자신의 정체를 밝히려다가 문득 자신의 얼굴이 원래의 얼굴이 아님을 생각했다. 이대로 자신의 정체를 밝힌다면 과연 모용신지가 그것을 받아들일 수 있을까 하는 생각과 함께 벌써 이 년이나 지났는데 자신을 이미 잊어버렸을 수도 있다는 생각을 했다.

'그래, 아직은 말할 수 없어.'

"난 이번에 금 대야의 호위 무사로 뽑힌 혁련휘라고 합니다."

"혁련휘?"

"신풍이란 자는 벌써 저 앞으로 도망갔습니다."

소운의 마음 속에는 그들이 자신을 기억할까 하는 의문이 생겼다. 이 년 전에는 정말 친했지만 지금은 아닐 수도 있다는 생각이 들면서 그들에게 자신의 정체를 밝히기가 꺼려졌다. 이 년 사이의 공백이 소운에게는 그들에게 다가갈 수 없는 거리감 같은 것이 생기게 한 것이다. 소운은 당당히 자신을 소운이라고 밝히고 싶었지만 그랬다가 그들이 모른 척이라도 한다면 분명 자신이 비참해질 것이라 생각됐다.

"그대가 신풍이 아니란 걸 어떻게 증명할 수 있소?"

"훗, 내가 신풍이라면 나무에 부딪쳐서 여기 이렇게 서 있겠습니까? 벌써 도망갔지."

소운은 이렇게 말하고 모용신지를 바라보았다. 이 년 만에 만난 모습이었기에 모용신지가 조금 커졌다는 생각이 들었다. 그러나 얼굴은 모든 여인의 마음을 설레게 할 정도의 영준한 모습 그대로였다.

모용신지는 소운이 눈을 들어 자신을 바라보자 그의 눈이 초록색으로 빛나고 있다는 것을 알았다.

"그, 그렇다면 어느 방향으로 도망갔소?"

"내 뒤편으로요. 아쉽지만 난 이런 숲에서 빠르게 달릴 만한 신법을 알지 못하기에 쫓아갈 수 없었습니다."

"그럼 실례하겠소."

모용신지는 소운에게 가볍게 포권해 보인 후 소운의 뒤쪽으로 신풍을 잡기 위해 달려갔다.

"벌써 한참은 도망갔을 텐데……."

소운은 엄청난 빠르기로 나무들을 피하며 달려간 그자의 모습을 떠올리며 말했다.

"후우… 어째 요즘은 한숨만 쉬는 것 같구나."

그렇게도 만나고 싶었던 그들을 만났는데 말조차 제대로 건넬 수 없다는 것이 슬퍼지는 소운이었다.

"돌아갈까? 련아가 걱정하고 있을지도 모르겠다."

이대로 혁련휘로 살아버릴까 하는 생각마저 드는 소운이었다.

─자네 대단한데?

소운의 귓가로 어떤 음성이 들렸다.

"누구냐!"

소운은 놀라서 소리가 들려온 방향으로 소리쳤다.

─날 따라잡는 자가 강호에 있을 줄은 몰랐어.

이번에는 다른 쪽에서 음성이 들려왔다.

"당신은 설마… 신풍?"

─후후, 남들이 그렇게 부르더군.

소운은 자꾸만 목소리가 이곳저곳에서 들려오자 소리쳤다.

"그럼 숨어서 말하지 말고 나와봐요!"

─안 그래도 나갈 참이었다.

소운은 그 소리를 듣고 바싹 긴장했다.

"이봐."

소운은 신풍이라는 자가 어디서 나타날까 주위를 둘러보고 있다가 자신의 등을 콕 찌르며 말하는 소리에 놀라 몸을 돌리며 허리에 차고 있던 목검을 뽑아 휘둘렀다.

"이봐, 조심하라구."

신풍은 가볍게 뒤로 피하며 말했다. 그가 좀 전에 소운에게 펼친 수법은 육합전성이라는 절기였다. 사방에서 목소리가 울려 시전자의 위치를 숨기며 말할 수 있는 수법이었다.

"당신이 신풍?"

소운은 자신의 앞에 있는 사람을 바라보았다.

"예끼, 이놈아. 까마득히 어린 놈이 감히 당신이라니!"

신풍이란 사람은 초로의 노인이었다. 체구는 작았지만 소운은 그 노인의 모습에서 섣불리 범접할 수 없는 당당한 기도를 느꼈다.

"죄송합니다, 할아버님."

"아냐아냐, 그렇다고 날 할아버지라 부르면 쓰나. 그냥 노선배라고 불러라."

소운은 흰 수염이 자라나 있는 노인을 선배라고 부르려니 이상했지만 그렇게 부르기로 하고 말했다.

"노선배님이 신풍이라는 분 맞죠?"

"아까부터 몇 번이나 물어보는 것이냐? 척하면 알아모셔야지. 내가 신풍이라니까."

"그렇다면 왜 금 대야의 집에 예고장을 보내고 물건을 훔치려 한 것이죠?"

노인은 소운의 말을 듣고 갑자기 열받은 표정이 되더니 말을 꺼내기 시작했다.

제20장
가장 빠른 신법, 가장 느린 신법

"난 소요자라는 사람으로 지난 이십 년 간의 도둑질에서 예고장을 보낸다거나, 한 번 턴 집을 두세 번 또 터는 일은 절대로 한 적이 없다. 마침 내가 안정성을 지나고 있는데 신풍이 금 대야를 턴다는 소문이 마을에 퍼져 있는 것이 아니겠느냐? 난 놀랐지. 신풍은 여기 있는데 어느 놈이 날 사칭하는지 말이다. 그래서 사실을 확인해 보려고 그 금 대야라는 자의 집에 들어갔는데, 재수없게도 보초 한 명의 눈에 발각되어 버렸지. 그 보초 놈, 무지하게 눈이 벌게져서 주변을 둘러보고 있더구만. 다른 쪽으로 들어왔다면 들키지 않았을 테지만 하필이면 그 보초의 눈에 발견이 돼서 말이야."

"그렇다면 노선배님은 전에 금 대야의 집에 들어온 적이 없다는 말인가요?"

"그렇지."

"그럴 수가. 세 번이나 침입해서 두 번은 예고장을 놓아두고 갔다고 하던데."

"그게 말이 안 된다는 거야. 누가 날 사칭하면서 내 명성에 먹칠을 하는진 몰라도 잡히면 가만 안 둘 것이다."

소운은 그렇게 된 거였구나 하면서 고개를 끄덕였다. 소요자는 주먹을 불끈 쥐고 있다가 갑자기 소운에게 전음을 보냈다.

─너한테 꼬리가 달렸구나.

"꼬리요? 제가 동물도 아니고 무슨 꼬리가……."

─이 바보 놈아, 미행이 붙었다 이 말이다!

보통의 전음은 모기만한 소리로 귓가를 간지럽혔는데, 이 전음은 보통의 전음과는 달리 귀를 쩌렁쩌렁하게 울리는 바람에 얼굴을 찌푸렸다.

─가만히 내 이야기를 듣는 척하거라.

소운은 고개를 끄덕였다.

─네 주변에서 심상치 않은 기운이 느껴진다. 도대체 이만한 정도의 인물이 따라다니다니, 네 녀석의 정체가 무엇이냐?

소운은 아직 전음을 펼치는 수법을 몰랐기에 손가락으로 바닥에다가 글을 적었다.

"모용신지 아닐까요?"

─아니다. 그 아이는 이미 숲 밖으로 나가 날 쫓느라고 열심히 달리고 있다.

"그럼 누구지?"

─너도 모른다는 말이냐? 하긴, 나조차도 감지하기 힘든 기운이니. 일단 자리를 피하자. 아까처럼 빠른 신법을 펼칠 수 있겠지?

"그렇긴 한데요, 장애물이 있으면 피하지 못해요."

―망할 놈, 가지가지 하는구나. 내가 인도해 줄 테니 따라오너라.

소요자는 갑자기 소운의 손을 잡더니 신법을 펼쳐 숲 한가운데로 들어가기 시작했다. 소운은 소요자의 인도에 따라서 그저 다리만 빠르게 움직일 뿐이었는데 신기하게도 나무들을 다 피해갈 수 있었다.

그들 둘이 그렇게 사라지자 그들이 있던 자리에 검은 그림자 하나가 나타났다.

"신풍이라……."

그 검은 그림자는 오호였다. 사도련이 자고 있는 지붕 위에 있다가 소운이 뛰어나가는 것을 보고 이곳까지 따라온 것이었다.

"대단하군. 날 알아채고 몸을 피하다니."

오호는 이미 사라진 신풍을 따라잡기는 불가능하다고 생각했다. 그는 일단 진짜 신풍이 나타났음을 련주에게 알려야겠다고 생각했다.

휘이익―

오호가 휘파람을 불자 잠시 뒤 한 마리의 비둘기가 날아왔다. 오호는 작은 침과 종이를 꺼내서 무언가를 적은 후 비둘기에 실어 날려 보냈다.

"혁련휘는 장원으로 다시 돌아오겠지."

오호는 이렇게 말하고는 다시 안정성 쪽으로 사라졌다.

소운은 소요자의 손에 이끌려서 정말 정신없이 달려갔다. 이리저리 나무를 피하는 소요자의 움직임에 소운은 정신을 차릴 수가 없었다. 눈앞에서 아름드리 나무가 무서운 기세로 다가오는데 도저히 눈을 뜰 수가 없었던 것이다. 다행히 빠른 속도로 숲을 벗어나 평지로 나서자 장애물 없이 직선으로 달릴 수 있게 되었다.

소요자와 소운은 어느 산의 중턱까지 도착해서야 달리던 것을 멈추었다.

"이제 그 기운이 느껴지지 않는구나."

"도대체 어떤 기운인데 그렇죠?"

"글쎄다. 강한 살기를 억누르고 존재감없이 조용히 지켜보고 있는 야수 같은 느낌이랄까?"

"그, 그러니까 그게 정확히 무슨 느낌이란 말이죠?"

"너는 나로 하여금 두 번씩이나 말하게 하는 것이냐? 훈련받은 자의 냄새가 났다는 말이다. 누구를 추적하거나 암살하는 자들의 냄새 말이다."

소운은 소요자의 코가 정말 냄새를 잘 맡는다고 생각했다.

"그래, 너는 널 쫓는 자의 정체가 무엇인지 짐작 가는 곳이 없느냐?"

"그게, 한 군데 있긴 있는데……."

"그게 어디냐?"

"그곳에서 저를 쫓을 리가 없을 텐데……."

"그래서 그게 어디냔 말이다!"

"마도련이요."

소운은 이렇게 말하며 생각했다.

'혹시 마도련에서 내 정체가 탄로 난 거 아닌가?'

"마도련이라고? 아니, 그 거대한 사파 집단이 왜 널 쫓는 것이지?"

"음… 불회곡에서 탈출했기 때문인가?"

"뭣이! 부, 불회곡!"

소요자는 소운의 말이 나오면 나올수록 놀람에 빠졌다.

"그 련주라는 자가 절 착각하고 납치했다가 불회곡에 집어넣었거든요."

소요자는 궁금함을 참지 못하고 계속해서 소운의 과거를 캐물었다. 소운은 소요자의 궁금증 때문에 자신의 이야기를 몽땅 하기 시작했다. 천애 고아가 돼서 무림맹에 들어간 후 일 년 간 무공 수련을 했을 때의 일, 난데없이 혈의인들의 습격을 받았다가 납치되어 마도련으로 끌려간 일, 그곳에서 사람을 잘못 데려왔다며 자신을 불회곡으로 집어넣은 일, 불회곡에서의 이 년 간의 생활과 그곳을 탈출했던 일, 그리고 밖으로 나온 곳이 하필이면 철옹성이라 불리는 마도련 속이라 나오지도 못하고 변장을 해야 했던 일, 사검각생들끼리의 비무 대회에서 우승하여 이렇게 밖으로 나오게 된 것까지 말했을 때 소요자는 한 편의 소설을 읽은 것처럼 흥미진진한 표정이 되어 있었다.

"애야, 그렇다면 넌 지금 마도련에서도 나조차 발견하기 힘든 은신술을 지닌 자에게 쫓기고 있다는 소리가 되겠구나."

"그렇게 되나요?"

소운은 머리를 긁적이며 웃었다. 소요자는 그런 소운을 바라보며 처음 봤을 때는 느끼지 못했는데 그러한 위험한 상황들을 겪어왔으면서도 이렇게 웃음을 짓고 있는 것이 정말 기이하게 느껴졌다. 소요자 자신 역시 소운보다 더하면 더했지 못하지는 않은 인생을 겪어왔었던 것이다. 소요자는 소운에게서 자신의 예전 모습을 약간이나마 발견할 수 있었다.

"웃지만 말고 이놈아, 마도련에서 추적자가 붙었다. 넌 어떻게 할 것이냐?"

"아직은 모르겠어요. 그런데 다시 마도련으로 돌아가야 할 것 같아요."

"뭐라고! 돌아가다니?"

"아직 제 정체가 들킨 것 같지는 않아요. 정체가 탄로 났다면 벌써 공격했지 이렇게 지켜보기만 하겠어요? 마도련으로 돌아갔다가 기회를 보아서 다시 나오면 되겠죠."

"네가 지금 제정신이냐? 그곳에서 어떻게 나온다는 것이냐?"

"이래 봬도 사검각 훈련생이잖아요. 게다가 그중에 무공도 제일 높다구요. 사검각의 훈련이 끝나면 다시 밖으로 나올 수 있을 거예요. 그리고 지금 도망치게 된다면 평생 쫓겨 다녀야 할지도 모르잖아요."

"다시 나온다고 해도 그 추적자가 또 따라붙는다면 따돌릴 자신이 있느냐?"

"그것은……."

소요자는 소운이 말도 안 되는 엉뚱한 말을 한다 생각했다.

소요자는 소운의 얼굴을 바라보며 잠시 생각하더니 말하기 시작했다.

"아까 전에 날 따라잡았던 그 신법은 누구에게 배운 것이냐?"

"그거요? 저를 길러준 아저씨에게……."

"아까 전의 신법이라면 분명히 강호에서 따라잡을 만한 자가 거의 없을 것이다. 하지만 그 신법도 장애물을 만나니 맥을 못 추고 느려지더구나. 그나마 평지에서 그만큼 따라오길래 기대했더니만……."

"그래도 평지에서는 노선배를 따라잡았잖아요."

"허! 너는 내가 평지에서 전력을 다한 줄 착각하고 있구나. 그것은 단지 삼 할의 힘으로 달린 것이었다."

"삼 할이요?"

소운은 소요자의 말에 눈이 휘둥그레졌다.

"후후, 내가 신법 연구를 한 지 벌써 삼십 년이다. 세상에서 가장 빠른 신법을 알고 있는 사람이 단 한 명뿐이라면 그게 바로 내가 되겠지."

"그렇게 빨리 달릴 수 있다면 금 대야의 장원에서는 왜 걸리셨나요?"

소요자는 소운의 말에 불끈해서 말했다.

"내가 실수했다고 하지 않았느냐! 그리고 내가 전력으로 신법을 펼치면 소리가 굉장히 크게 들리기 때문에 그런 곳에 숨어들 때는 안 펼치느니만 못하단 말이다."

"그렇군요……."

"좋아, 결정했다!"

"뭐를요?"

"네 녀석에게 그 마도련의 추적자에게서 벗어날 수 있는 방법을 가르쳐 주겠다."

소운은 소요자의 말에 반색하며 말했다.

"정말이요?"

"이 녀석이 속고만 살았나, 말할 때마다 꼬치꼬치 말대답은."

소요자는 이렇게 말하면서도 소운이 기쁜 얼굴을 하자 자신 역시 즐거운 마음이 되는 것을 느꼈다.

"어떻게 벗어날 수 있는데요?"

"그것은… 빨리 달리면 된다."

"네에? 그런 말도 안 되는……."

"왜 말이 안 된다는 것이냐?"

"단지 뛰기만 해서 어떻게 그들을 벗어납니까?"

"된다. 나만큼 빨리 뛸 수 있다면."

"노선배님만큼이요?"

"후후, 내가 특별히 너에게 강호에서 가장 빠른 신법을 가르쳐 주겠다."

소요자는 이렇게 말하며 주변을 둘러보더니 널찍한 장소로 몸을 옮겼다. 소운은 소요자의 뒤를 따라가며 과연 어떤 신법이길래 그렇게 자신하는지 궁금해졌다.

"아까 전에 네가 날 따라오며 펼친 신법은 궁신탄영의 일종 같더구나. 그런데 처음 보는 것이었어. 도대체 그 무공의 이름이 무엇이냐?"

"별다른 이름이 없어서 제가 속보라고 지었어요."

"원, 참내. 떨어지는 작명 수준 하고는."

"빨리 달리는 거니까 속보라고 부른 것인데 뭐 어때서요."

"알았다, 알았어. 일단은 내 말을 잘 들거라."

"네, 노선배."

그 둘의 사이는 처음 만난 것 같지 않게 어느새 마음을 터놓고 대화할 수 있는 단계까지 왔다. 소요자는 워낙 강호를 많이 돌아다녔기에 처음 보는 사람도 잠시만 대화해 보면 그 사람의 성격까지 착착 파악해 낼 수 있는 경지에 이르렀다. 그는 소운의 심성이 나쁘지 않고 착함을 일찌감치 알아본 것이었다. 소운이야 누구에게나 피해를 주지 않고 잘 대해주려는 마음가짐을 가지고 있으니 말할 것도 없고.

"난 평생을 빨리 달리는 것만을 연구한 끝에 하나의 신법을 창안해 내었다. 그 신법의 이름은 선월신보(先月神步). 해가 질 때 해가 지는 쪽으로 이 신법을 펼치며 뛰어간다면 절대로 밤이 되지 않는다는 의미에서 이렇게 이름 지었다. 달보다 먼저 앞으로 나가는 신법. 하하하, 어떠냐? 네놈의 그 속보 뭐시긴가 하는 이름과는 수준이 다름을 느끼겠지?"

"선월신보요?"

소운은 별다를 것이 없다 생각했지만 소요자의 기분을 맞춰주었다.

"대단해요, 노선배."

"지금부터 이 발 동작을 익히거라."

소요자는 넓은 공터의 바닥에 내공을 써 발자국을 새기기 시작했다. 소요자의 몸은 신중하게 움직이기 시작하더니 종래에 가서는 그 몸의 움직임을 눈으로 따라잡기 어려울 정도로 움직였다.

'헉! 저 노선배의 말이 허언은 아니구나.'

소운은 두 눈으로 똑똑히 보고 있는데도 도저히 소요자의 몸놀림을 확인할 수 없자 대단하다고 생각했다.

"자, 이제 끝났다."

어느새 멈추어 섰는지도 모른 채 소운은 자신의 앞에 서 있는 소요자를 바라보았다.

"보았느냐? 선월신보를 벌써 열 번이나 펼쳤다."

"보긴 뭘 봐요!"

"후후, 그렇지. 누가 만든 신법인데."

소운은 갑자기 궁금한 것이 생각나 소요자에게 물었다.

"저기, 그런데 이만한 공간에서 펼치는 것은 보법이라고 하지 않나요?"

"어이쿠! 요 녀석이 이런 말을 할 때도 다 있구나. 맞다. 대개 발을 이리저리 움직이며 한정된 공간에서 펼치는 것을 보법이라 하지. 그러나 이것은 보법이 아니다."

"아니라면요?"

"신법이지."

"아니, 그러니까 그 이유가 뭔지 설명을……."

"이것을 익히다 보면 자연스레 알게 될 것이야."

소요자는 이렇게만 말하고 넓은 공터에 찍혀진 발자국들을 하나하나 가리키면서 어떻게 이동해야 하는지 설명해 주었다. 소운은 그 발자국들을 따라서 몸을 움직이다가 이리저리 넘어지며 도저히 인간이 펼칠 수 없는 신법이라고 말했다가 소요자에게 욕을 얻어먹었다. 소요자가 바닥에 남겨놓은 발자국은 총 백이십팔 개였는데, 발자국을 옮길 때마다 소운은 다리가 찢어지는 고통과 허리가 꺾이는 고통을 겪어야 했다.

"노선배, 이렇게 움직이다간 잡히겠어요. 내가 펼치는 속보보다도 더 느린 것 같은데……."

"절기를 배운다는 것이 그렇게 쉬운 일인 줄 알았느냐! 어서 빨리 발자국이나 외워라!"

소요자는 아까 전의 그 가벼웠던 표정과는 달리 신법을 가르치기 시작하면서부터 신중한 표정이 되었다. 소운은 소요자의 말에 움찔하며 잘 움직이지 않는 발을 겨우겨우 다음 위치에 가져다 놓았다.

'아아… 벌써 날이 밝아오는구나. 이거 신풍을 따라 나왔다가 웬 고생이람. 아니야, 세상에서 가장 **빠른** 신법을 가르쳐 준다는데 이 정도야 감수해야지.'

소운은 나중에 마도련의 손에서 도망치기 위해 꼭 필요한 것이라 생각하며 다시 열심히 발을 놀리기 시작했다. 한 백여 번 정도를 그 백이십팔 개의 발자국을 따라서 움직였을까? 소운은 이제 다리가 찢어지는 아픔도, 허리가 끊어지는 고통도 더 이상 느끼지 않게 되었다. 분명히 다리와 허리가 아플 만큼 몸을 움직이고 있는데도 무감각해져서 통증을 느끼지 않게 됐던 것이다.

"노선배, 이제 다 외운 것 같은데요."

"바보 같은 놈, 두 시진이나 걸려서 외우다니. 좋아, 그렇다면 그 발자국을 지우고 한번 펼쳐 보거라."

"네."

소운은 발을 쓱쓱 문질러 공터에 나 있는 발자국을 모두 지웠다. 그리고 나서 소요자가 가르쳐 준 발자국 순서대로 그것을 펼치기 시작했다.

'저 녀석… 내가 삼 년이나 걸려서 완성한 신법을 잘도 펼치는구나.'

소요자는 아까와는 다르게 왠지 아깝다는 마음이 들었다. 소운이 신법을 다 펼치고 나자 소요자는 그에게 다가왔다.

"좋아. 그 정도면 됐다."

"저기, 노선배. 그런데 이거 전혀 빠르지 않은데요?"

소운은 이제는 감각마저 없는 허리에 손을 올리며 소요자에게 말했다.

"후후, 그렇지. 단지 그 발자국만을 알아서는 천하에서 가장 느린 신법이라고 할 수 있지."

소요자는 소운을 보며 뜸을 들이더니 말했다.

"그러나 이 심법과 결합하면 그 속도가 완전히 반대로 변한다."

"심법이요?"

"그렇다. 선월신법을 펼치기 위해 필요한 심법. 바로 선양심법(先陽心法)이라고 한다."

"선양심법이라……."

"후후, 달보다 먼저 해를 향해 뛰어가려면 그 태양의 밝은 빛을 정면으로 바라볼 만한 힘이 있어야 하겠지? 그래서 찾아낸 것이 바로 이 선양심법이다. 너는 지금 무슨 심법을 쓰고 있느냐?"

"태현심법으로 선천진기를 모아서, 역시 이름이 없어서 붙인 것이지만 보력심법이라는 것으로 무공을 펼치고 있어요."

"태현심법이라고? 그 도가의 비전 심법으로 내공을 연마했다는 말이냐?"

"네."

"그렇다면 너의 몸속에 있는 내공은 선천진기겠구나."

"그럴 거예요. 아마……."

소요자는 소운을 바라보며 보면 볼수록 신기한 놈이라 생각했다. 불회곡에서 탈출을 하지 않나, 그 익히기 힘든, 아니, 화기가 막혀 있는 사람이라면 익힐 수조차 없는 선천진기를 익히고 있다니 정말 놀라웠다.

현재 소운의 내공은 일 갑자 정도에 머물러 있었다. 소운이 선천진기를 수련한 지가 아직 삼 년밖에 안 됐음을 감안한다면 무척 빠른 속도였다. 하지만 소운의 내공은 현재 거기서 머물러 있을 뿐 더 이상의 진전은 없었다. 이것은 깨달음의 수련이 바로 내공의 수련인 선천진기의 특징에 의한 것이었다.

"그러나 태현심법은 몸속에 단지 진기를 축적하는 것밖에는 할 수 없는 심법이다. 무공을 펼치려면 다른 심법이 필요할 텐데…….”

“그래서 보력심법이란 걸 익히고 있다고 했잖아요.”

“흐음… 그래, 그건 또 어떤 것이냐?”

“그 보력심법을 펼치면 말 그대로 힘이 세져요.”

“힘이 세진다니?”

“아까도 속보를 펼치다가 노선배를 못 따라잡을 것 같아서 거기에 보력심법까지 펼치니 금세 속도가 올라가더라구요.”

“보력심법이라…….”

소요자는 잠시 궁리하는 듯하더니 갑자기 소운의 팔목을 잡고서 그 보력심법을 한번 펼쳐 보라고 했다.

“그걸요? 네, 그럼 해볼게요.”

소운은 소요자가 갑자기 왜 자신의 심법에 대해서 묻는지 궁금했지만 묵묵히 시키는 대로 했다. 소운은 숨을 들이키고 보력심법을 펼쳐 내공을 끌어올렸다.

“아니, 이건!”

소운의 몸속에 일어나는 변화를 지켜보던 소요자는 놀람에 차서 말했다.

“화산파의 태청강기에서 내공을 끌어올리는 수법과 비슷하구나. 그래! 그러고 보니 네가 펼쳤던 속보라는 것도 화산파의 태청신법 중에 궁소탄영이라는 수법과 똑같아.”

“화산파요?”

소운은 소요자에게 자신의 과거 이야기를 하면서 단우영에 관한 이야기는 하지 않았다. 그런데 소요자가 자신의 무공이 화산파와 비슷하다고 말하자 단우영에 관한 이야기를 해야겠다고 생각했다.

"그 무공은 전부 절 길러준 아저씨에게 배운 거예요."

소운은 소요자에게 단우영에 관한 이야기를 해주면서 자신이 펼치던 무공 중에 보력심법은 태청강기라는 것의 일부분이고 속보와 은신보는 전부 태청신법에 포함된 수법이었다는 것을 알게 되었다. 그러나 이것은 많이 변형되어 있어서 소요자 자신도 구별하기 힘들다고 했다. 또한 누군가 다른 사람이 보았다면 전혀 다른 수법이라고 해도 할 말이 없을 정도라고 했다. 소요자는 또한 소운이 태청강기를 완벽히 수련하지 않고 축기와 운기 부분을 떼어내 발기 부분만 배운 것이 다행이라고 말했다. 태청강기는 선천진기를 수련하는 것이 아닌 데다가 만약에 태청강기를 완벽히 수련했다면 지금 자신이 가르쳐 줄 심법을 받아들이기 힘들다는 말을 했다.

"하지만 그런 것이 무슨 상관이겠느냐. 이제부터 네가 배울 선양심법은 그 화산파의 태청강기보다 훨씬 대단한 것인데."

"그 선양심법이라는 것은 선월신법을 펼치기 위해서 필요한 심법이라면서요."

"그렇지. 선월신법에 가장 잘 맞는 심법이지. 그리고 또한 어느 무공으로 펼쳐도 대단한 위력을 발하는 심법이기도 하지."

"그 심법은 선천진기를 흐트러뜨리지 않나요?"

"전혀. 내가 십 년이나 강호를 주유하면서 겨우겨우 훔쳐 낸… 아니, 찾아낸 최고의 내공 운용 심법이다. 문제는 없을 것이야."

소요자는 소운에게 먼저 보력심법을 다시는 펼치지 말 것을 당부했다. 하나의 몸에 두 가지의 다른 심법이 공존하는 것은 주화입마를 부르는 위험한 일이라 했다. 그래서 소운은 선천진기를 모으는 태현심법은 어떻냐고 물었는데 선천진기는 일반적인 내공과는 달리 주화입

마라는 것이 없다고 했다. 선천진기를 수련하는 내공심법은 아무런 해가 되지 않는다는 것이었다.

"내가 지금부터 말하는 구결을 새겨듣거라."

소요자는 나직이 소운에게 구결을 불러주기 시작했다. 소운은 선양심법을 배우면서 기를 축적하는 구결은 그저 머리 속으로만 기억해 놓을 뿐 직접 하지는 않았다. 기를 축적하는 것은 태현심법으로도 충분한 것이다. 선양심법으로 수련을 한다면 보통의 내공이 쌓이게 되어 자칫 잘못하면 선천진기와 충돌을 일으킬 수 있는 것이었다. 소운은 무공을 배우면서도 이 점이 걱정되었지만 소요자는 계속해서 문제 없다고만 했다.

"자, 이제 한번 해보자."

근 세 시진을 수련한 끝에 소운은 선양심법을 펼칠 수 있게 되었다.

'과연 될까?'

소운은 걱정이 앞서는 마음으로 선양심법을 끌어올리기 시작했다.

'어엇!'

소운은 놀랐다. 몸이 위험해졌다거나 내공이 충돌해서 놀란 것이 아니었다. 위험해서 놀란 것이 아니라 보력심법을 펼칠 때와는 달리 숨도 들이쉬지 않았는데 단전에서 부드럽게 내공이 솟아올라서 전신으로 퍼져 가는 것이 아닌가? 온몸이 진기로 충만한 느낌이었다.

"선양심법을 펼쳐 본 소감이 어떠냐? 네 녀석의 내공은 선천진기니까 보통의 내공보다 훨씬 편하겠지?"

소운은 소요자의 말에 고개를 끄덕였다. 그의 몸은 지금 날아갈 것 같이 가벼운 느낌이었다.

"자, 그럼 이제 선월신법을 펼쳐 보거라."

"네, 노선배."

소운은 온몸에 고통을 주었던 발자국들을 생각해 내며, 과연 될까 하는 마음으로 선월신법을 펼치기 시작했다. 첫 발과 두 번째 발을 내밀었을 때, 소운은 아까보다 몸이 수월하게 움직이는 것같이 느껴졌다. 그리고 막 스무 번째의 발을 내밀었을 때부터 몸이 점점 빨리 움직이기 시작하더니 마지막 백이십팔 번째의 발을 디뎠을 때는 귓가에 바람 스치는 소리만 들려왔다.

"다시 첫 발을 디뎌라!"

소운의 몸에 속도가 붙기 시작했다. 소운은 자신의 몸이 정신없이 빨리 움직이는 가운데도 사물이 똑똑히 보였다.

'선양심법 때문인가? 이거 정말 빠르구나.'

소요자는 소운의 움직임을 보며 흡족한 듯이 웃음을 지었다. 그러다가 문득 생각이 난 듯 갑자기 얼굴 표정이 어두워졌다.

'내가 삼 년 동안이나 고생해서 만든 신법을 그냥 날로 가르쳐 주고 말았구나. 어이구, 아까워라.'

소요자는 이제 와서 후회해 무얼 하나 하는 마음으로 하늘을 쳐다보았다. 이미 해가 떠 중천까지 올라와 있었다.

"그만! 그만 해라!"

소요자는 신이 나서 신법을 펼치고 있는 소운을 불러 세웠다. 멈춰선 소운의 얼굴엔 땀방울이 맺혀 있었다.

"어떠냐? 이제 알겠지? 왜 강호에서 가장 빠른 신법이라는지."

"네. 정말 대단해요. 그리고 고마워요, 노선배."

"뭘, 그런 거 가지고."

소요자는 속으로 마음이 쓰렸으나 별거 아니라는 표정을 지었다.

"하지만 더욱 열심히 수련해야 할 것이야. 지금 너의 속도는 내가 삼 할의 내공으로 펼치는 속도보다 느려. 게다가 땀을 흘리다니. 선월 심법을 펼치고 나면 오히려 몸이 개운해지고 시원해져야 하는 법이야. 괜히 내 명성에 먹칠하지 말고 더 빨라지기 위해 노력하거라."

"헤헤, 그럴게요."

"그럼 난 이만 가봐야겠다."

소요자의 말에 소운이 서운한 표정이 되며 말했다.

"어딜 가신다는 거예요?"

"다음 물건을 털러 출발해야지. 내가 일 년 전에 찍어둔 물건이 있 거든."

"가짜 신풍은 잡지 않고요?"

"후후, 내 행세를 하는 놈은 그곳을 지키고 있는 네놈이 잡으면 될 게 아니냐."

"제가요?"

"그렇지."

소요자는 소운을 따뜻하게 바라보며 말했다.

"내가 점점 나이가 들어가면서 나의 이 신법을 이을 사람 한 명을 찾고 싶었는데 때 마침 너를 만나 이렇게 신법을 전해주니 홀가분하 구나. 이 신법을 강호에 해악한 일에 쓰진 말거라."

소운은 당연하다는 듯이 고개를 끄덕였다.

"인연이 있으면 또 만나겠지. 하아암… 밤을 꼬박 새웠더니 졸립구 나. 어디 가서 잠이나 잔 뒤에 물건을 털러 가야겠다. 그럼 난 이만 가 보마."

"노선배……."

소운은 소요자가 정말 고마웠다.

"어이쿠! 그리고 보니 네놈의 이름조차 제대로 알지 못하는구나."

"소운이에요."

"그래, 다음에 만날 때는 그 얼굴 가죽 뒤에 숨어 있는 진짜 얼굴로 만나자꾸나."

"네, 노선배……."

소요자는 눈 깜짝할 사이에 소운의 시야에서 사라졌다. 소운은 오랜만에 느껴보는 따뜻한 감정에 눈시울이 붉어지려는 것을 참았다.

"헤헤, 아저씨, 세상에는 좋은 사람들이 참 많은 것 같아요."

소운은 맑은 하늘을 바라보며 하늘에 있을 그에게 이렇게 말했다.

제21장
침입(侵入)

소운은 멍하니 산 중턱에 앉아 생각에 잠겨 있다가 문득 장원에 있는 사도련이 생각났다.

'아앗! 묶어놓은 끈을 풀고 도망갔다고 생각하겠는걸? 그녀가 또 무슨 일을 벌일지 몰라. 빨리 가보자.'

소운은 전력을 다해서 안정성으로 돌아가기 시작했다. 안정성으로 향하는 길에 숲을 지나쳤는데 소운은 그 숲 사이를 절묘하게 피해내며 빠른 속도로 달려갔다. 소요자의 선월신법은 정말이지 대단히 빨랐다.

"후우, 일단 여기서부터는 걸어가야지."

안정성의 입구에 도착한 소운은 남들의 눈도 있기에 천천히 걸어서 들어가기로 했다.

"벌써 시간이 이렇게 됐네?"

소운은 중천에 머문 해를 바라보며 말했다.

꼬르륵—

"밤을 꼬박 새우며 연습했더니 배가 고프구나."

소운은 금 대야의 장원을 향해 걸어가다가 코를 자극하는 음식 냄새를 맡게 되었다.

"그래, 기왕 늦은 거 여기서 먹고 가자."

지금이 한창 더울 때라 거리에는 사람들이 많이 나와 있지 않았다. 소운이 객점의 문을 열고 들어가니 더위를 피해 들어온 사람들로 붐비고 있었다. 소운은 빈자리가 있는 곳을 확인하고 그리로 가서 앉으려고 했다.

"아앗! 오빠!"

두근. 소운은 직감적으로 자신을 부르는 목소리가 자신이 두려워하고 있는 상대라는 것을 알아챘다.

"오빠! 여기야, 여기!"

"사도련……."

소운은 갑자기 이 객점으로 발을 돌린 자신이 후회가 됨을 느꼈다. 사도련은 멍하니 서 있는 소운 앞에 다가와 말했다.

"어제 어디 갔었어! 나 잠자는 사이에 그렇게 몰래 방에서 나갈 수 있는 거야!"

그녀의 목소리는 대단히 컸기 때문에 객점 안의 사람들이 모두 듣게 되었다. 그리고 저마다 술렁거리기 시작했다.

"저런 미녀와 한방을 같이 쓰다니."

"쯧쯧, 저 남자가 미쳤구만. 나라면 얼씨구나 같이… 흐흐흐."

사도련은 흥분했음인지 두 손을 허리에 올리고 소운을 째려보고 있었다. 주변의 시선은 부럽다는 눈초리였으나, 정작 당사자인 소운은 어찌할 바를 모르고 안절부절못하고 있었다.

"오빠가 그렇게 도망가면 내가 못 찾을 줄 알았어? 아침에 알아보니까 저분들 중에 한 분이 오빠를 봤다기에 오늘까지 안 오면 찾아 나서려고 했다구."

'저분들?'

소운은 사도련이 흥분한 가운데 손짓한 '저분들'이란 사람들을 바라보았다.

'명이 형? 마진하고 모용신지에 천향혜까지? 어떻게……'

사도련은 밖에 나와 신풍을 찾는 수색에 동참했다가 신풍의 종적을 발견할 수 없자 다시 방 안으로 돌아왔다. 그리고는 밤새도록 소운을 기다렸으나 나타나지 않자 아침부터 부랴부랴 수소문해서 장주의 숙소에 기거하고 있는 강명 등을 만나게 되었다. 사도련은 이때 너무 급하게 나오느라 남장하던 것이 풀어지는 바람에 나중에 금 대야의 식솔들과 지석천에게 설명을 하느라 진땀을 빼기도 했다. 중주사귀는 사도련이 여자임을 알고 나자 여인에게 당해서 벌벌 기었다는 것을 분해했지만 역시 무공이 딸려 별다른 말 한마디 꺼내보지도 못했다. 모용신지는 어젯밤에 신풍을 따라가다가 만난 사람에 관한 이야기를 해주었고, 그의 눈이 초록색으로 빛났다는 것까지 말해 주었다. 그러자 사도련은 그 사람이 자신의 오빠 혁련휘라고 말했다.

"응? 오빠! 이번 한 번만 봐주는 줄 알어."

"고마워, 련아야."

왜 고마워해야 한단 말인가? 하는 생각을 하며 소운은 몸을 일으켰다.

"련아야, 그런데 저분들은 누구시니?"

"저분들? 몰라. 무림맹에서 나온 분들이라고 하는데."

사도련은 재빨리 소운의 귓가에 전음을 보냈다.

—비룡단원이래. 오빠가 속한 사검각과는 철천지 원수지간이잖아. 싸우지 마. 일단은 오빠를 은거기인의 제자라고 했으니까.

'싸워? 나도 원래는 저들과 함께 비룡단원이 됐을지도…….'

—일단 내 이름은 사련이라 했고, 오빠 이름은 그대로 혁련휘라고 말했으니까 잘 기억해 둬.

"그런데 언제 남장을 풀었니?"

"몰라! 오빠 때문이라니까."

사도련은 이렇게 말하고 소운과 함께 그녀가 원래 있었던 자리로 돌아갔다. 그곳에는 강명과 마진, 모용신지와 천향혜가 이야기를 나누고 있었다.

"사형, 그러니까 수색을 할 때는 가만히 서서 빈둥거리지 말고 좀 알아서 움직이란 말이야."

"그게 무슨 소리야! 어제도 나 아니었으면 어떻게 신지가 그 신풍의 뒤를 따라갔겠어."

"명이 형, 내가 따라간 건 신풍이 아니라 혁련휘라는 사람이었어."

사도련은 그들에게 다가가더니 말했다.

"많이들 기다렸지요? 이분이 혁련휘예요."

사도련의 말에 그들 넷은 소운을 바라보았다.

'직접 그들을 대하는 것이 얼마 만인가?'

소운은 그들을 만나게 되어서 기뻤지만 한편으론 슬프기도 했다. 자신의 본래 모습으로 당당히 만나지 못하고 이렇게 다른 사람의 모습으로 대해야 하다니.

"우와~ 사 낭자의 말대로 신수가 훤한데?"

"아무리 그래도 어디 신지만 하겠어?"

소운은 그들의 얼굴을 살피며 지난 이 년 사이 다들 많이 자랐다고 생각했다. 그러나 마진은 키가 그대로인 것 같아서 안스러운 마음도 들었다.

"혁련휘라고 합니다."

"모용신지입니다. 어제는 실례했습니다."

"뭘, 그런 걸 가지고……."

"이쪽부터 강명, 마진, 천향혜라고 합니다."

"아, 네. 반갑습니다."

"반가워요."

간단한 인사가 끝나고 소운은 자리에 앉았다. 강명은 소운이 자리에 앉자마자 목소리를 낮추어서 그의 귓가에 물었다.

"그런데 사 낭자와는 어디까지 간 거요?"

"어디까지?"

"아, 거 왜 있잖우. 남녀 간에 한방을 쓰면 자연스레… 으흐흐."

"사형! 지금 무슨 소릴 하는 거예요!"

강명은 천향혜의 말에 움찔하여 소운의 귓가에서 입을 떼었다. 소운은 강명이 저러는 모습이 하나도 변하지 않았다고 생각했다.

"음식 나왔습니다."

점소이가 쟁반 하나 가득 음식을 담아서 날라왔다. 소운은 잠시 잊고 있던 배고픔이 다시 살아나는 것을 느꼈다.

"와아! 맛있겠다."

강명은 이렇게 말하며 젓가락을 쥐고 먹을 준비를 했다. 소운은 자신도 빨리 옆 탁자로 옮겨서 음식을 시켜야겠다고 생각하고 몸을 일으키려 했다.

"자네도 식기 전에 어서 들라구."

강명은 소운을 보며 이렇게 말했다.

"전 따로 음식을 시키는 게……."

"아이쿠, 무슨 그런 섭섭한 말을. 우리가 이래 보여도 음식은 많이 안 먹는다구. 뭐, 저기 향혜 사매는 열받으면 엄청나게 먹어대지만. 오늘은 열 안 받은 거 같은데?"

"뭐라구요? 사형!"

천향혜는 어찌 된 일인지 강명이 주절거리는 소리만큼은 하나도 남김없이 들었다.

"하하하, 말이 그렇다는 거지."

웃고 있는 강명의 이마엔 식은땀이 흘렀다.

소운은 강명 등과 이야기하면서 이 년 전의 생활이 너무도 그리워졌다. 지금은 그들과 거리감이 있지만 그때만 해도 아무 거리낌 없이 즐겁게 지내지 않았던가. 소운은 하루빨리 본래의 모습을 찾고 자신이 하고 싶은 일을 해야겠다고 생각했다.

식사를 끝마치고 그들과 헤어진 뒤 소운은 호위대장 지석천을 찾아갔다. 신풍에 관한 것을 이야기하기 위함이었다. 비록 그들과 더 이야기하지 못하는 것이 아쉬웠지만 현재로서는 혁련휘로 행세할 수밖에 없었다. 사도련 역시 소운을 따라서 지석천에게 갔다.

"뭐라 했소? 장원에 침입하는 자가 신풍이 아니라고 했소?"

"그렇습니다. 금 대야의 침소에 침입한 사람은 신풍을 가장한 다른 사람입니다."

"혁련 공자는 그 이야기를 어디서?"

"신풍을 직접 만났습니다. 그가 이야기해 주더군요. 자신을 사칭한 자를 꼭 잡으라고."

"그럴 수가……."

침중한 안색이 되어버린 지석천이 말했다.

"장원의 경비를 더욱 강화해야겠소. 분명히 신풍을 사칭하면서도 이렇게 당당히 예고장을 보냈다는 것은 이 일에 자신이 있다는 얘기. 어째 예감이 좋지 않아."

"저희들도 이곳을 지켜야 할 것 같습니다. 안정성 내에 수상한 사람이라고는 눈에 띄지도 않는 데다가 차라리 이곳을 지키는 편이 더 안전할 것 같군요."

"그렇게 해주겠소, 혁련 공자?"

지석천은 이 혁련휘라는 사람과 여자로 밝혀졌지만 대단한 무공을 지닌 사련이라는 여인이 있다면 지켜내기가 훨씬 수월할 것 같았다.

"네. 어차피 많은 돈을 받았으니 그만큼 값을 해야죠."

이렇게 말하며 웃는 소운이었다.

소운과 사도련은 지석천의 방을 나와서 상급 호위 무사들이 지내는 곳으로 향했다.

"오빠, 많은 돈을 받았다니? 고작 은 오십 냥이잖아."

"그 정도면 많은 돈 아니야? 밥만 먹는다면 적어도 다섯 달은 먹을 수 있는 돈이잖아."

"뭐? 그럼 만두 같은 것만으로 다섯 달이나 먹으며 버틸 수 있다는 말이야?"

"만두뿐만이 아니라 소면도 있고 소채도 있고……."

"참내, 그런 걸 먹고 어떻게 살아."

"맛있기만 하던데 뭘."

"그럼 나중에 내가 그런 음식들만 해줘도 다 먹을 거야?"

소운은 가만히 사도련의 말을 듣다가 좀 이상하다 생각되었다.

"련아, 네가 음식을 해줘?"

사도련은 갑자기 마음에 있었던 말이 튀어나오자 얼굴이 붉어졌다.

"에이, 몰라! 둔하긴."

이렇게 말하고 먼저 앞으로 뛰어가 버리는 사도련. 소운은 사도련이 처음으로 자신의 곁을 먼저 떠나자 이거 좋은 방법이구나 생각했다.

"후후, 음식을 해달라니까 도망가는구나. 나중에는 평생 음식을 해달라고 졸라서 완전히 날 싫어하게 만들까?"

밤이 되자 금 대야의 장원 사방에 고요함이 찾아왔다. 하지만 이 고요함 속에는 쉽게 접근할 수 없는 긴장감이 맴돌고 있었다. 장원의 호위 무사들은 경계를 강화해 절대 신풍을 놓치지 말라는 지석천의 추상 같은 명령에 소리없이 눈만 부릅뜨고 장원 안을 순찰하고 있었다.

소운은 잠이 오지 않아서 오랜만에 태현심법을 수련했다. 태현심법을 수련하니 몸 안에 있던 진기가 온몸을 따라서 이동하는 것이 느껴졌다. 그러나 전처럼 몸 안에 퍼져 있는 선천진기들이 모이는 것 같지 않았다. 소운은 여러번 태현심법을 시전해 보아도 선천진기가 모이지 않자 이상하게 생각하며 그만두었다.

'아마도 신기자 어르신이 말씀하신 것처럼 한번에 되는 것이 아니

라 꾸준히 노력해야만 다시 선천진기가 모아질 거야.'

소운이 현재까지 수련해서 내공으로 만든 잠재된 선천진기는 삼 분의 일 가량이었다. 전체를 십 할로 치면 삼 할이 약간 넘는 정도였다. 소운은 그것만으로도 자신의 무공이 상당히 세졌다고 생각하여 불회곡을 나온 뒤로 수련을 게을리 했었다. 하지만 자신은 갈 길이 멀었다. 마도련의 손에서도 벗어나야 하고, 단우영의 무공을 세상에 보여야 했다.

이 정도에 만족해선 안 되겠다고 다짐하는 소운이었다.

땡땡땡—!

이것은 호위 무사들이 긴급함을 알리는 신호였다. 소운은 그 소리를 듣고서 신풍을 가장한 자가 들어왔을 것이라 생각하고 탁자 위에 놓여진 목검을 들었다.

"으아악!"

밖에서 비명 소리가 들리며 혼란스러운 상황이 된 듯했다. 소운은 급한 마음에 문을 박차고 나섰다.

"오빠! 무슨 일이야?"

사도련이 옆방에서 나오며 소운을 보고 소리쳤다. 그녀는 여자임이 밝혀진 뒤로는 어쩔 수 없이 소운과 각방을 쓰며 다른 방에 들어가 있었다.

"나도 모르겠어. 비명 소리가 들렸는데?"

"크아악! 습격이다!"

소운은 비명 소리가 또다시 들리자 그쪽으로 신법을 펼치며 달려갔다.

"오빠, 같이 가!"

사도련은 소운의 신형이 순식간에 사라지는 모습을 보며 이렇게 말했다.

"쿨럭! 이놈들……!"

"크흐흐… 금 대야는 어디 있나?"

소운이 도착한 곳에는 호위 무사 세 명이 쓰러져 있고, 나머지 한 명이 청의인의 손에 목이 잡혀 담장 벽에 기댄 채 다리를 바둥거리고 있었다.

"내가 그걸 말해 줄 것 같으냐!"

"후후후, 그래? 그럼 말하지 마."

청의인은 이렇게 말하고 간단히 손을 움직여 호위 무사의 목을 꺾어버렸다.

"너 말고 물어볼 사람은 많거든."

"이놈! 사람을 죽이다니!"

이곳에 도착하자마자 목격한 상황에 소운은 청의인을 무섭게 노려보았다. 담장 밑에 서 있던 청의인은 갑작스런 소운의 출현에도 전혀 놀라지 않고 말했다.

"그래, 네놈한테 물어보면 되겠구나."

"넌 누구냐!"

"나? 신풍이지. 큭큭큭!"

"거짓말 하지 마! 넌 신풍이 아니야!"

"신풍이 아니라고? 아니면 말고."

청의인은 이렇게 말하며 손톱을 세워 소운에게 달려들었다. 소운은 청의인의 순간적인 공격에도 침착하게 몸을 움직여서 피했다.

"신풍을 사칭한 이유가 뭐지?"

"몰라도 된다."

청의인은 재차 손톱으로 소운을 할퀴어갔다. 청의인의 손톱 끝에 초록색의 가루 같은 것이 묻어 있었는데 쓰러진 호위 무사 세 명의 가슴에는 시퍼런 손톱 자국이 나 있었고, 그 주위가 녹아 들어가고 있었다. 청의인의 손톱에는 무서운 극독이 발라져 있었던 것이다.

"까아악!"

'사도련의 비명 소리다!'

소운은 청의인의 손을 재차 피해내며 그 소리를 듣게 되었다.

'침입한 자가 한 명이 아니란 말인가?'

당연히 신풍을 가장한 사람 한 명뿐일 줄 알았던 소운은 낭패라고 생각했다. 여럿이서 들어왔다면 벌써 금 대야의 방 안까지 칩입했을 수도 있는 것이다.

"죽어라!"

청의인은 두 번씩이나 자신의 손을 피한 소운을 향해 소리치며 공격해 들어왔다.

'이런!'

수월하게 피하던 소운은 이번 청의인의 살기가 담긴 공격에 놀라며 소수마공을 펼쳤다. 소운의 손에서 흰빛이 나며 청의인의 손과 마주쳤다. 청의인은 소운의 손과 자신의 손이 부딪치게 되자 희열이 담긴 얼굴이 되었다. 바로 자신의 손톱에 발라진 극독 때문이었다. 그러나 청의인의 희열이 섞인 얼굴은 금세 똥 씹은 표정으로 변해야 했다.

채쟁―

소운의 소수에 청의인의 손톱이 모두 부서져 나갔다. 청의인은 부러져 나간 손톱을 망연자실 바라보았다.

"사람을 함부로 죽인 대가다!"

소운은 재빠르게 손에 들고 있던 목검을 청의인의 천정혈(목젖 부근)을 향해 찔러 들어갔다. 소운의 목검은 마치 고무처럼 쭈욱 늘어나는 듯하더니 어느새 청의인의 천정혈에 닿아서 그 위력을 과시했다.

"헉!"

청의인은 목 부근을 맞아서 제대로 된 비명 한번 지르지 못하고 담장 쪽으로 날아가 처박혔다. 그리고는 곧바로 정신을 잃어버렸다.

"됐어. 사도련에게 빨리 가보자!"

소운이 찌른 이 한 수에는 생검의 묘리가 담겨져 있었다.

사도련은 소운을 따라가다가 갑자기 나타난 청의인의 손에 막혀서 소운을 따라가지 못했다. 사도련은 갑자기 나타난 이 청의인이 어디서 많이 본 듯한 복장을 하고 있는 것을 보고 잠시 생각에 잠겼다. 그러나 청의인은 사도련이 생각할 시간조차 주지 않고 공격해 들어왔다.

'맞아! 련 내의 청의급 무사들이 저런 복장을 하고 있었어!'

사도련은 이렇게 생각하면서 설마 아버지가 자신을 찾기 위해서 그들을 파견했나 하는 의구심이 들었다. 그러나 그런 것 같지는 않았다. 련을 자주 나와본 사도련이었지만 이렇게 이틀 만에 아버지가 자신을 찾으러 사람을 보낸 적은 없었다. 그사이 청의인은 사도련의 면전에 도달해 검을 휘두르고 있었다. 사도련은 장을 펼치려다가 차마 같은 마도련 사람에게 실수를 펼칠 수 없어 뒤로 피했다. 그런데 청의인은 계속해서 공격을 하는 것이 아닌가? 사도련은 청의인이 자신을 알아봤다면 이럴 리가 없다고 생각하며 자신이 사도련임을 밝히려고 피하던 신형을 멈추었다.

"이봐! 내가 누군지 알고……!"

청의인은 사도련이 말을 하든 말든 간에 검을 들어 공격을 해왔고, 사도련은 막 말을 하려는 찰나에 검이 날아오자 피하지 못하고 비명을 질렀다.

"까아악!"

사도련은 이제 죽었다 생각하고 눈을 감았다. 검이 막 사도련의 목으로 날아오는 순간, 그녀의 등 뒤에서 흰빛이 번쩍이며 청의인의 검을 쳐냈다.

"괜찮아요, 사 낭자?"

모용신지가 사도련의 앞으로 나서며 말했다.

"아아, 네."

사도련은 십 년 감수했다는 듯이 가슴을 쓸어 내렸다. 마도련으로 돌아가면 반드시 저 청의인들을 잡아서 족쳐야겠다고 다짐했다.

"너희들은 누구냐!"

모용신지는 자신의 검을 받고 물러선 청의인을 바라보며 소리쳤다. 모용신지는 이곳으로 오면서 벌써 두 명의 청의인과 마주쳤었다.

"호위 무사 중에 너 같은 놈은 없다 들었는데."

청의인은 이렇게 중얼거리며 품에서 호각을 꺼내 불었다.

휘이익—

청의인이 호각을 불자마자 그 청의인의 주위로 두 명의 청의인들이 더 나타났다.

'저건 위험할 때 동료를 부르는 신호잖아?'

사도련은 이렇게 생각하며 일단 자신을 죽이려 했던 청의인을 손봐

쥐야겠다 다짐하고 앞으로 몸을 날렸다. 모용신지는 청의인에게서 정보를 더 얻어내려다가 무턱대고 공격해 들어가는 사도련 때문에 뭐라 말하지도 못하고 손을 써야 했다.

"받아랏!"

사도련은 손을 모아서 장법을 펼쳤다.

퍼엉─!

사도련은 가벼운 손짓 한번이었지만 청의인은 엄청난 위력의 장을 받아내야 했다. 그래도 세 발짝이나 물러서며 겨우겨우 막아낸 청의인은 연속적으로 네 번이나 장을 날리는 사도련의 모습에서 전의를 상실해야 했다. 모용신지는 검으로 나머지 청의인 두 명을 상대했다.

'사 낭자의 저 무공은 대단하구나.'

가볍게 손짓하는 듯한데 거기서 나오는 위력은 장난이 아니었다. 모용신지는 저러한 특징을 가진 장법을 어디서 많이 들어보았다 생각했다.

"천검!"

모용신지의 검이 무수히 많은 변화를 일으키며 청의인 두 명을 압박해 들어갔다. 모용신지의 검은 점점 더 많은 변화를 일으키더니 종래에는 마치 하늘을 뒤덮을 듯이 수많은 검의 형상을 만들어내었다.

"우아악!"

청의인들 중 한 명이 검을 피하지 못해 가슴에 상처를 입고 쓰러졌다.

퍼어엉! 펑! 펑! 펑!

이때 사도련이 시전한 네 번의 장이 그녀를 공격했던 청의인의 몸에 격중했다. 청의인은 방금 전의 장도 제대로 막지 못한 데다가 또다시 네 번의 장이 날아오자 몸을 최대한 숙이고 바닥을 굴렀으나 처음의 장만 피했을 뿐 그 뒤 세 번의 장은 고스란히 몸으로 받아야 했다. 그 청의인은 사도련의 장에 완전히 바닥에 붙어서 피떡이 되어버렸다.

"까불고 있어."

사도련은 이렇게 말하고 손을 탁탁 털었다.

모용신지는 두 명의 청의인 중 한 명을 쓰러뜨린 뒤에 곧 나머지 한 명도 천검을 시전해 바닥에 눕혀 버렸다. 그 둘은 순식간에 청의인 셋을 해치운 것이다.

'으윽! 저 청의인은 못 봐주겠군.'

바닥에 뭉개져 버린 청의인을 바라보며 모용신지는 인상을 찌푸렸다. 그는 정말 무서운 무공을 지닌 사 낭자라고 생각했다.

소운이 사도련과 모용신지가 있는 곳에 도착했을 때는 이미 상황이 끝난 후였다. 소운은 뭉개져 있는 청의인을 바라보며 사도련이 왜 비명을 질렀을까 생각해 보았다.

"혁련 형제! 그쪽에도 청의인들이 침입했습니까?"

모용신지는 이곳에 나타난 소운을 보면서 말했다. 소운은 사도련의 안전을 확인한 뒤에 모용신지의 말에 대답했다.

"네, 호위 무사 넷이 당했어요. 참! 금 대야는 어떻게⋯⋯."

"걱정 말아요. 그곳은 지 대협과 명이 형, 향혜가 지키고 있으니까."

휘이익—

호각 소리가 들려왔다.

"마진이 있는 쪽 같은데? 빨리 가봐야겠어요."

모용신지는 소운에게 말했다. 소운 역시 호각 소리를 듣고서 모용신지에게 말했다.

"전 일단 금 대야가 있는 쪽으로 가볼게요. 련아야, 넌 모용 공자를 따라가 도와주도록 해."

"싫어. 난 오빠를 따라……."

그러나 소운은 벌써 사라지고 없었다. 모용신지는 순식간에 장내에서 사라진 소운을 보며 생각했다.

'어제보다 더욱 빨라진 것 같구나. 저 혁련휘라는 사람과 사련이라는 사람은 나와 비슷한 나이처럼 보이는데 하나같이 무공 실력이 뛰어나구나.'

천하제일가의 둘째 아들로 누구 하나 부러울 것이 없던 무공 실력을 가지고 있는 모용신지가 소운과 사도련을 보며 감탄했다. 그러나 아마 모용신지가 이때 사도련의 정체를 알았다면 단지 감탄만 하지는 못했을 것이다. 사도련은 마도련주 사도굉의 딸이었으니 말이다.

금 대야가 있는 쪽은 모용신지의 예상대로 별 위험은 없었다. 다섯 명의 청의인들이 금 대야를 노리고 공격해 왔지만 지석천과 강명, 천향혜에게 가로막혀서 별다른 위협이 되지 못했다.

"저런 망할 년이!"

청의인 중의 한 명이 이렇게 소리치며 급히 몸을 피했다. 천향혜는 그 청의인을 바짝 추격하며 검을 휘둘렀다. 청의인은 천향혜의 검을 감히 마주칠 생각도 못하고 피하기에 급급했다. 청의인이 이렇게 피하기만 하는 데는 다 이유가 있었다. 바로 천향혜의 허리에서 뽑혀 나온 연검 때문이었다. 처음에 청의인은 천향혜가 연약한 여자라고 생각하고 단번에 끝내려고 검을 휘둘렀다. 그런데 천향혜의 검과 마주

치자 종이 잘리듯 삭둑하고 잘려 나가는 자신의 무기를 보며 무척 놀랐다. 천향혜의 검은 그 날카로움이 타의 추종을 불허하는 보검이었던 것이다.

지석천은 금 대야의 옆에 서서 검법을 펼치는 천향혜를 바라보며 감탄했다.

'연성검이라… 과연 삼대 보검 중 하나군.'

천향혜가 세 명의 청의인을 상대했고 강명은 혼자서 두 명의 청의인을 상대하고 있는 중이었다. 청의인들은 처음에 젊게 보이는 애송이 두 명이 공격을 해오자 다섯 명 중 두 명이 각각 그들을 상대했다. 그러나 그들의 무공이 상상 외로 세자 그들 다섯이 전부 달라붙어 싸우기 시작했다.

천향혜의 검을 겨우겨우 피한 청의인 한 명은 품 안에 손을 집어넣어 침을 한 움큼 잡고는 천향혜에게 뿌렸다.

"아니, 저런!"

천향혜를 보고 있던 지석천은 암기를 쓰는 청의인을 보고 놀라서 소리쳤다.

'암기?'

막 검법을 펼치고 있던 천향혜는 검을 펼치고 있는 손의 반대쪽인 왼손을 들어서 기이한 장법을 펼쳤다. 그러자 천향혜를 향해서 날아오던 암기들이 회오리를 일으키고 있는 천향혜의 손에 빨려들었다. 이것은 천향혜의 아버지이며 사부인 천조삼이 개방의 거지에게 얻어낸 회선장이라는 절기였다. 천향혜는 비록 검을 수련하고 있지만 이 장법만은 익혀두고 있었던 것이다. 청의인은 자신의 회심의 한 수가 무산된 것을 보며 얼굴을 찌푸렸으나 복면에 가려져 그 모습이 천향혜에게까지는 보이지 않았다. 천향혜는 세 명의 청의인들을 차례로 베어 나갔다. 천향혜의 검이 주는 날카로움에 청의인들은 변변한 저항 한번 못해 보고 그녀의 검을 맞고 쓰러졌다.

한편 강명은 두 주먹을 사용해서 청의인 둘을 상대했다. 강명이 정권을 내지르자 청의인 한 명이 별거 아니라 생각하고 그것을 피하며 검을 찔러 들어왔다. 나머지 청의인도 장법을 펼쳐 강명을 압박해 들어왔다. 그런데 찔러가던 강명의 주먹이 갑자기 활짝 펴지면서 강기를 쏘아내는 것이 아닌가?

손가락 다섯 개에서 쏘아지는 강기에 청의인들은 혈도를 맞고 쓰러져 버렸다. 청의인들이 방심을 하지 않았다면 피할 수도 있었을 테지만 그들은 강명이 내지르는 주먹이 너무 평범하다 생각해서 얕보는 마음이 생긴 것이었다. 이 강명의 한 수는 유성권이라는 권법에 금강신지라는 소림사의 지법을 응용하여 사용한 것이었다.

강명의 이 같은 한 수는 대단히 위력적이어서 그에게 무공을 가르쳤던 승천관의 선생들도 놀라워했었다. 그러나 사실을 알고 보면 강명의 이러한 수법은 죄다 모용신지가 그에게 가르쳐 준 것들이었다. 모용신지는 비록 이 권법과 지법을 수련하지는 않았지만 강명에게 이렇게 하면 좋겠다 조언을 해주었고, 모용신지의 덕을 많이 본 강명은 그대로 따라했기에 이런 위력적인 수법을 탄생시킨 것이었다. 모용신지가 조언한 수법들은 이것 말고도 많이 있었다.

"일단은 침입한 자들을 다 제압한 것 같은데?"

강명은 혈도를 짚혀 쓰러진 청의인 둘을 바라보며 말했다. 천향혜 역시 자신의 검에 맞고 쓰러진 자들을 바라보며 그럴 것이라고 고개를 끄덕였다.

"흐흐, 과연 그럴까?"

그들이 있는 쪽으로 청의인 한 명이 나타났다. 그냥 그 청의인 한 명뿐이었다면 일행 모두가 놀라지는 않았을 텐데 그 청의인의 앞에는 소년 한 명이 서 있었다.

"아니! 금초야!"

금 대야는 청의인의 손에 제압당해 있는 금초를 보며 소리쳤다.

"아버지……."

금초는 놀라서 눈이 휘둥그레진 금 대야를 바라보며 고개를 떨구었다.

"명이 사형, 저 청의인은 뭔가 다른 것 같은데?"

천향혜가 강명에게 작게 속삭였다. 원래 금초의 무공은 청의인 한 명에게 제압당할 정도로 약하지 않았다. 그런데 이 청의인은 다른 청의인들과는 다르게 무공이 대단했고 위험한 기운마저 풍겼다. 바로 이 청의인이 이들의 수장인 종지령이었다.

"거기서 한 발짝이라도 움직인다면 이 아이의 목숨은 없다."

종지령은 단검을 바짝 금초의 목에 들이대고 있었다.

"저런 망할 놈이……."

금 대야는 자신의 아들이 청의인의 수장으로 보이는 자에게 잡혀 있자 손을 부르르 떨었다. 사실 종지령 자신도 금 대야의 장원을 침입하면서 이렇게 사람을 인질로 삼을 줄은 생각지도 못했다. 그런데 막상 침입하고 보니 예상치도 못한 고수들이 즐비해 있어 자꾸만 쓰러지는 청의인들을 보고 무척이나 놀랐다. 이대로 가다간 임무를 완수하지 못할 것 같아 금초를 인질로 삼아 금 대야에게 다가온 것이었다.

"상자를 내놓아라."

"상자?"

"그렇다. 서역으로부터 가져온 자기 병이 들어 있는 상자 말이다."

금 대야는 순간 마음속으로 자신의 명성과 아들의 목숨을 저울질해 보았다. 하지만 아들 쪽의 저울이 훨씬 더 많은 무게가 나갔다.

'돈이야 다시 모으면 되는 것을.'

"좋아, 주겠다. 대신 금초를 놔주어라!"

"후후, 상자를 넘기는 즉시 돌려주마."

"으윽! 제길!"

금초는 자신이 이렇게 인질이 될 줄 알았다면 아예 이곳에 오지 말걸 하는 후회가 들었다. 명색이 비룡단원이 돼서 첫 임무를 맡은 사형제들과 형들이었는데 자신 때문에 임무를 실패하게 될 것 같자 속이 상했다. 금초는 몸을 빼보려고 노력해 봤지만 종지령의 손에 단단히 제압당해서 움직일 수조차 없었다.

"지 대협! 대청에 있는 비밀 금고에서 그 상자를 가져오게."

"장주님……."

"어서!"

"네, 장주님."

지석천은 상자를 가져오기 위해 신법을 펼쳐 달려갔다. 종지령은 자신을 공격하기 위해 호시탐탐 기회를 노리고 있는 강명과 천향혜를 바라보면서 가소롭다는 웃음을 지었다.

"물러서라. 이 아이가 다치는 모습을 보고 싶은 것이냐?"

종지령은 이렇게 말하며 금초의 목에 있는 검에 힘을 더욱 주었다.

"으윽!"

금초의 목에서 피가 흘렀다. 금 대야는 그 살찐 얼굴이 완전히 울상이 되어서 안절부절 금초를 바라보았다. 잠깐의 소강 상태가 지나간 뒤에 지석천이 나타났다.

"장주님, 가져왔습니다."

금 대야는 지석천의 손에서 상자를 받아다가 종지령에게 보이며 말했다.

"여기 있다. 어서 금초를 풀어줘!"

"상자를 열어봐라."

종지령은 상자 안에 들어 있는 것이 자기 병인지 확인하려고 이렇게 말했다. 금 대야는 상자의 뚜껑을 열어 종지령에게 확인시켜 주었다.

"훌륭해. 흠집 하나 없이 그대로군."

"금초를 풀어다오!"

금 대야는 종지령에게 다가가며 말했다.

"그래, 그래. 풀어줘야지. 하지만 먼저 그 상자를 받아야겠어."

"뭐라고!"

금 대야는 불끈했지만 이미 장내의 주도권은 저 종지령에게 가 있었다.

"자, 이리로 던져라."

"이런……."

"장주님, 속지 마십시오. 저놈이 속일 수도 있습니다."

―일단 상자를 던지세요!

금 대야의 귓전으로 전음 소리가 들려왔다. 금 대야는 진퇴양난의 상황 속에서 아들을 구하겠다는 일념으로 상자를 종지령에게 던졌다.

"금초를 풀어줘!"

"흐흐, 드디어 상자가……."

종지령은 금초의 목에 들이대고 있는 검을 풀지 않고 다른 쪽 손으로 상자를 받으려고 했다.

쐐애액―

갑자기 바람을 가르는 파공성이 들리며 무언가 빠른 속도로 종지령에게 날아갔다. 종지령은 공중에서 자신을 향해 날아오는 상자를 가로채려고 하다가 어디선가 날아온 물체에 정확히 이마 한가운데를 얻어맞고 뒤로 물러났다. 종지령의 이마에 부딪쳐 파괴된 돌 부스러기가 사방으로 튕겨져 나갔다. 금초는 그 기회에 몸을 빼서 앞으로 달려갔고, 기회를 노리고 있던 천향혜가 땅을 박차고 달려가 공중에서 떨어지는 상자를 받았다. 강명은 그대로 앞으로 돌진해서 이마를 얻어맞은 종지령을 공격하기 시작했다.

'누가 던진 돌이지?'

이때 장내에 소운이 나타났다.

'휴우… 오랜만에 던져 보는 속투의 수법이었어. 그래도 효과는 괜찮은데?'

돌을 던진 사람은 바로 소운이었다. 그는 멀리서 금초가 잡혀 있고, 금 대야가 상자를 들고 안절부절못하는 모습을 파악한 뒤 금 대야에게 전음을 날린 것이었다. 그는 어젯밤 소요자에게 아직도 전음을 못하냐고 욕을 얻어먹은 뒤에 전음 수법을 배웠었다. 그리 어렵지 않아서 금방 배웠던 것이다. 아무튼 그는 금초의 위험을 발견하고 금 대야에게 상자를 던지라고 말한 뒤, 그 틈을 이용해 돌을 던진 것이었다.

종지령은 돌에 머리를 얻어맞고 어질어질한 가운데 강명이 공격해 들어오자 상황이 끝났다 생각하고 신법을 펼쳐 달아났다. 금 대야의 장원에는 자신이 상대하지 못할 고수들이 우글우글했던 것이다. 종지령은 지붕 위로 올라가 담장을 넘으며 호각을 불었다. 그러나 그 호각에 맞추어 퇴각하는 청의인은 세 명뿐이었다.

'침입한 자는 스무 명인데 나오는 자는 나까지 네 명뿐이라니. 젠장!'

종지령은 마도련으로 돌아간다면 련주에게 죽임을 당할 것이 분명하다 생각했다.

오호는 지붕 위에서 장내의 상황을 모두 관찰했다.

'련주는 왜 이곳에 청의인들을 보낸 것이지? 저 젊은 청년들과 혁련휘가 없었다면 성공했을지도 모르지만 이거 너무 상대가 안 되는 상황이었어.'

오호는 신이 나서 청의인들을 몰살시키고 있는 사도련을 바라보며 생각했다.

'게다가 청의인 중 한 명이 소련주님의 심기를 건드렸으니 더욱더 상대가 되지 않지. 이 일에는 적어도 금의급 이상이 투입됐어야 했어. 그리고 저 자기 병은 설마……?'

오호는 장내의 상황을 모조리 파악한 뒤 마도련을 향해 전서구를 띄웠다. 마도련주가 이 상황을 보면 자신에게 무슨 임무를 내릴 것이 분명했다. 그러나 오호는 같은 마도련의 무사가 당하는 모습을 보면서도 다른 움직임이 없었다. 자신은 단지 혁련휘와 사도련을 지켜보라는 임무만 받았을 뿐이었다. 설령 청의인들이 전부 죽었다 해도 자신은 묵묵히 자신의 임무만 수행하면 끝이었다.

"고맙소, 소협."

금 대야는 자신에게 전음을 보내고 금초를 위기에서 구해준 소운을 보며 말했다.

"장주, 이분은 이번 모집에서 호위 무사가 된 혁련휘라는 공자입니다.”

“아! 혁련 소협이었구려. 정말 고맙소.”

금 대야는 소운에게 연신 감사의 뜻을 비추었다. 금초는 상처가 난 목에 금창약을 발라 지혈을 시킨 다음 소운에게 다가왔다.

“휴우! 십 년 감수했네.”

금초의 태연스러운 말에 천향혜가 발끈해서 소리쳤다.

“뭐라구? 금초, 이 녀석! 그러기에 길만 가르쳐 주고 따라오지 말라고 했잖아!”

“미, 미안, 향혜 사저.”

강명 역시 금초에게 다가와 머리를 쥐어박았다. 소운은 그들을 보며 다른 이들을 상대하고 있을 사도련과 모용신지는 어떻게 됐을까 궁금해졌다.

“오빠!”

아니나 다를까, 소운의 등 뒤로 사도련의 목소리가 들려왔다. 그녀의 옆에는 모용신지와 마진이 서 있었는데, 그들 둘은 사도련을 꺼려하는 눈빛으로 거리를 두고 다가왔다. 모용신지와 마진은 사도련의 인정사정 봐주지 않는 무식한 장법에 공포심을 느끼고 있는 것이었다.

‘그녀도 무사하군.’

“청의인들이 호각 소리를 듣더니 갑자기 도망을 가버렸습니다.”

모용신지가 다가와 말했다. 그러나 모용신지의 얼굴에는 더 할 말이 있는 듯 머뭇거리는 기색이 나타났다. 모용신지는 끝내 목까지 올라온 말을 삼켜 버렸다.

‘사 낭자가 도망가는 그들을 끝까지 쫓아가 다 떡으로 만들어놓았다는 것을 말하면 안 되겠지?’

지금 생각해도 무시무시했던 모용신지였다. 사도련은 장내에 나타나 소운에게 다가가더니 전음을 보냈다.

―오빠, 나 할 말 있어. 다른 데로 자리를 옮기자.

소운은 그 말을 듣고서 사도련에게 역시 전음을 보냈다.

―그냥 말해.

―아앗! 오빠, 전음을 하네?

―응, 배웠어.

사도련은 신기하다는 눈초리로 소운을 쳐다보더니 이내 말하기 시작했다.

―오빠, 나 저들이 누군지 알아.

―뭐라고?

소운은 사도련의 말에 놀랐다.

―우리 마도련의 청의급 무사들이야.

―마도련의?

―응. 중하 정도의 실력을 가진 무사들을 말하는 거야.

소운의 안색이 침중해졌다.

'그들이 신풍을 가장하고 이 장원에 침입한 이유가 뭐지? 게다가 중하급의 인물이라면 후에는 그보다 더 대단한 자들이 이 장원에 쳐들어올 것이라는 소리……'

소운이 이렇게 생각에 잠겨 있을 사이 금 대야와 모용신지 등은 이번에 침입한 자들에 대해서 의견을 나누고 있었다.

"신풍은 단독으로 행동한다고 했습니다. 이번에 침입한 자들은 강호의 다른 집단인 것 같습니다."

지석천은 모용신지의 이 말을 듣고서 말했다.

"그렇습니다. 그들은 신풍이 아닙니다. 오늘 오후에 혁련 소협이 말을 해주어서 이미 짐작하고 있었습니다."

"혁련 소협이요?"

모용신지는 소운을 바라보았다. 보면 볼수록 이상한 느낌이 드는 사람이었다. 소운은 잠시 생각에 잠겨 있다가 갑자기 금 대야를 향해 말했다.

"금 대야, 저에게 그 상자를 넘기실 수 있겠습니까?"

"뭐라고요?"

금 대야는 난데없는 소운의 말에 놀라서 반문했다.

—저는 그 청의인들의 정체를 알고 있습니다. 아마 그들은 또다시 이 장원을 습격해 올 것입니다. 그때는 저나 저기 있는 비룡단원 역시 없을 터인데 이들 호위 무사로 막기에는 벅찰 것입니다.

소운은 금 대야에게 이렇게 전음을 보낸 후에 말했다.

"제가 책임지고 물건을 원래 주인에게 돌려주겠습니다."

금 대야는 소운의 전음을 듣고 소운을 천천히 바라보았다. 이렇게 재물을 모으기까지 사람을 많이 상대해 왔던 금 대야로서는 사람 보는 눈이 탁월했다. 저런 눈빛을 가진 자는 한 번 약속한 것은 절대로 잊지 않는 사람이라 생각했다.

"좋아. 그럼 믿고 맡기겠네."

"장주님!"

지석천은 갑작스런 금 대야의 결정에 놀랐지만 토를 달지는 않았다. 금 대야가 이렇게 결정을 한 데는 다 이유가 있을 것이라 생각했다. 그는 손해 보는 일은 하지 않으니까 말이다.

"나도 이 정체를 알 수 없는 물건 때문에 한 달 동안이나 고생하고 있었는데, 다행히 소협이 짐작 가는 데가 있다고 하니 믿고 맡겨보겠네. 꼭 주인에게 돌려주길 바라네."

"그들의 정체가 무엇입니까?"

모용신지는 소운에게 물었다.

"지금은 말씀드릴 수 없습니다."

'분명히 지금도 그 추적자가 날 엿보고 있을 것이다. 이들에게 청의인들의 정체를 밝혔다간 그들마저 위험해질지 몰라.'

소운은 아직 잘 모르겠지만 이 상자 안에 든 자기 병과 마도련 사이에 무슨 관계가 있을 것이라 생각했다.

'신기자 어른에게 가져다가 보이면 확실하게 알 수 있을 거야.'

모용신지는 못 믿겠다는 표정이 되었고, 강명과 마진, 금초 역시도 갑자기 소운을 보며 불신의 눈빛을 보냈다. 단지 금 대야만이 담담한 표정으로 천향혜가 들고 있던 상자를 건네받아 소운에게 전해줄 뿐이었다. 사도련은 옆에서 그것을 보며 생각했다.

'혁련 오빠는 저것을 아버지에게 가져다 주려고 하는가 보다. 후후, 머리도 좋아.'

사도련은 이렇게 정반대의 생각을 하며 소운을 쳐다보았다. 소운은 상자를 받아 들고는 앞으로 어떻게 할지 생각해 보았다.

지붕 위에서 소운을 지켜보고 있던 오호는 일이 이상하게 돌아간다고 여겼다.

'저 혁련휘라는 자는 련주님의 계획을 알고 있단 말인가? 아니면 따로 련주님에게 지시라도 받았나?'

이때 오호의 곁으로 비둘기 한 마리가 푸드득거리며 날아왔다. 소

운이 있는 곳과는 거리가 많이 떨어져 있어 비둘기가 날아오는 소리
가 저곳까지 들리지 않았다. 오호는 비둘기의 발목에서 원통을 떼어
내 편지를 확인했다.

　당장 혁련휘와 사도련에게서 손을 떼고 그 상자를 가져와라.

　오호는 그 편지를 읽고 다시 련주에게 전서구를 보냈다.

　련주 친전.
　혁련휘가 그 상자를 손에 넣었습니다. 련주께서 따로 임무를 내리
신 것 아닙니까?

　잠시 뒤에 전서구가 다시 날아왔다.

　혁련휘가? 그렇다면 괜히 사건을 크게 만들지 말고 혁련휘가 그것
을 가지고 돌아올 때까지 그 상자를 지켜라. 절대로 무림맹 녀석들이
의심할 만한 짓은 하지 말아야 한다. 후후, 그분이 괜히 혁련휘를 내
보내라 하신 것이 아니었구나.

〈3권으로 이어집니다〉